Umwelthinweis:
Dieses Buch wurde auf chlor- und säurefreiem Papier gedruckt.

Nora Roberts

Die Stanislaskis: Verführung in Manhattan

Roman

Aus dem Amerikanischen von
Louisa Christian

mtb

MIRA® TASCHENBUCH
Band 25874
1. Auflage: Oktober 2015

MIRA® TASCHENBÜCHER
erscheinen in der HarperCollins Germany GmbH,
Valentinskamp 24, 20354 Hamburg
Geschäftsführer: Thomas Beckmann

Titel der nordamerikanischen Originalausgabe:
Luring A Lady

erschienen bei: Silhouette Books, Toronto

Published by arrangement with
Harlequin Enterprises II B.V./S.àr.l

Konzeption/Reihengestaltung: fredebold&partner GmbH, Köln
Umschlaggestaltung: pecher und soiron, Köln
Redaktion: Mareike Müller
Titelabbildung: Thinkstock/Getty Images, München
Autorenfoto: © Bruce Wilder
Satz: GGP Media GmbH, Pößneck
Druck und Bindearbeiten: CPI books GmbH, Leck – Germany
Printed in Germany
Dieses Buch wurde auf FSC®-zertifiziertem Papier gedruckt.
ISBN 978-3-95649-231-0

www.mira-taschenbuch.de

PROLOG

Der Schulhof war erfüllt von Lärm, Gelächter und hitzigen kindlichen Debatten über Politik. Er war zwar erst acht, aber Mikhail wusste über Politik Bescheid. Immerhin lebte er jetzt schon fast zwei Jahre in Amerika.

Mittlerweile fürchtete er nicht mehr, dass Männer kommen und seinen Vater abholen würden. Oder eines Morgens wieder in der Ukraine aufzuwachen und herausfinden zu müssen, dass die Flucht nach Ungarn und die Reise durch Österreich und schließlich nach New York nur ein Traum gewesen waren.

Er lebte jetzt in Brooklyn, und das war gut. Und er war jetzt Amerikaner, und das war noch besser. Er und seine große Schwester und sein kleiner Bruder gingen zur Schule – und sprachen Englisch. Die meiste Zeit zumindest. Seine kleine Schwester, die Jüngste, war hier geboren worden. Sie würde nie erfahren müssen, wie es war, vor Kälte und Hunger zu zittern, versteckt in einem Zugwaggon. Darauf zu warten, dass sie entdeckt wurden.

Darauf zu warten, dass sie in der Freiheit ankamen.

Manchmal dachte er überhaupt nicht mehr daran. Er mochte es, morgens in dem kleinen Haus aufzuwachen, das ihn an ihr altes Zuhause erinnerte. Mochte es, wenn es nach dem Frühstück duftete, das seine Mutter unten in der Küche vorbereitete. Hörte zufrieden seinen Vater poltern, wenn dieser sich fertig machte, um zur Arbeit zu gehen.

Papa arbeitete hart, und manchmal kam er abends spät und müde nach Hause. Aber immer stand ein Lächeln in seinen Augen, und die tiefen Sorgenfalten in seinem Gesicht verblassten langsam immer mehr.

Jeden Abend gab es etwas Warmes zu essen und viel unbeschwertes Gelächter am Familientisch.

Und die Schule war auch nicht so schlimm, er lernte etwas. Nur dass seine Lehrer immer sagten, er würde zu oft in den Tag hineinträumen.

„Die Mädchen machen Seilspringen." Alexej, Mikhails kleiner Bruder, ließ sich neben ihm nieder.

Beide hatten dunkles Haar und goldbraune Augen. Schon jetzt sah man ihren Gesichtern an, dass in wenigen Jahren die Frauen bei ihrem Anblick dahinschmelzen würden. Im Moment allerdings waren Mädchen nur dazu da, um sich nicht mit ihnen abzugeben. Außer natürlich, wenn sie zur Familie gehörten.

„Natasha ist die Beste." Man konnte den Stolz auf seine ältere Schwester aus Alex' Stimme heraushören.

„Klar. Sie ist eine Stanislaski."

Alex bedachte diese Erwiderung mit einem unbeeindruckten Schulterzucken. Das war schließlich selbstverständlich. Er ließ den Blick über den Hof schweifen. Er beobachtete gerne, was andere Leute taten – oder nicht taten.

Er deutete mit dem Kopf auf zwei Jungen, die weiter hinten auf dem Platz standen. „Nach der Schule müssen wir Will und Charlie Braunstein verhauen."

Mikhail schürzte die Lippen und kratzte sich die Seite. „Okay. Warum?"

„Weil Will gesagt hat, wir seien russische Spione, und Charlie hat gelacht und gegrunzt wie ein Schwein. Darum."

„Also gut, einverstanden."

Die beiden Brüder sahen sich an und grinsten.

Sie kamen viel zu spät nach Hause. Was höchstwahrscheinlich eine Strafe nach sich ziehen würde. Mikhails Hose hatte ein Loch am Knie davongetragen, und Alexejs Lippe war aufgeplatzt. Das bedeutete mit Sicherheit eine gewaschene Strafpredigt.

Aber es war die Sache wert gewesen. Die Stanislaski-Brüder waren siegreich aus dem Kampf hervorgegangen. Den Arm über die Schulter des anderen gelegt, die Schultasche schwingend, schlenderten sie gemeinsam die Straße hinunter und gingen die Szenen noch einmal durch.

„Charlie kann gut boxen", sagte Mikhail. „Wenn du dich also noch mal mit ihm prügelst, musst du schnell sein. Er hat längere Arme als du."

„Und er hat ein blaues Auge", fügte Alex mit tiefer Befriedigung hinzu.

„Ja." Mikhail war stolz auf seinen kleinen Bruder. „Wenn wir morgen in der Schule ankommen, werden wir … Oh, oh."

Er brach unvermittelt ab.

Nadia Stanislaski stand auf dem kleinen Treppenabsatz vor der Haustür. Seine Mutter hatte die Hände in die Hüften gestützt, und Mikhail wusste, dass sie mit Adleraugen selbst aus der Entfernung den Riss in seiner Hose längst bemerkt hatte.

„Jetzt sind wir dran", murmelte Alex neben ihm. Er bemühte sich um sein unschuldigstes Lächeln, obwohl die aufgeplatzte Lippe das fast unmöglich machte.

Nadia kniff die Augen zu einem dünnen Strich zusammen. Sie stieg die wenigen Stufen hinab wie ein Cowboy vor dem Duell. „Hattet ihr Streit?"

Als Ältester stellte Mikhail sich vor seinen Bruder. „Nur ein bisschen."

Ihr scharfer Blick glitt von Kopf bis Fuß über ihre beiden Söhne, und sie stufte den Schaden als gering ein. „Habt ihr euch untereinander geprügelt?"

„Nein, Mama." Alex sah hoffnungsvoll auf. „Will Braunstein hat gesagt …"

„Ich will nicht wissen, was Will Braunstein gesagt hat. Bin ich Will Braunsteins Mutter?"

Der Ton ihrer Stimme reichte, dass die beiden schuldbewusst ihre Köpfe senkten, bis das Kinn die Brust berührte. „Nein, Mama."

„Wessen Mutter bin ich?"

Beide seufzten schwer. „Unsere Mutter."

„Stimmt. Und das ist, was ich mit meinen Söhnen mache, wenn sie mir Sorgen bereiten und zu spät von der Schule heimkommen und sich wie Hooligans benehmen."

„Hooligans", das war ein Wort, das sie von ihrer Nachbarin gehört hatte – und das leider nur allzu gut auf ihre beiden Jungs passte. Und diese beiden quiekten jetzt gepeinigt auf, als sie ihnen die Ohren lang zog.

Doch bevor sie sie am Ohrläppchen ins Haus ziehen konnte, kündigte lautes Rattern die Ankunft ihres Mannes Yuri in seinem gebrauchten Pick-up an.

Er fuhr an den Straßenrand und hob die Augenbrauen, als er seine Frau bemerkte, die seine Söhne am Wickel hatte. „Was haben sie denn jetzt schon wieder angestellt?"

„Sich mit den Braunsteins geprügelt. Sie werden jetzt Mrs Braunstein anrufen und sich entschuldigen."

„Au! Au!" Mikhails Protest ging in ein leises Wimmern über, als Nadia geübt das Ohrläppchen drehte.

„Das hat noch Zeit. Ich habe nämlich etwas mitgebracht." Yuri kletterte aus dem Truck und hielt einen kleinen grauen Welpen hoch. „Das ist Sasha, unser neues Familienmitglied."

Beide Jungen brachen in freudiges Jubelgeschrei aus – sie waren freigelassen worden –, rannten auf ihren Vater zu und wurden von Sasha begeistert begrüßt. Yuri drückte Mikhail den Welpen in die Arme.

„Er ist für dich und Alexej und Tash und Rachel. Und ihr werdet euch auch um ihn kümmern, nicht eure Mama. Ist das klar?" Dass Nadia die Augen zum Himmel aufschlug, entging ihm nicht.

„Wir werden gut auf ihn aufpassen, Papa. Ich will ihn halten, Mik!" Alex versuchte seinen Bruder mit dem Ellbogen zur Seite zu schieben.

„Ich bin der Älteste. Ich halte ihn zuerst."

„Jeder wird ihn halten. Jetzt geht und zeigt ihn euren Schwestern." Yuri scheuchte sie mit beiden Händen fort. Doch bevor sie davonstürmten, drückten sie ihren Vater fest.

„Danke, Papa." Mikhail küsste seine Mutter auf die Wange. „Wir werden Mrs Braunstein anrufen, Mama."

„Oh ja, das werdet ihr.“ Nadia sah ihnen kopfschüttelnd nach, wie sie ins Haus rannten. „Hooligans“, wiederholte sie voller Inbrunst.

„Jungs bleiben eben immer Jungs.“ Yuri lachte volltönend und hob seine Frau hoch. „Wir sind eine amerikanische Familie.“ Er setzte sie wieder ab, ließ aber seinen Arm um ihre Hüfte liegen und führte sie ins Haus. „Was gibt’s zum Abendessen?“

1. KAPITEL

Sydney Hayward war keine geduldige Frau. Verspätungen und Ausreden ließ sie selten gelten und nahm sie niemals bereitwillig hin. Musste sie doch einmal warten – und das war im Moment der Fall –, sank ihre Laune stufenweise auf den Nullpunkt. Und bei Sydney war eiskalte Verärgerung erheblich gefährlicher als kochende Wut. Ein kühler Blick oder eine eisige Bemerkung konnte ihr Gegenüber das Fürchten lehren.

Ungeduldig lief sie in ihrem neuen Büro im zehnten Stock von Midtown Manhattan auf und ab. Alles lag an seinem Platz: die Papiere, die Akten, der Terminkalender und das Adressbuch. Selbst ihre Schreibtischgarnitur aus Bronze war sorgfältig ausgerichtet. Die Kugelschreiber und Bleistifte lagen parallel zueinander auf dem polierten Mahagoni, der Notizblock befand sich an der richtigen Stelle neben dem Telefon.

Sydneys eigene Erscheinung zeigte die gleiche penible Sorgfalt und geschmackvolle Eleganz wie die des Büros. Ihr helles Kostüm saß makellos, und der kniekurze Rock brachte ihre wohlgeformten Beine gut zur Geltung. Als Schmuck trug sie eine schlichte Perlenkette mit passenden Ohrringen sowie eine schmale goldene Armbanduhr, die ebenfalls äußerst dezent und exklusiv wirkte.

Das dunkelrote Haar hatte sie zusammengebunden und mit einem Goldclip festgesteckt. Die blassen Sommersprossen waren unter dem zarten Puder kaum zu erkennen. Sydney fand, dass sie sie zu jung und zu verletzlich wirken ließen. Sie war achtundzwanzig, und ihre Züge verrieten ihre Herkunft: hohe Wangenknochen, ein Kinn, das Willensstärke verriet, sowie eine schmale gerade Nase. Ihr aristokratisches Gesicht war wie Porzellan, ihr weicher Mund, der sich häufig schmollend verzog, war sanft geschwungen, und ihre Augen waren so groß und blau, dass die Leute sie manchmal fälschlicherweise für arglos hielten.

Wieder blickte sie auf ihre Armbanduhr, zischte leise und ging zu ihrem Schreibtisch zurück. Bevor sie den Hörer aufnehmen konnte, summte ihre Sprechanlage.

„Ja?"

„Miss Hayward, hier ist ein Mann, der unbedingt den Verantwortlichen für das Soho-Gebäude sprechen möchte. Sie haben einen Termin um vier Uhr …"

„Es ist bereits vier Uhr fünfzehn", unterbrach Sydney die Sekretärin. „Schicken Sie den Mann herein."

„Ja, Ma'am. Aber es ist nicht Mr Howington."

Howington hatte also einen Untergebenen geschickt. Verärgert reckte Sydney den Kopf etwas höher. „Schicken Sie ihn herein“, wiederholte sie und schaltete die Gegensprechanlage wieder aus. Die Firma Howington bildete sich also ein, sie ließe sich mit einem Nachwuchsmanager abspeisen.

Nur jahrelange Übung in Selbstbeherrschung hielt sie davon ab, den Mann, der nun eintrat, mit offenem Mund anzustarren. Nein, er tritt nicht ein, verbesserte sie sich, er stolziert wie ein Pirat über das Deck eines soeben gekaperten Schiffes.

Ihr anfänglicher Schreck hatte nichts mit der Tatsache zu tun, dass der Mann ausgesprochen abenteuerlich aussah. Sein dichtes, lockiges schwarzes Haar wurde hinten mit einem Lederband zusammengehalten, eine Frisur, die seiner unübersehbaren Männlichkeit jedoch nichts anhaben konnte. Sein schmales markantes Gesicht war tief gebräunt, und seine Augen waren beinahe ebenso dunkel wie sein Haar. Er hatte volle Lippen und trug einen Ein- oder Zweitagebart, der ihm ein düsteres, gefährliches Aussehen verlieh.

Obwohl der Mann nur knapp eins achtzig groß und von schlanker Gestalt war, wirkte ihr Büro bei seiner Anwesenheit wie eine Puppenstube.

Noch schlimmer war, dass der Mann Arbeitskleidung trug, staubige Jeans, ein durchgeschwitztes

T-Shirt und abgewetzte Stiefel, die eine Schmutzspur auf dem hellen Teppich hinterließen.

Man hat mir keinen Juniormanager geschickt, sondern einen gewöhnlichen Arbeiter, der es nicht einmal für nötig gehalten hat, sich vorher wenigstens zu waschen und umzuziehen, dachte Sydney erbost und presste verärgert ihre Lippen zusammen.

„Heißen Sie etwa Hayward?"

Sein unverschämter Tonfall und der unverkennbare slawische Akzent erinnerten sie an Männer am Lagerfeuer mit einer Peitsche am Gürtel, und sie antwortete unnötig scharf: „Ja. Und Sie kommen zu spät."

Seine Augen wurden schmal, und er sah sie eindringlich über den Schreibtisch an. „Tatsächlich?"

„Ja. Vielleicht sollten Sie eine Armbanduhr tragen. Meine Zeit ist beschränkt, Mr ...?"

„Stanislaski." Er hakte seine Daumen in die Gürtelschlaufen und verlagerte das Körpergewicht überheblich auf ein Bein. „Sydney ist ein Männername."

Sie zog eine Braue in die Höhe. „Das ist offensichtlich ein Irrtum."

Er ließ den Blick halb interessiert, halb verärgert über ihren Körper gleiten. Die Frau war hübsch wie ein Kuchen mit Zuckerguss. Aber er war nicht völlig verschwitzt auf dem schnellsten Weg von der Arbeit hergekommen, um seine Zeit mit einem weiblichen Wesen zu verschwenden. „Offensichtlich. Ich dachte, Hayward wäre ein alter Mann mit Glatze und einem weißen Bart."

„Sie meinen meinen Großvater."

„Dann möchte ich mit Ihrem Großvater sprechen."

„Das ist leider nicht möglich, Mr Stanislaski, denn mein Großvater ist seit fast zwei Monaten tot."

Seine Überheblichkeit verwandelte sich augenblicklich in Bedauern. „Tut mir leid. Ich weiß, wie es schmerzt, ein Familienmitglied zu verlieren."

Sie hätte nicht sagen können, weshalb diese wenigen Worte eines Fremden sie tiefer berührten als alle Beileidsbezeugungen, die sie sonst erhalten hatte. „Ja, das stimmt. Wenn Sie bitte Platz nehmen würden, könnten wir zur Sache kommen."

Außerdem ist sie kühl, hart und distanziert, dachte er.

„Ich hatte Ihrem Großvater mehrere Briefe geschrieben", begann Mikhail Stanislaski und setzte sich auf den zierlichen Queen-Anne-Sessel vor dem Schreibtisch. „Vielleicht sind die letzten in dem Durcheinander nach seinem Tod ja verloren gegangen."

Hier geht während der letzten Monate tatsächlich alles drunter und drüber, dachte sie. „Richten Sie in

Zukunft bitte Ihre Korrespondenz direkt an mich", antwortete sie und faltete die Hände auf dem Schreibtisch. „Wie Ihnen wohl bekannt ist, zieht Hayward Enterprises mehrere Firmen in Erwägung."

„Weshalb?"

Sydney bemühte sich, nicht zu zeigen, dass sie sich über die Unterbrechung ärgerte. „Wie bitte?"

„Wozu ziehen Sie mehrere Firmen in Erwägung?"

Nervös trommelte sie mit den Fingern auf die Schreibtischplatte. „Was für eine Stellung nehmen Sie ein, Mr Stanislaski?"

„Stellung?"

„Ja, als was arbeiten Sie?"

Er lächelte über ihre Ungeduld. Seine Zähne waren sehr weiß, allerdings saßen sie nicht ganz gerade. „Sie meinen, was ich tue? Ich arbeite mit Holz."

„Sind Sie Tischler?"

„Gelegentlich."

„Gelegentlich", wiederholte sie und lehnte sich zurück. „Dann können Sie mir vielleicht verraten, weshalb Howington Construction mir einen Gelegenheitsarbeiter als Gesprächspartner geschickt hat. Ich habe einen Mitarbeiter aus der Führungsetage erwartet."

Im Raum duftete es nach Zitrone und Rosmarin. Stanislaski war warm, und er hatte Durst. „Das könnte ich sicher – wenn man mich geschickt hätte", antwortete er ungeduldig.

Es dauerte einen Moment, bis Sydney begriff. „Sie kommen nicht von Howington?"

„Nein. Ich bin Mikhail Stanislaski und wohne in einem Ihrer Häuser. Falls Sie Howington mit der Renovierung beauftragen wollen, würde ich es mir an Ihrer Stelle gut überlegen. Ich habe einmal für die Firma gearbeitet. Die Leute waren mir nicht korrekt genug."

„Entschuldigen Sie bitte einen Moment." Verärgert drückte sie auf die Sprechtaste. „Janine, hat Mr Stanislaski gesagt, er käme im Auftrag von Howington?"

„Oh nein, Ma'am. Er wollte Sie nur sprechen. Howington hat vor etwa zehn Minuten angerufen und um Verschiebung seines Termins gebeten. Wenn Sie …"

„Schon gut." Sydney lehnte sich wieder zurück und betrachtete den Mann näher, der sie freundlich anlächelte. „Offensichtlich bin ich einem Missverständnis aufgesessen."

„Sie meinen, dass Sie sich geirrt haben. Das stimmt. Ich bin hier, um mit Ihnen über Ihr Apartmenthaus in Soho zu reden."

„Kommen Sie wegen einer Mieterbeschwerde?"

„Ich komme wegen vieler Mieterbeschwerden", verbesserte er sie.

„Ihnen ist hoffentlich klar, dass es für solche Fälle gewisse Verfahrensweisen gibt."

Mikhail zog eine Augenbraue in die Höhe. „Das Haus gehört Ihnen doch, oder?"

„Ja, aber …"

„Dann tragen Sie auch die Verantwortung dafür."

Sydney stand auf. „Ich bin mir meiner Verantwortung durchaus bewusst, Mr Stanislaski. Und jetzt …"

Er stand ebenfalls auf, rührte sich aber nicht von der Stelle. „Ihr Großvater hatte uns einige Verbesserungen versprochen. Wenn Sie sein Andenken in Ehren halten wollen, müssen Sie sie einlösen."

„Ich muss vor allem die Firma leiten", antwortete sie kühl. Und ich versuche verzweifelt zu lernen, wie man das macht, fügte sie stumm hinzu. „Sagen Sie den anderen Mietern, dass Hayward Enterprises sich in Kürze mit einem Bauunternehmen in Verbindung setzen wird. Uns ist bekannt, dass zahlreiche Gebäude dringend renoviert werden müssen. Die Wohnungen in Soho kommen ebenfalls an die Reihe."

Sein Gesichtsausdruck veränderte sich nicht. Breitbeinig blieb er stehen und erklärte im selben Ton wie zuvor: „Wir sind es leid, ständig zu warten, sondern verlangen, dass die Zusagen endlich eingehalten werden."

„Dann schicken Sie mir bitte eine Liste mit Ihren Forderungen."

„Das haben wir bereits getan."

Sydney presste die Zähne zusammen. „Ich werde mir die Akten heute Abend ansehen."

„Akten sind leblos. Sie, Miss Hayward, kassieren jeden Monat die Miete, aber Sie denken nicht an die Menschen, die sie zahlen müssen." Er stemmte die Hände auf den Schreibtisch und beugte sich vor. Er roch nach Sägespänen und Schweiß, eine Mischung, die Sydney seltsam anziehend fand. „Haben Sie das Gebäude oder die Leute, die darin leben, je gesehen?"

„Ich kenne die Unterlagen."

„Unterlagen!" Er schimpfte in einer Sprache, die sie nicht verstand, war aber sicher, dass es sich um einen Fluch handelte. „Sie haben Ihre Wirtschaftsprüfer und Ihre Rechtsanwälte. Sie sitzen in einem hübschen Büro und sehen die Akten durch." Er machte eine abwehrende Bewegung. „Aber Sie haben keine Ahnung. Sie frieren ja nicht, weil die Heizung streikt, und Sie brauchen keine fünf Stockwerke nach oben zu steigen, weil der Fahrstuhl nicht funktioniert. Es kümmert Sie nicht, ob das Wasser heiß wird oder die elektrischen Leitungen zu alt sind, um noch als sicher zu gelten."

Niemand hatte bisher je so zu ihr gesprochen. Ihr Herz begann vor Entrüstung zu rasen. „Sie irren sich. Ich kümmere mich sehr um diese Dinge, und ich habe die Absicht, sie so bald wie möglich zu verbessern."

Seine Augen blitzten. „Diese Zusage hatten wir schon einmal."

„Die heutige Zusage stammt von mir, und meine hatten Sie bisher noch nicht."

„Und wir sollen Ihnen vertrauen? Ausgerechnet Ihnen, die zu träge oder zu ängstlich ist, sich ihren Besitz auch nur anzusehen?"

Sie wurde kreidebleich, das einzige äußere Anzeichen für ihre Verärgerung. „Für heute reichen mir Ihre Beleidigungen, Mr Stanislaski. Entweder gehen Sie freiwillig, oder ich rufe den Sicherheitsdienst, damit er nachhilft."

„Ich bin schon auf dem Weg", antwortete Mikhail ruhig. „Eines sage ich Ihnen ganz deutlich, Miss Sydney Hayward. Entweder lösen Sie Ihre Zusage innerhalb der nächsten beiden Tage ein, oder wir wenden uns an die Baubehörde und die Presse."

Sie wartete, bis der Mann gegangen war, dann setzte sie sich wieder. Langsam zog sie einen Firmenbogen aus der Schublade und zerriss ihn mechanisch. Sie betrachtete die großen Abdrücke, die Stanislaskis Handflächen auf ihrer glänzenden Schreibtischplatte hinterlassen hatten, und zerriss ein weiteres Blatt. Endlich beruhigte sie sich und drückte wieder auf die Sprechtaste. „Janine, bringen Sie mir bitte alles, was wir über das Soho-Gebäude besitzen."

Eine Stunde später schob Sydney die Akten wieder beiseite und führte zwei Telefongespräche. Mit dem ersten sagte sie eine Verabredung zum Abendessen ab. Mit dem zweiten rief sie Lloyd Bingham zu sich, den ehemaligen Direktionsassistenten ihres Großvaters, der jetzt für sie arbeitete.

„Sie haben mich gerade noch erwischt", erklärte Lloyd und betrat Sydneys Büro. „Ich wollte eben gehen. Was kann ich für Sie tun?"

Sydney warf ihm einen kurzen Blick zu. Lloyd war ein gut aussehender, ehrgeiziger Mann und bevorzugte italienische Anzüge und französisches Essen. Er war noch keine vierzig, stand kurz vor seiner zweiten Scheidung und zeigte sich gern in Begleitung von Frauen aus der Gesellschaft, denen seine blonden Locken und seine ausgezeichneten Manieren gefielen. Er hatte schwer gearbeitet, um seine jetzige Position bei Hayward zu bekommen, und hatte die Firma während der Krankheit ihres Großvaters praktisch allein geführt.

Sydney wusste, dass er sie nicht leiden konnte, weil sie seiner Ansicht nach hinter einem Schreibtisch saß, der eigentlich ihm zustand.

„Als Erstes erklären Sie mir bitte, weshalb wir wegen der Wohnungen in Soho noch nichts unternommen haben."

„Das Apartmenthaus in Soho?“ Lloyd nahm eine Zigarette aus einem schmalen Goldkästchen. „Es steht auf unserer Planungsliste.“

„Dort befindet es sich seit über anderthalb Jahren. Der erste Brief eines Mieters, der sich in unserer Akte befindet, ist fast zwei Jahre alt und enthält siebenundzwanzig Beschwerden.“

„Vermutlich werden Sie der Akte ebenfalls entnommen haben, dass wir einigen dieser Klagen nachgegangen sind.“ Lloyd stieß eine dünne Rauchfahne aus und machte es sich auf einem Stuhl bequem.

„Ja, einigen“, wiederholte Sydney. „Zum Beispiel wurde der Heizungskessel repariert. Die Mieter glauben jedoch, dass er ersetzt werden muss.“

Lloyd machte eine abwehrende Bewegung. „Sie sind noch neu im Geschäft, Sydney, und werden bald selbst feststellen, dass Mieter grundsätzlich alles neu und besser haben möchten.“

„Mag sein. Es scheint mir jedoch nicht unbedingt wirtschaftlich zu sein, einen dreißigjährigen Heizkessel zu reparieren und ihn zwei Monate später auszutauschen.“ Sie hob die Hand, bevor er etwas erwidern konnte. „Zerbrochene Treppengeländer, abblätternde Farbe, nicht funktionierende Heißwasserboiler, ein defekter Fahrstuhl, gesprungene Waschbecken …“ Sie sah auf. „Ich könnte weitere Dinge aufzählen, aber das dürfte kaum nötig sein. Hier ist eine Aktennotiz meines Großvaters an Sie, in der er Sie bittet, sich um die Instandsetzung des Gebäudes zu kümmern."

„Was ich getan habe", erklärte Lloyd steif. „Sie wissen sehr wohl, dass in der Firma wegen der Erkrankung Ihres Großvaters alles drunter und drüber ging. Das Mietshaus ist nur eines von vielen Gebäuden, die ihm gehörten."

„Sie haben vollkommen recht." Ihre Stimme klang ruhig, aber ohne jede Wärme. „Mir ist jedoch ebenfalls klar, dass wir eine rechtliche und moralische Verantwortung gegenüber unseren Mietern tragen, gleichgültig, ob sie in Soho oder am West Central Park wohnen." Sie schloss den Aktenordner und legte besitzergreifend beide Hände darauf. „Ich will Sie nicht kränken, Lloyd, aber ich habe beschlossen, mich persönlich um diese Angelegenheit zu kümmern."

„Weshalb?"

Sydney lächelte ein wenig. „Das weiß ich selbst nicht genau. Sagen wir, dass ich ins kalte Wasser springen möchte und deshalb das Gebäude zu meinem Lieblingsprojekt machen werde. Sehen Sie sich bitte die Angebote der Bauunternehmen an und sagen Sie mir anschließend, wen Sie empfehlen würden." Sie übergab ihm einen anderen Aktenordner. „Darin befindet sich eine Liste unserer Gebäude in der Reihenfolge ihrer Wichtigkeit. Am Freitag, um zehn Uhr, werden wir abschließend darüber reden."

„In Ordnung." Lloyd drückte seine Zigarette aus, bevor er aufstand. „Nehmen Sie es mir nicht übel, Sydney", erklärte er, „aber eine Frau, die bisher vor allem gereist ist und ihre Zeit mit dem Einkaufen ihrer Garderobe verbracht hat, versteht nicht allzu viel von geschäftlichen Dingen oder davon, wie man Gewinne erwirtschaftet."

Sie nahm ihm die Bemerkung übel, hütete sich jedoch, es zu zeigen. „Dann sollte ich es wohl schleunigst lernen, nicht wahr? Gute Nacht, Lloyd."

Erst nachdem sich die Tür geschlossen hatte, merkte Sydney, dass ihre Hände zitterten. Lloyd hatte recht – völlig recht, wenn er sie auf ihre Unzulänglichkeiten hinwies. Er konnte nicht ahnen, wie viel ihr daran lag, sich zu bewähren und etwas aus dem zu machen, was der Großvater ihr hinterlassen hatte. Erst recht wusste er nicht, wie groß ihre Angst war, dass sie dem Ruf ihrer Familie schaden könnte – noch einmal.

Bevor sie es sich anders überlegen konnte, schob sie den Ordner in ihre Aktentasche und verließ das Büro. Sie lief den breiten Flur mit den geschmackvollen Aquarellen an den Wänden und den prächtigen Grünpflanzen hinab und durchquerte die dicke Glastür, die ihre Büroräume von den übrigen trennte. Mit ihrem

Privatfahrstuhl fuhr sie in die Halle hinab, nickte dem Pförtner zu und trat nach draußen.

Die Hitze traf sie wie ein Schlag. Obwohl es erst Mitte Juni war, litt New York unter einer heftigen Hitzewelle mit hoher Luftfeuchtigkeit. Rasch stieg sie in ihren wartenden Wagen, nannte dem Fahrer ihr Ziel und lehnte sich zurück, um nach Soho zu fahren.

In seiner Wohnung schnitzte Mikhail an einem Stück Kirschbaumholz. Er wusste selbst nicht, weshalb er daran weiterarbeitete. Denn er war nicht mit vollem Herzen dabei, aber er musste seine Hände unbedingt beschäftigen.

Sydney Hayward ging ihm nicht aus dem Sinn. Eine eiskalte, stolze Frau, überlegte er. Alles in ihm wehrte sich dagegen. Obwohl er noch ein Kind gewesen war, als seine Familie nach Amerika flüchtete, konnte er seine Herkunft nicht verleugnen. Seine Vorfahren waren heißblütige, temperamentvolle Kosaken aus der Ukraine gewesen, die den Herrschenden wenig Respekt zollten.

Mikhail betrachtete sich als Amerikaner – außer wenn es ganz nützlich war, als Ukrainer zu gelten.

Die Holzspäne fielen auf den Tisch und auf den Boden. Beinahe die ganze Wohnung war mit Arbeitsutensilien vollgestopft: Holzblöcke, Platten, sogar eine knorrige Eichenwurzel, Schnitzmesser, Meißel, Hammer, Greifzirkel und Bohrer lagen auf den Regalen. In der Ecke befand sich eine kleine Drehbank, unzählige Pinsel standen in Gläsern. Im Raum roch es nach Leinöl, Schweiß und Sägespänen.

Mikhail trank einen Schluck Bier und lehnte sich zurück, um das Kirschbaumholz zu betrachten. Noch erkannte er nicht, was darin steckte. Nachdenklich strich er mit dem Finger über die Maserung und in die Kerben, während der Verkehrslärm, die Musik und die Rufe durch das geöffnete Fenster hereinschallten.

Er war während der beiden letzten Monate ziemlich erfolgreich gewesen und hätte sich durchaus eine größere, modernere Wohnung leisten können. Aber ihm gefiel die lebhafte Umgebung mit dem Bäcker gleich um die Ecke, der basarähnlichen Atmosphäre am Kanal, nur wenige Schritte entfernt, den Frauen, die morgens auf der offenen Veranda tratschten, und den Männern, die abends dort saßen.

Er brauchte keine Wohnung mit Teppichboden, eingelassenen Marmorwannen oder einer großen Küche mit den neuesten technischen Geräten. Er wollte nur ein Dach über dem Kopf, das nicht leckte, eine Dusche, aus der heißes Wasser floss, und einen Kühlschrank, in dem er sein Bier und einen kalten Imbiss kühl halten konnte. Zurzeit hatte er das nicht, und deshalb hatte Miss Sydney Hayward ihn heute gewiss nicht zum letzten Mal gesehen.

Er sah auf, denn es hatte dreimal kurz geklopft, und seine Wohnungsnachbarin stürzte herein. „Na, wie ist es gelaufen?“, fragte er.

Keely O’Brian schlug die Tür zu und tänzelte ein paar Schritte. „Ich habe die Rolle!“, jubelte sie, eilte zum Tisch und warf Mikhail die Arme um den Nacken. „Ich habe sie bekommen! Meine erste Fernsehrolle!“ Sie gab ihm einen schmatzenden Kuss auf die Wange.

„Habe ich doch gesagt.“ Freundschaftlich zerzauste Mikhail Keelys kurzes, strohblondes Haar. „Hol dir ein Bier, das muss gefeiert werden.“

„Oh Mik!“ Keely ging zu dem winzigen Kühlschrank. Sie trug neongrüne Shorts, die ihre langen schlanken Beine gut zur Geltung brachten. „Ich war so nervös, dass ich vor dem Probesprechen einen Schluckauf bekam und literweise Wasser trinken musste. Trotzdem habe ich die Rolle bekommen. Eine ganze Woche filmen! Natürlich ist es keine großartige Sache, aber ich werde erst im dritten Akt ermordet.“ Sie trank einen Schluck und stieß plötzlich einen grauenhaften Schrei aus. „Das muss ich tun, wenn der Serienmörder mich in der Allee in die Enge treibt. Ich glaube, mein Schrei hat den Ausschlag gegeben.“

„Zweifellos.“ Wie immer belustigte ihn ihre rasche, nervöse Sprechweise. Keely war dreiundzwanzig, besaß einen reizvollen Körper, lebhafte grüne Augen und ein Herz, das so weit wie der Grand Canyon war. Hätte Mikhail sich nicht wie ihr großer Bruder gefühlt, hätte er längst versucht, sie in sein Bett zu locken.

Keely trank einen weiteren Schluck Bier. „He, möchtest du etwas Chinesisches essen oder eine Pizza? Ich hab eine gefrorene Pizza da, aber mein Herd streikt mal wieder.“

Seine Augen blitzten. „Ich war heute bei Hayward.“

„Persönlich? Von Angesicht zu Angesicht?“

„Ja.“ Er legte sein Schnitzwerkzeug hin.

Keely war tief beeindruckt und setzte sich auf die Fensterbank. „Toll. Wie ist er?“

„Er ist tot.“

Sie verschluckte sich, sah ihn mit großen Augen an und klopfte sich auf die Brust. „Tot? Du hast ihn doch nicht …“

„Umgebracht?“ Diesmal lächelte Mikhail. Keelys Sinn für Dramatik machte ihm jedes Mal Spaß. „Nein, das habe ich nicht. Aber ich hätte gern der neuen Hayward – seiner Enkelin – den Hals umgedreht.“

„Unsere neue Vermieterin ist eine Frau? Wie ist sie?“

„Sehr hübsch – und eiskalt.“ Er runzelte die Stirn und strich erneut mit der Fingerspitze über die Holzmaserung. „Sie hat rotes Haar und porzellanweiße Haut. Ihre Augen sind so blau wie Eisblumen. Und wenn sie spricht, bilden sich Eiszapfen an ihren Lippen."

Keely verzog das Gesicht und trank einen Schluck. „Reiche Leute können es sich leisten, eiskalt zu sein", erklärte sie.

„Ich habe ihr gesagt, sie hätte zwei Tage Zeit. Anschließend würde ich die Bauaufsichtsbehörde verständigen."

Diesmal lächelte Keely. Sosehr sie Mikhail bewunderte, er war ziemlich naiv. „Na, dann viel Glück. Vielleicht sollten wir lieber Mrs Bayfolds Vorschlag aufgreifen und die Miete nicht mehr bezahlen. Dann riskieren wir zwar eine Kündigung, aber … He!" Sie lehnte sich aus dem offenen Fenster. „Sieh dir mal diesen Wagen an. Es muss ein Lincoln sein. Mit Chauffeur. Und jetzt steigt eine Dame aus." Fasziniert holte sie tief Luft. „Eine Karrierefrau wie aus dem Bilderbuch." Lächelnd blickte sie über die Schulter zu Mikhail zurück. „Ich glaube, deine Eisprinzessin sucht die Slums auf."

Aufmerksam betrachtete Sydney das Gebäude. Eigentlich ist es ganz hübsch, dachte sie. Es gleicht einer alten Frau, die sich ihre Würde und einen Schimmer ihrer jugendlichen Schönheit bewahrt hat. Der rote

Backstein war zu einem sanften Rosa verblasst und hier und da von Ruß und Abgasen geschwärzt. Die Stuckornamente waren gerissen, und die Farbe an den Fenstern blätterte ab, aber das ließ sich leicht ausbessern. Sie zog einen Block hervor und machte sich Notizen.

Sie bemerkte die Männer, die auf der offenen Veranda saßen und ihr zusahen, beachtete sie aber nicht weiter. Die Gegend ist furchtbar laut, stellte sie fest. Die meisten Fenster waren geöffnet, und die unterschiedlichsten Geräusche drangen nach draußen: Fernsehen, Radio und Babygeschrei. Irgendwo sang eine Frau eine italienische Arie. Die viel zu kleinen Balkons waren mit Topfblumen, Fahrrädern und Wäsche vollgestopft, die in der immer noch heißen Luft trocknete.

Sydney schirmte ihre Augen mit der Hand ab und ließ den Blick nach oben wandern. Die meisten Geländer waren stark verrostet, häufig fehlten Stäbe. Plötzlich entdeckte sie Mikhail, der beinahe Wange an Wange mit einer erstaunlich blonden Frau aus einem Fenster im oberen Stockwerk lehnte. Da sein Oberkörper nackt war und die Frau nur ein winziges Oberteil trug, waren die beiden vermutlich bei einem intimen Beisammensein gestört worden. Sydney nickte Mikhail kühl zu und beschäftigte sich weiter mit ihren Notizen.

Als sie in Richtung Eingang ging, rückten die Männer beiseite und gaben ihr den Weg frei. Die kleine Eingangshalle war nur schwach beleuchtet und drückend heiß. Der alte Parkettboden war fleckig und völlig zerkratzt, und es roch eindeutig nach Schimmel. Zweifelnd betrachtete Sydney den Fahrstuhl, drückte neugierig auf den Knopf nach oben und horchte auf das Rattern und Knarren der Anlage. Ungeduldig machte sie sich eine weitere Notiz. Das ist ja erbärmlich, dachte sie.

Die Türen öffneten sich quietschend, und Mikhail trat heraus.

„Na, sind Sie gekommen, um Ihr Reich zu besichtigen?", fragte er.

Sydney schrieb absichtlich erst ihre Notizen zu Ende, bevor sie aufsah. Zumindest hat er ein Hemd übergezogen – falls man dieses Kleidungsstück so bezeichnen kann, dachte sie. Das dünne weiße T-Shirt war an den Ärmeln eingerissen und am Bund zerschlissen.

„Ich sagte doch, ich würde mir die Akte ansehen. Anschließend hielt ich es für sinnvoll, das Gebäude selbst zu inspizieren." Sie blickte zum Fahrstuhl und sah Mikhail erneut an. „Entweder sind Sie sehr mutig oder sehr dumm, Mr Stanislaski."

„Ich bin Realist", verbesserte er sie. „Es kommt, wie es kommen muss."

„Vielleicht. Trotzdem wäre es mir lieber, wenn die Mieter den Fahrstuhl erst wieder benutzten, nachdem er repariert oder ausgetauscht worden ist."

Er schob seine Hände in die Taschen. „Und wann wird das geschehen?"

„So schnell wie möglich. Sie erwähnten in Ihrem Brief ebenfalls, dass das Treppengeländer an manchen Stellen defekt sei."

„Das Schlimmste habe ich repariert."

„Sie?", fragte Sydney verblüfft.

„In diesem Haus wohnen Kinder und alte Leute."

Die schlichte Antwort beschämte sie. „Verstehe. Da Sie sich bereit erklärt haben, auch im Namen der anderen Mieter zu sprechen, könnten Sie mich vielleicht herumführen und mir die größten Probleme zeigen."

Während sie die Treppe hinaufstiegen, stellte Sydney fest, dass das Geländer erneuert worden war. Das saubere Holz fühlte sich ausgesprochen stabil an. Sie notierte, dass es von einem Mieter ersetzt worden war.

Mikhail klopfte an die einzelnen Wohnungstüren. Die Bewohner begrüßten ihn herzlich, blieben ihr gegenüber jedoch zurückhaltend. Es roch nach Essen, und Sydney bekam Strudel, Bratkartoffeln, Gulasch und Hähnchenflügel angeboten. Einige Mieter trugen ihre Klagen verbittert vor, andere waren nervös. Ihr wurde klar, dass Mikhail in seinem Brief nicht übertrieben hatte.

Als sie den dritten Stock erreichten, schwindelte ihr beinahe von der Hitze. Im vierten Stock verzichtete sie auf die angebotenen Spaghetti mit Fleischklößchen und fragte sich, wie jemand bei dieser Temperatur kochen konnte. Umso lieber nahm sie ein Glas Wasser an. Pflichtbewusst notierte sie, dass die Rohre ratterten und klopften. Im fünften Stock sehnte sie sich verzweifelt nach einer kalten Dusche, einem Glas kühlen trockenen Weißwein und ihrer komfortablen Wohnung mit der angenehmen Klimaanlage.

Mikhail sah, dass Sydneys Gesicht vor Hitze glühte. Auf den letzten Stufen hatte sie ein wenig gekeucht, und das gefiel ihm. Es konnte nicht schaden, wenn diese Dame am eigenen Körper erfuhr, wie ihre Mieter lebten. Er fragte sich, weshalb sie nicht zumindest ihre Kostümjacke auszog oder ein paar Knöpfe ihrer bis zum Hals geschlossenen Bluse öffnete.

Am liebsten hätte er dies für sie getan, auch wenn ihm der Gedanke nicht gefiel.

„Ich dachte, einige dieser Wohnungen hätten eine Klimaanlage“, sagte Sydney. Der Schweiß rann ihr unangenehm den Rücken hinab.

„Die Leitungen halten die Belastung nicht aus“, erklärte Mikhail. „Sobald man das Gerät einschaltet, schlagen die Sicherungen durch. Im fünften Stock ist es am schlimmsten", fuhr er fort. „Die Hitze steigt nach oben."

„Das ist mir bekannt."

Die Frau ist ja kreideweiß, stellte Mikhail fest. „Ziehen Sie doch Ihre Jacke aus."

„Wie bitte?"

„Sie sind wirklich dumm. Es ist doch viel zu heiß für eine Jacke." Er schob den Stoff von ihren Schultern und wollte ihn weiter herunterziehen.

Schwarze Punkte begannen vor ihren Augen zu tanzen. „Hören Sie sofort auf!"

„Sehr dumm sogar. Dies ist kein Vorstandszimmer."

Mikhails Geste war keinesfalls liebevoll, irritierte Sydney aber trotzdem. Sobald sie eine Hand frei hatte, schlug sie ihm auf die Finger. Unbeirrt drängte er sie in seine Wohnung.

„Mr Stanislaski", erklärte Sydney atemlos, doch würdevoll, „ich lasse nicht zu, dass man mich betatscht."

„Ich bezweifle, ob Sie je im Leben jemand betatscht hat, Hoheit. Welcher Mann möchte sich schon Frostbeulen holen? Setzen Sie sich."

„Ich habe nicht die Absicht …"

Er schob sie auf einen Stuhl und sah zu Keely hinüber, die sie von der Küche aus mit offenem Mund beobachtete. „Bring ihr ein Glas Wasser“, forderte er seine junge Nachbarin auf.

Sydney holte tief Luft. Neben ihr lief ein Ventilator und kühlte ihre Haut. „Sie sind der unverschämteste, unerträglichste Mann, der mir bisher begegnet ist.“

Mikhail nahm Keely das Glas aus der Hand und hätte den Inhalt am liebsten in Sydneys hübsches Gesicht geschüttet. Stattdessen drückte er ihr das Getränk in die Hand. „Trinken Sie.“

„Meine Güte, Mik, hab doch ein Herz“, murmelte Keely. „Die Frau ist ja restlos fertig. Möchten Sie einen kühlen Waschlappen?“ Bewundernd betrachtete sie Sydneys elfenbeinfarbene Seidenbluse mit den winzigen Perlknöpfen.

„Nein danke, es geht mir gut.“

„Ich bin Keely O’Brian, Apartment 502.“

„Ihr Herd funktioniert nicht“, fügte Mikhail hinzu. „Und sie bekommt kein heißes Wasser. Außerdem leckt das Dach.“

„Nur wenn es regnet.“ Keely lächelte, erhielt aber keine Antwort. „Ich gehe jetzt lieber. Nett, Sie kennengelernt zu haben.“

Als Mikhail und sie allein waren, trank Sydney langsam ein paar Schlucke des lauwarmen Wassers. Sie sah, dass der Linoleumboden in der Küche eingerissen war. Außerdem war der Kühlschrank viel zu klein und völlig altmodisch. Um sich auch die restliche Wohnung anzusehen, fehlte ihr die Kraft. Mikhail war zwar nicht gerade taktvoll vorgegangen, aber seine Klagen waren berechtigt. Ihre Firma musste etwas dagegen unternehmen.

Er saß auf dem Rand der Küchenanrichte und sah zu, wie ihre Wangen langsam wieder Farbe bckamen. Einen Moment hatte er auf dem Flur befürchtet, sie könne ohnmächtig werden.

„Möchten Sie etwas zu essen?", fragte er unfreundlich. „Ich könnte Ihnen ein Sandwich anbieten."

Sydney fiel ein, dass sie jetzt eigentlich mit einem standesgemäßen Junggesellen, den ihre Mutter für sie ausgesucht hatte, im „Le Cirque" zu Abend essen sollte. „Nein danke. Sie halten nicht viel von mir, nicht wahr?"

Achtlos zuckte er mit den Schultern. „So würde ich es nicht ausdrücken."

Stirnrunzelnd stellte sie das Glas ab. Die Art und Weise, wie er dies feststellte, ließ ihrer Fantasie ein bisschen zu viel Spielraum. „Sie sind Tischler, sagten Sie?"

„Manchmal bin ich Tischler."

„Besitzen Sie einen Gewerbeschein?"

Seine Augen wurden schmal. „Ja, als Bauunternehmer. Für Renovierungen und Umbauten."

„Dann haben Sie eine Reihe weiterer Handwerker, mit denen Sie zusammenarbeiten – Elektriker, Installateure und was man sonst noch braucht?“

„Ja.“

„Sehr gut. Erstellen Sie bitte einen Kostenvoranschlag für die notwendigen Reparaturen einschließlich der Dachdecker- und Malerarbeiten, der zu ersetzenden Installationen etc., sodass er spätestens in einer Woche auf meinem Schreibtisch liegt.“ Sydney stand auf und nahm ihre zerknüllte Jacke.

Mikhail rührte sich nicht und sah zu, wie sie ihre Aktentasche aufhob. „Und dann?“

Sie sah ihn kühl an. „Und dann, Mr Stanislaski, werde ich Ihnen mein Geld in den Rachen werfen. Sie bekommen den Auftrag.“

2. KAPITEL

Mutter, dazu habe ich wirklich keine Zeit."

„Sydney, Liebes, für eine Tasse Tee hat man immer Zeit." Mit diesen Worten goss Margerite Hayward Kinsdale LaRue ihrer Tochter eine Tasse Ginseng-Tee ein. „Mir scheint, du nimmst diese Sache mit dem Mietshaus etwas zu ernst."

„Vielleicht weil ich die Verantwortung dafür trage", murmelte Sydney, ohne von den Akten auf ihrem Schreibtisch aufzusehen. Sie wünschte, ihre Mutter würde nicht lange bleiben, damit sie sich in Ruhe mit den Akten befassen konnte.

„Ich kann mir nicht vorstellen, dass dein Großvater dies beabsichtigt hat. Andererseits war er zeit seines Lebens ein ungewöhnlicher Mann." Sie erinnerte sich, wie gern sie den alten Kauz gehabt hatte. „Komm, Liebling, trink ein bisschen Tee und nimm dir eines der köstlichen kleinen Sandwiches. Selbst Karrierefrauen brauchen mittags etwas zu essen."

Sydney gab nach und hoffte, dass sie ihre Mutter auf diese Weise schneller wieder loswurde. „Das ist wirklich sehr nett von dir", sagte sie. „Leider habe ich heute furchtbar viel zu tun."

„Und das alles wegen der dummen Firma", klagte

Margerite, während Sydney sich zu ihr setzte. „Ich begreife nicht, weshalb du dich derart persönlich einsetzt. Es wäre doch ganz einfach, einen Geschäftsführer einzustellen.“ Sie tat einige Tropfen Zitronensaft in ihren Tee und lehnte sich zurück. „Natürlich kann ich mir vorstellen, dass es für eine Weile interessant ist. Aber der Gedanke, dass du richtig Karriere machen möchtest … Das scheint mir ziemlich sinnlos zu sein.“

„Meinst du?“, murmelte Sydney und versuchte sich ihre Verbitterung nicht anmerken zu lassen. „Vielleicht verblüffe ich ja alle und bin tatsächlich gut.“

„Ich bin sicher, du bist fantastisch – ganz gleich, was du anfängst, Liebling.“ Margerite tätschelte ihrer Tochter die Hand. „Ich war entzückt, als ich erfuhr, dass Großvater Hayward dir alle diese hübschen Gebäude hinterlassen hat“, begann sie besänftigend. Sie war eine blendend aussehende, äußerst gepflegte Fünfzigerin und wirkte in ihrem Chanelkostüm mindestens zehn Jahre jünger. „Aber dass du dich in die laufenden Geschäfte einmischst …“ Verwirrt betastete sie ihr sorgfältig gefärbtes, kastanienbraunes Haar. „Manche Männer schrecken instinktiv vor allzu erfolgreichen Frauen zurück.“

Sydney warf einen vielsagenden Blick auf den seit Kurzem ungeschmückten Ringfinger ihrer Mutter.

„Nicht alle Frauen richten ihr Interesse ausschließlich auf die Männerwelt."

„Rede keinen Unsinn." Margerite lachte leise. „Keine Frau möchte auf Dauer ohne einen Ehemann bleiben. Du darfst den Mut nicht verlieren, nur weil es zwischen dir und Peter nicht geklappt hat. Die erste Ehe dient häufig als Versuchsballon."

Vorsichtig stellte Sydney ihre Tasse ab. „Hast du deine Ehe mit Vater ebenfalls nur als Versuchsballon betrachtet?"

„Ich bin sicher, wir haben beide eine Menge wertvoller Dinge daraus gelernt." Zuversichtlich strahlte sie ihre Tochter an. „Und jetzt erzähl mir von deinem Abend mit Channing. Wie war es?"

„Langweilig."

Margerites blaue Augen blitzten verärgert. „Sydney, bitte."

„Du hast mich gefragt." Um sich für die weitere Diskussion zu wappnen, nahm Sydney ihre Tasse wieder auf. Weshalb fühle ich mich in Gegenwart meiner Mutter immer so unzulänglich? fragte sie sich. „Tut mir leid, Mutter, aber wir passen wirklich nicht zusammen."

„Unsinn. Ihr passt großartig zusammen. Channing Warfield ist ein intelligenter und erfolgreicher Mann aus einer sehr guten Familie."

„Das war Peter auch."

„Sydney, du darfst nicht jeden Mann, den du kennenlernst, mit Peter vergleichen."

„Das tue ich gar nicht." Sydney nutzte die Gelegenheit und legte ihre Hand auf die ihrer Mutter. Es musste doch ein Band zwischen ihnen geben, auch wenn sie es nicht recht fühlte. „Ehrlich, ich vergleiche Channing mit niemandem. Aber ich finde ihn gestelzt, langweilig und anmaßend. Mag sein, dass mir zurzeit jeder Mann so vorkommt. Mich interessieren Männer im Augenblick einfach nicht. Ich möchte erst etwas aus mir selbst machen."

„Etwas aus dir selbst machen", wiederholte Marguerite verblüfft. „Du bist eine Hayward und hast es nicht nötig, etwas anderes zu sein." Sie hob ihre Serviette auf und betupfte ihre Lippen. „Du liebe Güte, Sydney, du bist seit fast vier Jahren von Peter geschieden. Es ist an der Zeit, dass du einen geeigneten Ehemann findest. Dir steht ein Platz in der Gesellschaft zu, Sydney, und du trägst eine Verantwortung für den Namen deiner Familie."

Sydney spürte die vertraute Beklemmung im Magen und stellte ihren Tee beiseite. „Das sagst du mir ständig."

Ihre Mutter lächelte befriedigt. „Wenn Channing nicht der Richtige ist, wird sich gewiss ein anderer finden. Ich meine nur, du hättest ihn nicht so rasch ablehnen sollen. Wäre ich zwanzig Jahre jünger … Nun ja.“ Sie warf einen Blick auf ihre Armbanduhr und stieß einen leisen Ausruf aus. „Meine Güte, ich komme zu spät zum Friseur! Ich pudere mir nur noch rasch die Nase.“

Während Margerite im Waschraum nebenan ihr Make-up erneuerte, lehnte Sydney den Kopf zurück und schloss die Augen. Was sollte sie tun? Wie konnte sie ihrer Mutter verständlich machen, was sie selbst noch nicht recht begriff?

Ergeben stand sie auf und kehrte an ihren Schreibtisch zurück. Peter und sie waren miteinander aufgewachsen und gute Freunde gewesen. Aber sie hatten sich nicht geliebt. Unter dem Druck der Familie hatten sie geheiratet und waren noch zu jung gewesen, um den Fehler zu erkennen. Beinahe zwei Jahre hatten sie ihr Bestes versucht.

Nicht die Scheidung war schlimm, sondern die Tatsache, dass mit der Ehe auch die Freundschaft zwischen ihnen zerbrochen war.

Jetzt musste sie vor allem dafür sorgen, dass sie das Vertrauen ihres Großvaters rechtfertigte. Ihr war eine andere Verantwortung übertragen worden, eine neue Herausforderung. Und diesmal konnte sie sich keinen Fehlschlag leisten.

Die Sprechanlage summte. „Ja, Janine?“, fragte sie erschöpft.

„Mr Stanislaski ist hier, Miss Hayward. Er hat zwar keinen Termin vereinbart, sagt aber, er hätte einige Unterlagen, die Sie unbedingt sehen möchten.“

Einen Tag früher als ausgemacht, stellte Sydney fest und richtete sich auf. „Schicken Sie ihn herein.“

Zumindest hat er sich rasiert, dachte sie. Dafür hat seine Jeans Löcher. Mikhail schloss die Tür hinter sich und sah sie eindringlich an. Wie zwei Boxer, die sich aus ihrer neutralen Ecke gegenseitig belauern, überlegte sie weiter.

Sie sieht in diesem hellgrauen, perfekt sitzenden Kostüm genauso steif und ordentlich aus wie neulich, stellte er fest und betrachtete das Teetablett mit den zarten Tassen und den exquisiten kleinen Canapés.

„Habe ich Sie etwa beim Lunch gestört, Miss Hayward?“, fragte er.

„Keineswegs.“ Sie stand nicht auf, und sie lächelte ihm zur Begrüßung auch nicht zu. „Haben Sie den Kostenvoranschlag dabei, Mr Stanislaski?“

„Jawohl.“

„Sie arbeiten schnell.“

Er lächelte zufrieden. „Ich weiß.“ Er roch den Duft zweier Parfüms. Das eine war sehr zurückhaltend und kühl, das andere blumig und ausgesprochen weiblich. „Sie sind nicht allein?“

Sydney zog eine Braue in die Höhe. „Weshalb fragen Sie?“

„Hier riecht es nach einem Parfüm, das nicht zu Ihnen passt.“ Er reichte ihr die Unterlagen. „Auf dem ersten Blatt finden Sie, was unbedingt erledigt werden muss, auf dem zweiten steht, was darüber hinaus getan werden sollte.“

„Verstehe.“ Sie spürte die Hitze, die er ausstrahlte. Aus einem unerklärlichen Grund gefiel es ihr, und sie fühlte sich lebendiger denn je. Als träte sie aus einer dunklen Höhle ins Sonnenlicht hinaus. „Sind die Angaben Ihrer Subunternehmer ebenfalls dabei?“

„Ja, es ist alles vollständig.“ Während sie die Unterlagen durchsah, hob er ein winziges dreieckiges Brot in die Höhe und schnupperte daran. „Was ist denn dazwischen?“

Sydney sah kurz auf. „Gartenkresse.“

Enttäuscht legte er das Sandwich auf den Teller zurück. „Weshalb essen Sie so etwas?“

Diesmal lächelte sie. „Das ist eine gute Frage.“

Wenn Sydney lächelte, veränderte sie sich. Ihre Augen blickten warm, ihre Lippen wurden weicher, und ihre Schönheit wirkte nicht mehr so abweisend. Dadurch vergaß Mikhail, dass Frauen wie sie keinesfalls sein Typ waren.

„Dann werde ich Ihnen noch eine Frage stellen."

Sydney überflog die Liste. Der Mann hatte gute Arbeit geleistet. „Sie scheinen heute ja davon überzuschäumen."

Er beachtete ihre Bemerkung nicht. „Weshalb tragen Sie so gedämpfte Farben? Sie sollten lebhafte Töne wählen, saphirblau oder smaragdgrün."

Überrascht blickte sie ihn an. Soweit sie sich erinnerte, hatte noch kein Mensch ihren Geschmack infrage gestellt. In manchen Kreisen galt sie sogar als ausgesprochen elegante Frau. „Sind Sie Tischler oder Modeberater, Mr Stanislaski?"

Er zuckte achtlos die Schultern. „Ich bin ein Mann. Ist das Tee?" Er hob die Kanne hoch und roch an dem Inhalt, während Sydney ihn weiterhin verblüfft ansah. „Nein, für Tee ist es zu warm", stellte er fest. „Haben Sie nicht etwas Kaltes?"

Kopfschüttelnd drückte Sydney auf die Sprechtaste. „Bringen Sie Mr Stanislaski bitte etwas Kaltes zu trinken", bat sie die Sekretärin. Am liebsten wäre sie aufgestanden und hätte sich im Spiegel betrachtet. „Die Liste der wünschenswerten Dinge ist erheblich länger als jene mit den absolut erforderlichen Renovierungen, Mr ..."

„Nennen Sie mich Mikhail“, erklärte er unbekümmert. „Das ist wie im täglichen Leben. Man sollte immer erheblich mehr tun als unbedingt erforderlich ist.“

„Jetzt werden Sie auch noch philosophisch“, murmelte sie. „Wir werden mit den absolut notwendigen Dingen beginnen und vielleicht noch einiges Wünschenswerte hinzunehmen. Wenn wir uns beeilen, könnte der Vertrag Ende dieser Woche unterschrieben werden.“

Er nickte nachdenklich. „Sie arbeiten ebenfalls schnell.“

„Wenn nötig, ja. Erklären Sie mir jedoch zunächst, weshalb Ihrer Meinung nach sämtliche Fenster erneuert werden sollten.“

„Weil die Einfachverglasung unwirtschaftlich ist.“

„Das stimmt. Aber …“

„Sydney, die Beleuchtung in deinem Waschraum ist ja entsetzlich. Oh …“ Margerite blieb auf der Schwelle stehen. „Entschuldigung, du hast eine Besprechung.“ Sie konnte den Blick kaum von Mikhails Gesicht lösen. „Guten Tag“, sagte sie und freute sich, dass er bei ihrem Eintritt aufgestanden war.

„Sind Sie Sydneys Mutter?“, fragte Mikhail, bevor Sydney Margerite hinausscheuchen konnte.

„Ja. Weshalb?“ Margerite lächelte kühl. Es gefiel ihr nicht, dass ihre Tochter sich von Angestellten mit dem

Vornamen anreden ließ. Vor allem nicht, wenn dieser Angestellte einen kurzen Pferdeschwanz und staubige Stiefel trug. „Woher wissen Sie das?“

„Offensichtlich hat sie ihr gutes Aussehen von Ihnen geerbt.“

„Aha.“ Margerite war einen Moment geschmeichelt. „Wie nett gesagt.“

„Entschuldige, Mutter, aber Mr Stanislaski und ich müssen ein geschäftliches Gespräch führen.“

„Natürlich, mein Kind.“ Margerite ging zu ihrer Tochter und küsste sie andeutungsweise auf die Wange. „Ich gehe schon. Vergiss bitte nicht, dass wir nächste Woche zum Mittagessen verabredet sind. Außerdem möchte ich dich daran erinnern … Stanislaski“, wiederholte sie plötzlich und wandte sich wieder an Mikhail. „Sie kommen mir irgendwie bekannt vor. Ja, natürlich!“ Plötzlich legte sie eine Hand auf ihre Brust. „Etwa Mikhail Stanislaski?“

„Ja. Sind wir uns schon einmal begegnet?“

„Nein, das nicht. Aber ich sah ein Foto von Ihnen in ‚Art/World‘. Ich betrachte mich als eine Förderin der schönen Künste.“ Strahlend ging sie um den Schreibtisch herum und ergriff zu Sydneys Erstaunen Mikhails Hände. „Ihre Arbeiten sind fantastisch, Mr Stanislaski. Wirklich fantastisch. Ich habe auf Ihrer letzten Ausstellung zwei kleine Figuren gekauft und kann Ihnen gar nicht sagen, wie sehr ich mich freue, Sie persönlich kennenzulernen."

„Sie schmeicheln mir."

„Durchaus nicht", erklärte Margerite nachdrücklich. „Sie gelten schon jetzt als einer der Spitzenkünstler der Neunzigerjahre. Und du hast etwas bei ihm bestellt." Sie strahlte die sprachlose Sydney an. „Eine brillante Idee, Liebling."

„Ehrlich gesagt, ich ..."

„Ich freue mich außerordentlich über die Zusammenarbeit mit Ihrer Tochter", unterbrach Mikhail sie.

„Das ist wunderbar." Margerite drückte erneut seine Hände. „Sie müssen unbedingt zu der kleinen Dinnerparty kommen, die ich Freitag in Long Island gebe. Bitte, sagen Sie jetzt nicht, Sie hätten an diesem Abend schon etwas anderes vor." Sie warf ihm einen eindringlichen Blick zu. „Ich wäre untröstlich."

„Ich brächte es nicht übers Herz, eine schöne Frau zu enttäuschen."

„Das freut mich. Sydney wird Sie mitbringen. Acht Uhr. Und jetzt muss ich mich beeilen." Sie betastete ihr Haar, winkte ihrer Tochter geistesabwesend zu und lief in dem Augenblick hinaus, als Janine mit einem Glas Saft hereinkam.

Mikhail nahm der Sekretärin das Glas dankend ab

und setzte sich wieder. „Sie fragten wegen der Fenster“, begann er.

Langsam öffnete Sydney die Hände, die sie unter dem Schreibtisch zu Fäusten geballt hatte. „Sie sagten, Sie wären Tischler.“

„Das bin ich manchmal auch.“ Er trank einen großen Schluck. „Aber manchmal schnitze ich das Holz, anstatt es zu verbauen.“

Falls er erreichen wollte, dass sie sich furchtbar dumm vorkam – und Sydney hatte das unbestimmte Gefühl, dass er diese Absicht besaß –, gelang es ihm bestens. „Ich war die beiden letzten Jahre in Europa und bin nicht mehr ganz auf dem Laufenden, was die amerikanische Kunstszene betrifft“, erklärte sie.

„Sie brauchen sich nicht zu entschuldigen“, versicherte er ihr vergnügt.

„Das tue ich gar nicht.“ Sydney musste sich zwingen, die Ruhe zu bewahren und nicht aufzustehen und seine Kostenvoranschläge zu zerreißen. „Aber ich möchte wissen, was für ein Spiel Sie mit mir treiben, Mr Stanislaski.“

„Sie haben mir eine Arbeit angeboten, an der mir einiges liegt. Deshalb habe ich sie angenommen.“

„Sie haben gelogen.“

„Wieso?“ Er hob eine Hand. „Ich besitze einen Gewerbeschein und verdiene meinen Lebensunterhalt, seit ich sechzehn bin, auf dem Bau. Was für einen Unterschied macht es für Sie, dass die Leute auch meine Skulpturen kaufen?"

„Keinen." Sydney nahm die Kostenvoranschläge wieder auf. Wahrscheinlich stellte er hässliche, primitive Figuren her. Für einen Künstler war der Mann entschieden zu grob und besaß viel zu schlechte Manieren. Wichtig war nur, dass er etwas von der Arbeit verstand, die sie ihm übertragen wollte.

Andererseits konnte sie es nicht leiden, wenn man sie hinters Licht führte. Um sich an ihm zu rächen, ging sie einen Punkt der Kostenvoranschläge nach dem anderen mit ihm durch und vergeudete mehr als eine Stunde Zeit dafür.

„Das wär's." Sie schob ihre sorgfältigen Aufzeichnungen beiseite. „Der Vertrag wird Freitag zur Unterschrift bereitliegen."

„Schön." Er stand auf. „Sie können ihn ja mitbringen, wenn Sie mich abholen. Sagen wir um sieben Uhr."

„Wie bitte?"

„Sie wissen doch – das Abendessen." Er beugte sich vor, und einen Moment fürchtete sie, er wolle sie küssen. Aber er nahm nur ihren Jackenaufschlag zwischen Daumen und Zeigefinger. „Sie müssen etwas Farbigeres tragen."

Sie schob ihren Sessel zurück und stand ebenfalls auf. „Ich habe nicht die Absicht, Sie zu meiner Mutter zu fahren."

„Sie haben Angst, mit mir allein zu sein", stellte Mikhail nicht ohne Befriedigung fest.

Trotzig schob sie ihr Kinn vor. „Bestimmt nicht."

„Weshalb sollten Sie es sonst nicht wollen?" Ohne sie aus den Augen zu lassen, ging er um den Schreibtisch herum und stellte sich vor sie. „Eine Frau wie Sie ist nicht grundlos unhöflich."

Sydney stockte der Atem, und sie stieß die Luft kräftig aus. „Ein Grund wäre zum Beispiel, dass ich Sie nicht leiden kann."

Lächelnd spielte er mit den Perlknöpfen am Stehkragen ihrer Bluse. „Das glaube ich kaum. Ihnen wurde gewiss schon als Kind beigebracht, Leuten gegenüber, die Sie nicht leiden können, zumindest höflich zu sein."

„Lassen Sie mich sofort los."

„Ich sorge nur dafür, dass Sie etwas Farbe auf die Wangen bekommen." Lächelnd ließ er die Perlen aus den Fingern gleiten. Sicher fühlte sich Sydneys Haut genauso glatt und kühl an. „Hören Sie, Sydney, was wollen Sie Ihrer charmanten Mutter sagen, wenn Sie ohne mich bei dem Essen auftauchen? Wie wollen Sie ihr Ihre Weigerung erklären, mich am Freitag mitzubringen?“ Er sah es ihren Augen an, dass sie einen inneren Kampf zwischen ihrem Stolz, ihren guten Manieren und ihrer maßlosen Wut auf ihn austrug, und lachte erneut. „Sie sind eine Gefangene Ihrer eigenen Herkunft“, murmelte er. „Gut, dass ich diese Sorge nicht kenne.“

„Zweifellos nicht“, zischte Sydney.

„Also dann bis Freitag“, sagte er und strich ihr zu ihrer großen Verärgerung mit dem Finger über die Wange. „Sieben Uhr.“

„Mr Stanislaski“, rief sie leise, als er schon an der Tür war. „Ziehen Sie nach Möglichkeit etwas ohne Löcher an“, fügte sie so hochmütig wie möglich hinzu.

Sie hörte, wie er draußen auf dem Flur lachte. Wäre ich nicht so gut erzogen, würde ich jetzt etwas an die Tür schmettern, dachte sie.

Sydney zog absichtlich ein schwarzes Kleid an. Auf keinen Fall wollte sie Mikhail die Genugtuung geben und etwas Farbiges tragen. Außerdem war das schlichte schmale Kleid ebenso modisch wie korrekt und dem Anlass angemessen.

Allerdings ließ sie ihr Haar heute Abend locker auf die Schultern fallen – aber nur, weil sie es leid war, immer dieselbe strenge Frisur zu tragen. Wie stets gab sie sich große Mühe mit ihrem Aussehen und stellte befriedigt fest, dass sie zurückhaltende Eleganz ausstrahlte.

Sie hörte Musik durch Mikhails Wohnungstür und wunderte sich, dass es sich um die leidenschaftlichen Klänge aus der Oper „Carmen“ handelte. Sie klopfte lauter und wollte schon rufen, da flog die Tür auf, und die blonde junge Frau, die sie bei ihrem ersten Besuch kennengelernt hatte, stand in einem winzigen T-Shirt und noch knapperen Shorts vor ihr.

„Tag.“ Keely zerkaute ein Eisstück und schluckte es hinunter. „Ich hole mir gerade etwas Eis von Mik, denn mein Kühlschrank streikt mal wieder.“ Sie lächelte unsicher. „Ich bin schon weg.“ Bevor Sydney antworten konnte, lief Keely wieder hinein und ergriff einen Eisbehälter. „Mik, deine Verabredung ist da.“

Sydney zuckte bei dem Wort „Verabredung“ unwillkürlich zusammen. „Sie brauchen nicht sofort zu gehen …“

„Drei sind einer zu viel“, erklärte Keely und eilte lächelnd an ihr vorüber.

„Hast du mich gerufen?“ Mikhail trat auf die Schlafzimmerschwelle. Er trug nur ein schmales Handtuch um die Hüften und trocknete sich mit einem zweiten das Haar. Als er Sydney entdeckte, blieb er stehen.

Seine Augen funkelten seltsam, während er den Blick über ihr schlichtes elegantes Kleid gleiten ließ. Endlich lächelte er. „Ich habe mich etwas verspätet."

Zum Glück gelang es Sydney, ihre Verblüffung zu verbergen. Mikhail besaß einen schlanken, äußerst muskulösen Körper. Winzige Wassertropfen glitzerten darauf. Das Handtuch hing gefährlich tief auf seinen Hüften. Fasziniert beobachtete sie einen Tropfen, der über seine Brust und seinen Bauch hinabrann und unter dem Frottiertuch verschwand.

Die ohnehin schon hohe Temperatur im Raum schien um mehrere Grade zu steigen.

„Oh, Sie sind noch nicht …" Sie wartete einen Moment, bis sie wieder zusammenhängend reden konnte. „Wir hatten sieben Uhr gesagt."

„Ich hatte noch zu tun." Mikhail zuckte mit den Schultern, und das Handtuch bewegte sich. Sydney schluckte unwillkürlich. „Es dauert nicht lange. Nehmen Sie sich inzwischen etwas zu trinken." Ein verdächtiges Lächeln umspielte seine Lippen. Er hätte blind sein müssen, um ihre Reaktion nicht zu bemerken – und nicht hingerissen davon zu sein. „Sie sehen aus … als wäre Ihnen sehr warm, Sydney." Er trat einen Schritt vor und stellte befriedigt fest, dass sie die Augen aufriss und ihre Lippen zu zittern begannen. Ohne den Blick von ihr zu wenden, schaltete er einen kleinen Ventilator an. „Das wird Ihnen Erleichterung verschaffen“, sagte er leise.

Sie nickte. Der Ventilator kühlte tatsächlich, trug aber gleichzeitig den Duft seiner Haut und seines Rasierwassers weiter in den Raum. Sie bemerkte den wissenden Ausdruck in seinen Augen und riss sich zusammen. „Hier ist Ihr Vertrag“, erklärte sie und legte die Akte auf den Tisch.

Er sah das Papier kaum an. „Ich werde ihn später unterschreiben.“

„In Ordnung. Sie sollten sich wirklich anziehen.“ Sie schluckte erneut, denn er lächelte wissend. „Wir kommen sonst zu spät.“

„Ja, ein bisschen. Im Kühlschrank ist was zu trinken“, fügte er hinzu, während er ins Schlafzimmer zurückkehrte. „Fühlen Sie sich wie zu Hause.“

Langsam gewann Sydney die Fassung zurück. Ein Mann, der in einem Handtuch so gut aussieht, müsste eingesperrt werden, dachte sie und begann sich im Zimmer umzusehen.

Bei ihrem vorigen Besuch war sie zu erschöpft dafür gewesen. Und zu sehr mit anderen Dingen beschäftigt, gab sie stirnrunzelnd zu. Jemandem wie Mikhail gelang es mühelos, eine Frau von der Umgebung abzulenken. Jetzt bemerkte sie die kleinen und großen Holzblöcke, das Werkzeug und die Gläser mit den

Pinseln. Ein langer Arbeitstisch stand unter dem Fenster. Sie schlenderte hinüber und sah, dass er mehrere Skulpturen in Arbeit hatte.

Vorsichtig strich sie mit den Fingern über ein stark gemasertes, von zahlreichen Furchen durchzogenes Stück Kirschbaumholz. Grob und primitiv, wie ich es mir gedacht habe, stellte sie fest. Offensichtlich gehörte er zu jenen raffinierten jungen Männern, denen es gelingt, für einige Zeit Eindruck auf die kapriziöse Kunstwelt zu machen.

Dann drehte sie sich herum und entdeckte die Regale. Sie waren voll von seinen Arbeiten: hohe schlanke, wunderbar geformte Holzsäulen, ein Frauenkopf mit langem, fließendem Haar, ein fröhlich lachendes Kind, Liebende, die sich zu einem ersten tastenden Kuss umarmten. Sydney war hingerissen. Mikhails Arbeiten reichten von kleinen charmanten Figuren bis zu leidenschaftlichen Darstellungen, von überaus zarten Skulpturen bis zu ausgesprochenen kühnen Werken.

Verzückt hockte sie sich hin, um einen näheren Blick auf die Werke im unteren Regal zu werfen. Wie war es möglich, dass ein Mann mit so groben Manieren und einer so unverschämten Arroganz ein derartiges Feingefühl und Einfühlungsvermögen besaß, um diese anmutigen Dinge aus einem Holzblock zu schaffen?

Sie nahm eine der Miniaturen, um sie genauer zu betrachten.

„Gefällt sie Ihnen?"

Sie zuckte zusammen. Rasch richtete sie sich auf. „Ja … Entschuldigen Sie bitte."

„Sie brauchen sich doch nicht zu entschuldigen, wenn Ihnen etwas gefällt." Mikhail stützte sich mit einer Hüfte an den Arbeitstisch. Er trug inzwischen eine weizenfarbene lange Hose und hatte das Haar zurückgekämmt. Es lockte sich beinahe bis auf seine Schultern.

Immer noch verlegen, stellte Sydney die Miniatur auf das Regal zurück. „Ich wollte mich dafür entschuldigen, dass ich die Arbeit angefasst habe."

Seine Mundwinkel zuckten. Es war faszinierend, dass sie von einer Sekunde zur anderen von sichtbarer Freude zu kühler Höflichkeit wechseln konnte. „Immer noch besser, berührt zu werden, als nur bewundert abseits zu stehen. Meinen Sie nicht auch?"

Die Anspielung in seinen Worten und in seinem Blick war unmissverständlich. „Das kommt darauf an."

Als sie an ihm vorübergehen wollte, richtete er sich auf und blieb vor ihr stehen. „Worauf?"

Dieses Mal zuckte sie nicht einmal zusammen. Sie war es schließlich gewöhnt, Haltung zu bewahren. „Ob man angefasst werden möchte."

Er lächelte vielsagend. „Ich dachte, wir sprächen von den Skulpturen."

Eins zu null für ihn, dachte Sydney. „Ja, das tun wir auch. Aber jetzt wird es tatsächlich spät. Wenn Sie sich bitte fertig machen würden, Mr Stanislaski …"

„Mikhail." Er hob die Hand und tippte lässig an den Saphirtropfen an ihrem Ohr. „Das ist einfacher." Bevor sie etwas antworten konnte, sah er sie wieder fest an. Sie war so verwirrt, dass sie nicht sicher war, ob sie ihren Namen noch wusste. „Sie sind wie ein englischer Garten zur Teezeit", murmelte er. „Sehr kühl und sehr verlockend. Nur leider ein bisschen zu förmlich."

Es ist hier viel zu heiß und viel zu eng, dachte sie und bekam kaum noch Luft. Mit Mikhail hatte das nichts zu tun, das durfte es nicht. „Sie sind mir im Weg", erklärte sie heiser.

„Ich weiß." Aus Gründen, die er nicht recht deuten konnte, rührte er sich nicht von der Stelle. „Sie sind es doch gewöhnt, die Leute einfach beiseitezuschieben."

„Was hat das denn damit zu tun?"

„Es war nur eine Feststellung", antwortete er und spielte mit ihren Haarspitzen. Sydneys Haar war von einer schönen satten Farbe, und er freute sich, dass sie es heute offen trug. „Künstler beobachten intensiv. Nicht alle Menschen schieben die anderen gleich beiseite." Es machte ihm nichts aus, dass sie zurückwich, als er ihr Kinn fasste. Ihre Haut war tatsächlich ebenso glatt wie die blanken Perlenknöpfe an ihrer Bluse. „Beinahe vollkommen", stellte er fest. „Und das ist besser als absolut vollkommen."

„Ich verstehe nicht ganz."

„Ihre Augen sind zu groß, und Ihr Mund ist eine Spur breiter, als er sein sollte."

Gekränkt schlug sie seine Hand fort. Sie war verlegen, und sie ärgerte sich, dass sie ein Kompliment erwartet hatte. „Meine Augen und mein Mund gehen Sie nichts an."

„Oh doch", verbesserte er sie. „Denn ich werde Ihr Gesicht schnitzen."

Sie runzelte die Stirn, und eine feine Falte bildete sich zwischen ihren Brauen. „Was werden Sie tun?"

„Ich werde Ihr Gesicht schnitzen. Wahrscheinlich in Rosenholz. Und zwar so, wie Sie das Haar jetzt tragen."

Erneut schob sie seine Hand fort. „Falls ich Ihnen dazu Modell sitzen muss, nehmen Sie bitte zur Kenntnis, dass ich nicht interessiert bin."

„Das macht nichts. Ich bin daran interessiert." Er nahm ihren Arm und führte sie zur Tür.

„Falls Sie sich einbilden, dass ich jetzt geschmeichelt bin …"

„Weshalb sollten Sie?“ Er öffnete die Tür und betrachtete sie aufmerksam. „Sie haben das Gesicht bei Ihrer Geburt mitbekommen und es sich nicht verdient. Geschmeichelt könnten Sie sein, wenn ich Ihnen versicherte, dass Sie gut singen, tanzen – oder küssen.“ Er schob sie hinaus und verschloss die Tür. „Können Sie es?“, fragte er beiläufig.

„Ob ich was kann?“, fuhr sie ihn verärgert an.

„Gut küssen.“

Hochmütig zog Sydney die Augenbrauen in die Höhe. „Sollten Sie es eines Tages herausfinden, dürfen Sie sich etwas darauf einbilden.“

Entschlossen lief sie vor ihm den Flur hinab. Mikhail hatte sie kaum berührt, das hätte sie schwören können. Trotzdem hielt er sie wenige Sekunden später zwischen seinen Armen an der Wand gefangen und stützte die Hände zu beiden Seiten ihres Kopfes ab.

Vor Schreck und aufkeimender Angst bekam sie keinen Ton heraus.

Er wusste, dass er sich abscheulich benahm, und er genoss es. Seine Lippen waren nur wenige Zentimeter von ihren entfernt, und er merkte, wie Hitze in ihm aufstieg. Nun, damit würde er fertigwerden. Auch mit ihr. Er spürte ihren Atem und lächelte.

„Ich glaube, Sie müssen noch lernen, wie man gut küsst“, stellte er ruhig fest. „Sie haben den passenden

Mund dazu.“ Sein Blick glitt tiefer. „Aber ein Mann müsste sich bei Ihnen Zeit lassen, bis sich Ihr Blut erhitzt. Schade, dass ich kein geduldiger Mann bin.“

Er war so nahe, dass er das Aufblitzen in ihren Augen bemerkte. Dann wurde ihr Blick eiskalt. „Und ich glaube“, fiel sie in seinen Ton ein, „dass Sie bereits sehr gut küssen. Aber eine Frau müsste bei Ihnen ziemlich nachsichtig sein und sich mit Ihrer Selbstgefälligkeit abfinden. Zum Glück bin ich keine nachsichtige Frau.“

Es wäre ein Leichtes für ihn gewesen, beide Bemerkungen sofort zu überprüfen. Aber plötzlich glitt ein Lächeln über sein Gesicht. Er verzog den Mund, und seine Augen leuchteten. Ja, er würde mit ihr fertigwerden, dessen war er gewiss.

„Ein Mann kann Geduld lernen und eine Frau zur Nachsicht bringen.“

Sydney lehnte fest an der Wand – nicht wie jemand, der in die Enge getrieben worden war, sondern wie jemand, der bereit war zum Sprung, bereit, zu fauchen und um sich zu schlagen.

Mikhail trat zurück und fasste ihren Ellbogen. „Wir sollten lieber gehen.“

„Ja.“ Sie war nicht sicher, ob sie erleichtert oder enttäuscht war. Gemeinsam mit ihm ging sie in Richtung Treppe.

3. KAPITEL

Margerite wusste, welches Risiko sie einging, wenn sie einen aufstrebenden, geheimnisvollen Künstler wie Mikhail Stanislaski zu ihrer Dinnerparty einlud.

Wie ein General vor der Schlacht inspizierte sie die Blumengestecke, die Küche, das Esszimmer und die Terrassen. Margerite war äußerst zufrieden.

Weniger gefiel ihr, dass ihre Tochter mit dem wichtigsten Gast noch nicht da war.

Strahlend mischte sie sich in einem fließenden kornblumenblauen Kleid unter ihre Gäste. Eine gute Auswahl von Politikern, Theaterleuten und reichen Müßiggängern war erschienen. Doch der ukrainische Künstler war das Tüpfelchen auf dem i, und sie freute sich schrecklich darauf, ihn vorzuführen.

Sobald sie Mikhail bemerkte, eilte Margerite auf ihn zu. „Mr Stanislaski, wie schön, dass Sie gekommen sind." Sie warf ihrer Tochter einen strafenden Blick zu und strahlte Mikhail an.

„Nennen Sie mich bitte Mikhail." Er kannte das Spiel und machte bereitwillig mit. Deshalb führte er Margerites Hand an die Lippen und verhielt einen Moment darüber. „Bitte vergeben Sie mir, dass wir zu spät kommen. Ich habe Ihre Tochter aufgehalten."

„Ach …“ Margerite legte die Hand besitzergreifend auf seinen Arm. „Eine kluge Frau wartet gern, wenn es sich um den richtigen Mann handelt.“

„Sie verzeihen mir also?“

„Absolut.“ Verstohlen drückte sie seinen Arm. „Dieses Mal zumindest. Und jetzt möchte ich Sie den anderen Gästen vorstellen.“ Sie hakte sich bei ihm ein und sah ihre Tochter zerstreut an. „Misch dich unter die Gäste, Sydney.“

Er lächelte Sydney über die Schulter belustigt zu und ließ sich von Margerite davonführen.

Mikhail unterhielt sich charmant und liebenswürdig und passte sich der Crème de la Crème der New Yorker Gesellschaft ebenso mühelos an wie der Arbeiterwelt von Soho oder den Einwanderern in der Nachbarschaft seiner Eltern in Brooklyn. Niemand ahnte, dass er wesentlich lieber ein Bier mit seinen Freunden oder eine Tasse Kaffee am Küchentisch seiner Mutter zu sich genommen hätte.

Schluckweise trank er seinen Champagner, bewunderte pflichtgemäß das Haus mit seinen kühlen weißen Wänden und den deckenhohen Fenstern und beglückwünschte Margerite zu ihrer Kunstsammlung.

Doch während er plauderte, trank und lächelte, ließ er Sydney nicht aus den Augen.

Seltsam, dachte er. Diese auffällige Eleganz in der Abgeschiedenheit von Long Island müsste eigentlich genau der richtige Rahmen für sie sein. Trotzdem passt sie nicht ganz hierher. Gewiss, sie lächelte reizend und bewegte sich genauso sicher wie ihre Mutter. Ihr schlichtes schwarzes Kleid wirkte ebenso exklusiv wie die farbigeren in diesem Raum. Und ihre Saphire funkelten so heftig wie die Diamanten und Smaragde der übrigen Frauen.

Es liegt an ihren Augen, erkannte er plötzlich. Sie strahlen nicht, sondern blicken ungeduldig drein. Als dächte sie: Bringen wir es hinter uns, damit ich anschließend etwas Wichtigeres tun kann.

Damit werde ich sie auf dem langen Rückweg nach Manhattan aufziehen, nahm Mikhail sich vor und lächelte breit. Das Lachen verging ihm allerdings, als er einen großen blonden Mann mit breiten Schultern in einem Seidensmoking bemerkte, der Sydney auf den Mund küsste.

Sydney sah in die hellblauen Augen unter den goldblonden Brauen und lächelte Channing zur Begrüßung an. „Hallo."

Er reichte ihr ein neues Glas Champagner. „Na, das ist aber eine Überraschung. Wie hat Margerite das denn geschafft?"

„Ich verstehe nicht ganz."

„Dich aus dem Büro zu zerren.“ Er besaß den Charme eines Liebesromanhelden, und Sydney ging instinktiv auf seinen Ton ein.

„Ganz so dramatisch war es nicht. Ich hatte einfach nur viel zu tun.“

„Das sagtest du. Übrigens hast du neulich ein tolles Polospiel verpasst.“ Er betrachtete sie anerkennend, aber nicht anders als ein geschmackvolles Zubehör für seine Wohnung. Ohne an ihrer Einwilligung zu zweifeln, nahm er ihren Arm und führte sie ins Esszimmer. „Sag mal, Liebling, wie lange willst du eigentlich noch die Karrierefrau spielen? Mach doch einmal eine Pause. Ich fahre über das Wochenende in die Hamptons und würde mich freuen, wenn du mitkämest.“

Channing glaubte, dass sie ihn nur hinhielt. Alle nahmen das an. „Ich fürchte, ich kann im Moment nicht fort“, antwortete sie. Sie nahm neben ihm an dem langen Glastisch in dem luftigen Esszimmer Platz. Die Vorhänge waren zurückgezogen, sodass der Garten mit seinen unzähligen pastellfarbenen Frührosen, den späten Tulpen und den nickenden Akeleien bis ins Innere zu wachsen schien.

Sydney wünschte, sie würden draußen essen, damit sie zwischen den Blüten sitzen und die frische Seeluft genießen konnte.

„Ich hoffe, du nimmst es mir nicht übel, wenn ich

dir einen kleinen Rat geben möchte“, begann Channing erneut.

Um sie herum unterhielten sich die Gäste lebhaft. Gläser klirrten, und der erste Gang, delikat gefüllte Champignons, wurde serviert. Sie hatte das Gefühl, in eine Zelle eingesperrt worden zu sein. „Natürlich nicht, Channing.“

„Entweder beherrschst du dein Geschäft, oder das Geschäft beherrscht dich.“

„Hm.“ Channing hatte die Angewohnheit, seinen Rat in Bildern auszudrücken.

„Lass es dir von einem erfahrenen Bankier gesagt sein.“

Sie lächelte versonnen, und ihre Gedanken schweiften ab.

„Es gefällt mir nicht, dass du unter der Verantwortung beinahe zusammenbrichst“, fuhr er fort. „Schließlich wissen wir alle, dass du eine Anfängerin in dem mörderischen Immobiliengeschäft bist.“ Seine Manschettenknöpfe mit dem Monogramm blitzten, während er die Hand auf ihre legte. „Es ist völlig normal, dass du dir in deiner anfänglichen Begeisterung mehr zumutest, als gut für dich ist. Darin stimmst du mir sicher zu.“

„Ehrlich gesagt, mir macht die Arbeit Spaß, Channing.“

„Im Augenblick noch“, antwortete er derart väterlich, dass sie ihn am liebsten mit der Salatgabel gestochen hätte. „Aber wenn der Alltag einkehrt, könntest du leicht überrannt werden. Du musst die Verantwortung delegieren, Sydney. Übergib sie jemandem, der sich auskennt.“

Sie richtete sich hoch auf. „Mein Großvater hat mir die Firma nicht ohne Grund anvertraut.“

„Ältere Menschen werden häufig sentimental. Allerdings glaube ich kaum, dass der alte Hayward erwartete, du würdest deine Aufgabe derart ernst nehmen.“ Besorgt verzog er den Mund. „Seit Wochen hast du kaum noch eine Einladung angenommen. Alle reden schon darüber.“

„Wirklich?“ Sydney zwang sich zu einem Lächeln. Wenn er ihr noch weitere Ratschläge gab, würde sie garantiert ihr Wasserglas auf seinem Schoß verschütten. „Willst du mir nicht lieber von dem Spiel erzählen?“

Mikhail saß am anderen Ende des Tisches zwischen Margerite und Mrs Anthony Lowell aus der angesehenen Bostoner Familie der Lowells und beobachtete Sydney. Ihm gefiel nicht, wie der gut aussehende junge Mann und sie den Kopf zusammensteckten. Nein, beim besten Willen nicht. Der Mann berührte sie unablässig, ihre Hände, ihre Schultern – ihre bloßen

Schultern. Und sie lächelte und nickte dazu, als wäre sie geradezu fasziniert von seinen Worten.

Offensichtlich hatte die Eisprinzessin nichts dagegen, betatscht zu werden, wenn die Hände, die es taten, genauso blütenweiß waren wie ihre.

Leise schimpfte er vor sich hin.

„Sagten Sie etwas, Mikhail?“

Mühsam wandte er seine Aufmerksamkeit wieder Margerite zu. „Nein, ich habe nichts gesagt. Der Fasan schmeckt ausgezeichnet.“

„Danke. Darf ich Sie fragen, was für eine Figur Sydney bei Ihnen bestellt hat?“

Er warf einen düsteren Blick zum anderen Ende des Tisches und antwortete: „Ich arbeite an dem Gebäude in Soho mit.“

„Aha.“ Margerite hatte keine Ahnung, was der Firma Hayward in Soho gehörte. „Ist es etwas für innen oder für außen?“

„Beides. Wer ist der Mann neben Sydney? Ich glaube, er wurde mir noch nicht vorgestellt.“

„Oh, das ist Channing. Channing Warfield. Die Warfields sind alte Freunde unserer Familie.“ Verschwörerisch beugte sich Margerite zu ihm. „Im Vertrauen gesagt: Wilhelmina Warfield und ich hoffen, dass sich die beiden im Sommer verloben. Sie sind solch ein hübsches Paar und passen so gut zusammen.

Und nachdem Sydneys erste Ehe schon eine ganze Weile zurückliegt …“

„Ihre erste Ehe?“ Mikhail traute seinen Ohren kaum. „Sydney war schon einmal verheiratet?“

„Ja. Aber Peter und sie waren noch zu jung und ungestüm“, erzählte Margerite. Dass die Ehe der beiden unter dem Druck ihrer Familien zustande gekommen war, verschwieg sie geflissentlich. „Sydney und Channing dagegen sind erwachsene, verantwortungsbewusste Menschen. Wir hoffen, dass sie im nächsten Frühjahr heiraten werden.“

Mikhail nahm sein Weinglas auf. Er spürte ein seltsames Kratzen im Hals. „Was macht dieser Channing Warfield?“

„Was er macht?“, fragte Margerite verwirrt. „Die Warfields sind Bankiers. Ich nehme an, Channing tut, was in einer Bank zu tun ist. Er ist ein fantastischer Polospieler.“

„Ein Polospieler“, wiederholte Mikhail derart düster, dass Helena Lowell sich an ihrem Fasan verschluckte. Hilfsbereit klopfte Mikhail ihr auf den Rücken und reichte ihr das Wasserglas.

„Sie sind Russe, nicht wahr, Mr Stanislaski?“, fragte Helena. Bilder von wilden Kosaken gingen ihr durch den Kopf.

„Ich wurde in der Ukraine geboren.“

„Richtig, in der Ukraine. Ich habe irgendwo gelesen, dass Sie als kleines Kind mit Ihrer Familie über die Grenze geflohen sind."

„Wir entkamen mit einem Fuhrwerk über die Berge nach Ungarn, reisten weiter nach Österreich und ließen uns schließlich in New York nieder."

„Mit einem Fuhrwerk", seufzte Margerite. „Wie romantisch."

Er erinnerte sich noch genau an die Kälte, die Angst und den Hunger. Unter Romantik verstand er etwas anderes. Aber er zuckte nur mit den Schultern.

Eine Stunde später standen die Gäste vom Tisch auf und gingen hinaus auf die luftigen Terrassen und in den mondbeschienenen Garten. Margerite umschwirrte ihren Ehrengast wie ein Schmetterling. Sie flirtete offen mit ihm, aber Mikhail machte es nichts aus. Sie war eine hübsche, lebhafte Frau, harmlos und sogar recht unterhaltsam. Als sie vorschlug, ihm den Dachgarten zu zeigen, nahm er ihr Angebot bereitwillig an.

Nach dem unablässigen Gerede draußen war es hier wohltuend ruhig. Eine leichte Brise wehte vom Meer. Mikhail erkannte das Wasser, den leicht geschwungenen Strand und die heitere Eleganz der anderen Villen mit ihren Gärten hinter den Mauern.

Und er sah Sydney, die sich bei Channing eingehakt

hatte und mit ihm zu einer schattigen Ecke der Terrasse schlenderte.

„Mein dritter Ehemann baute dieses Haus“, erzählte Margerite. „Er ist Architekt. Als wir uns scheiden ließen, hatte ich die Wahl zwischen dem Haus und einer kleinen Villa in Nizza. Da ich zahlreiche Freunde in dieser Gegend habe, entschied ich mich natürlich hierfür.“ Sie lehnte sich graziös an die Brüstung. „Ich liebe dieses Haus. Bei meinen Partys verteilen sich die Gäste über alle Stockwerke, sodass es nie zu voll wird. Vielleicht haben Sie Lust, uns im Sommer einmal über das Wochenende zu besuchen?“

„Vielleicht“, antwortete er zerstreut und beobachtete Sydney weiter. Im Mondschein glänzte ihr Haar beinahe mahagonifarben.

Margerite bewegte sich ein wenig, sodass sich ihre Schenkel berührten. Er wusste nicht, ob er überrascht oder eher belustigt sein sollte. Um den Stolz seiner Gastgeberin nicht zu verletzen, wandte er sich lächelnd ab.

„Sie haben ein entzückendes Haus. Es passt sehr gut zu Ihnen.“

„Ich würde gern einmal Ihr Atelier sehen.“ Die Einladung in Margerites Blick war unübersehbar.

„Ich fürchte, Sie fänden es furchtbar stickig und voll und würden sich schrecklich langweilen.“

„Niemals." Lächelnd strich sie mit einer Fingerspitze über seinen Handrücken. „Ich bin sicher, dass mich nichts an Ihnen langweilt."

Du liebe Güte, die Frau war alt genug, um seine Mutter zu sein! Und sie machte sich an ihn heran wie eine geheimnisvolle Jungfrau, die bereit war, ihre Unschuld zu verlieren. Er nahm ihre Hand. „Margerite, Sie sind sehr charmant. Und ich bin …" Er küsste ihre Fingerspitzen. „Ich bin völlig unpassend für Sie."

Zärtlich strich sie mit dem Finger über seine Wange. „Sie unterschätzen sich, Mikhail."

Nein, gewiss nicht, dachte er. Aber er merkte, dass er Margerite erheblich unterschätzt hatte.

Unten auf der Terrasse versuchte Sydney inzwischen, Channing auf taktvolle Weise loszuwerden. Er war aufmerksam, respektvoll und besorgt – und langweilte sie entsetzlich.

Es musste an ihr liegen, dessen war sie gewiss. Jede Frau, die ihre Sinne einigermaßen beisammenhatte, würde wie Wachs schmelzen, wenn ein Mann wie Channing ihr seine Aufmerksamkeit schenkte. Die Luft unter den dichten Laubbäumen roch nach Meer, und die Brise ließ die Blätter romantisch rascheln. Channing erzählte von Paris und streichelte ihr zärtlich den nackten Rücken.

Doch Sydney wünschte, sie wäre zu Hause und

könnte sich mit dem dicken Quartalsbericht beschäftigen. Endlich holte sie tief Luft und drehte sich zu ihm. Sie musste Channing offen und ehrlich sagen, dass er sich eine andere Begleiterin suchen solle.

In diesem Augenblick entdeckte sie Mikhail auf dem Dach, der gerade Margerites Hand an die Lippen führte.

Dieser …! Leider fiel ihr kein hässliches Wort ein, das sie ihm hätte zurufen können. Schleimer war viel zu harmlos, Gigolo war zu glatt. Machte der Kerl sich an ihre Mutter heran! An ihre Mutter! Dabei hatte er noch vor wenigen Stunden …

Unsinn, sagte sie sich und verdrängte das Bild von der Szene auf dem Flur in Soho. Er hatte sich nur aufgespielt, mehr war es nicht gewesen.

Und sie hätte ihm am liebsten den Hals umgedreht.

Sie sah, wie Mikhail sich lachend von ihrer Mutter zurückzog und zu ihr hinabblickte.

Wütend fuhr sie zu Channing herum, der heftig erschrak. „Küss mich“, forderte sie ihn auf.

„Weshalb, Sydney?“

„Ich sagte: Küss mich.“ Sie packte sein Smokingrevers und warf sich an seine Brust.

„Aber gern, Liebling.“ Erfreut, dass sie endlich anderen Sinnes geworden war, fasste er ihre Schultern und beugte sich zu ihr.

Seine Lippen waren weich und warm. Channing presste sie auf ihren Mund und streichelte gleichzeitig ihren Rücken. Er schmeckte nach Pfefferminz, und ihr Körper passte gut mit seinem zusammen. Trotzdem empfand Sydney nichts als leere Wut. Plötzlich fröstelte sie vor Angst und Verzweiflung.

„Du weißt doch, dass ich dir nicht wehtun würde, Liebling", flüsterte Channing.

Nein, das würde er nicht. Von Channing hatte sie nichts zu befürchten. Widerwillig ließ sie zu, dass er den Kuss vertiefte, und forderte sich selbst auf, endlich etwas zu fühlen und zu reagieren. Doch sie merkte schon, dass er aufgab, bevor er die Lippen von ihrem Mund löste.

„Ich weiß nicht, woran es liegt, Sydney", begann er und strich sein Revers glatt. „Es war, als hätte ich meine Schwester geküsst", fügte er enttäuscht hinzu.

„Ich bin müde", antwortete sie. „Ich glaube, ich hole meine Sachen und fahre nach Hause."

Zwanzig Minuten später steuerte der Fahrer ihren Wagen in Richtung Manhattan. Sydney saß kerzengerade auf ihrer Seite der Rückbank, während Mikhail es sich in seiner Ecke bequem gemacht hatte. Beide schwiegen und unterhielten sich nicht einmal über jene Nichtigkeiten, die es immer zu sagen gab, wenn zwei Menschen dieselbe Veranstaltung besucht hatten.

Sydney war eiskalt vor Verachtung, und Mikhail kochte innerlich vor Wut.

Sie hat es nur getan, um mich zu ärgern, überlegte er. Sie hat sich von diesem Kerl im Seidensmoking küssen lassen, damit ich leide. Aber weshalb leide ich? fragte er sich. Diese Frau bedeutet mir überhaupt nichts.

Nein, das stimmt nicht, verbesserte er sich stumm und starrte finster in die Dunkelheit. Das Problem war nur herauszufinden, was sie ihm bedeutete.

Dieser Mann besitzt offensichtlich keinerlei Anstand, keine Moral und kein Schamgefühl, dachte Sydney. Nachdem er sich derart schändlich benommen hat, sitzt er wie unschuldig da und rührt sich nicht. Stirnrunzelnd betrachtete sie ihr blasses Spiegelbild in der Fensterscheibe und versuchte auf die Klänge von Chopins Prélude aus der Stereoanlage zu lauschen.

Flirtete der Kerl offen mit einer Frau, die zwanzig Jahre älter war als er, und grinste anschließend höhnisch vom Dachgarten zu ihr hinunter.

Und sie hatte ihn mit der Renovierung des Apartmenthauses beauftragt. Oh, wie sie diesen Schritt bedauerte! In ihrer Entschlossenheit, unverzüglich das Notwendigste zu veranlassen, war sie so blind gewesen, einen sexbesessenen, unmoralischen ukrainischen Tischler zu beauftragen.

Nun, wenn er sich einbildete, mit ihrer Mutter seine Spielchen treiben zu können, irrte er sich gewaltig!

Sydney holte tief Luft, drehte sich zu Mikhail und sah ihn fest an. Er hatte das Gefühl, dass die Temperatur im Wagen um mindestens zehn Grad sank.

„Lassen Sie die Finger von meiner Mutter“, erklärte Sydney drohend.

Er warf ihr einen vielsagenden Blick zu und schlug die Beine übereinander. „Wie soll ich das verstehen?“

„Sie haben mich genau verstanden, Mikhail. Wenn Sie glauben, dass ich ruhig zusehe, wie Sie sich an meine Mutter heranmachen, können Sie etwas erleben. Meine Mutter ist eine einsame, verletzliche Frau. Ihre letzte Scheidung hat sie sehr mitgenommen, und sie ist noch nicht darüber weg.“

Er schimpfte kurz und heftig in seiner Muttersprache und schloss die Augen.

Wütend rutschte Sydney zu ihm hinüber und stieß ihn am Arm. „Was zum Teufel heißt das?“

„Möchten Sie eine Übersetzung? Die harmloseste wäre ‚So ein Quatsch‘. Und jetzt halten Sie den Mund, ich möchte schlafen.“

„Sie werden erst schlafen, nachdem Sie Folgendes zur Kenntnis genommen haben: Entweder lassen Sie

Ihre derben Finger von meiner Mutter, oder ich verwandle das Gebäude, an dem Ihnen so viel liegt, in ein Parkhaus."

Mikhail öffnete die Augen wieder. Sie funkelten vor Wut, wie Sydney befriedigt feststellte. „So eine gewaltige Drohung aus dem Mund einer so zarten Frau", meinte er täuschend träge. Sie saß viel zu nahe, und sie machte ihn nervös. Der Duft ihres Parfüms verwirrte seine Sinne und verwandelte seine Verärgerung in ein erheblich elementareres Gefühl. „Konzentrieren Sie sich auf Ihren Kerl, und lassen Sie Ihre Mutter ein eigenes Leben führen."

„Auf welchen Kerl?"

„Auf den Bankier, der Ihnen den ganzen Abend nicht von den Fersen gewichen ist."

Sydney wurde dunkelrot. „Channing und mich verbindet nur Geschäftliches."

„Aha. Dann haben Sie Ihre Geschäfte, und ich habe meine. Und nun wollen wir mal sehen, was wir gemeinsam haben." Im nächsten Moment hatte er sie zu sich auf den Schoß gezogen. Verblüfft stemmte sie die Hände gegen seine Brust und versuchte sich von ihm loszumachen.

„Was fällt Ihnen ein?"

Sie war stocksteif, aber sie hatte etwas an sich … Und sie passte unglaublich gut in seine Arme. Obwohl er sich selbst verwünschte, hielt er sie so fest, dass er ihre Brüste spürte, die sich unregelmäßig an seinem Oberkörper hoben und senkten, und ihren Atem roch, der nach Wein duftete.

Ich werde ihr jetzt eine Lektion erteilen, beschloss er grimmig, und sie wird sie lernen. „Ich werde Ihnen beibringen, wie man küsst", erklärte er. „Nach dem, was ich vom Dach aus sah, haben Sie eine ziemlich armselige Vorstellung mit dem Polospieler abgegeben."

Sydney hielt vor Schreck regungslos still. Sie würde sich nicht wie eine Wilde wehren und laut schreien, und ihm erst recht nicht das Gefühl geben, sie hätte Angst vor ihm.

„Sie eingebildeter Kerl!" Am liebsten hätte sie auf ihn eingeschlagen. Deshalb ballte sie die Hände und blickte ihn hochmütig an. „Sie können mir nichts beibringen."

„Nein?" Einen Moment fragte er sich, ob er sie nicht lieber erdrosseln sollte. „Das wollen wir mal sehen. Ihr Channing hat es so gemacht, nicht wahr?" Er streichelte ihre Schultern, und Sydney erschauerte unwillkürlich.

„Zittern ist gut. Es gibt dem Mann ein Gefühl von Macht. Ich kann mir nicht vorstellen, dass Sie bei Channing gezittert haben."

Sydney antwortete nicht, sondern fragte sich, ob Mikhail wusste, dass sich sein slawischer Akzent verstärkt hatte. Es klang exotisch, ja erotisch.

Er fürchtete, dass er keinen Ton mehr herausbekam, wenn sie ihn noch länger so ansah. „Ich tue es anders“, murmelte er. „Und zwar so.“ Behutsam legte er die Hände an ihren Nacken und zog ihren Kopf an sich. Er merkte, dass sie die Luft anhielt und unwillkürlich erschauerte. Mit ihren großen blauen Augen sah sie ihn aufmerksam an. Obwohl er sie leidenschaftlich küssen wollte, lächelte er und streifte mit den Lippen ihr Kinn.

Instinktiv bog sie den Kopf zurück, damit er ihren schlanken, empfindsamen Hals besser erreichte.

Was macht er bloß mit mir? Sydney schwirrte der Kopf, sie konnte nicht mehr klar denken. Weshalb brachte er es nicht einfach hinter sich, sodass sie davonkam, ohne dass ihr Stolz Schaden nahm?

Am liebsten hätte sie ihm den Hals umgedreht. Andererseits es war köstlich – und wunderbar. Und entsetzlich gemein …

Sie duftet wie ein frischer Frühlingsmorgen, wenn der Tau noch auf dem grünen Gras und den ersten Blüten liegt, dachte Mikhail. Ihr Körper war immer noch stocksteif, doch sie hatte den Kopf ergeben zurückgebogen und zitterte ein wenig.

Wer war sie? Träge strich er mit den Lippen zu ihrem Ohr, um es herauszufinden.

Unzählige lustvolle Empfindungen prickelten auf ihrer Haut. Erschrocken wollte sie sich losmachen, doch er glitt mit den Händen zu ihrem Rücken und hielt sie fest. Er reizte und quälte sie, stillte ihr wachsendes Verlangen aber nicht.

Ja, sie wollte ihn. Die flackernde Hitze in ihrem Inneren nahm zu.

Sie sehnte sich nach ihm.

Die Hitze breitete sich in ihrem Körper aus, ging ihr durch Mark und Bein.

Sie brauchte ihn.

Ein heißer Schauer nach dem anderen durchrieselte sie, ihr wurde glühend heiß.

Da hielt es sie nicht mehr zurück.

Verzückt presste Sydney die Lippen auf Mikhails Mund. Alles Eis war geschmolzen. Sie schob die Finger in sein Haar und wunderte sich verblüfft über die heftige Leidenschaft, die sie plötzlich erfasst hatte.

Er war grob und rastlos. Er duftete nicht nach einem teuren Eau de Toilette, sondern roch ungeheuer männlich. Sie verstand die Worte nicht, die er an ihrem Mund murmelte. Aber sie klangen nicht liebevoll oder besänftigend, sie ähnelten eher einer Drohung.

Er küsste sie nicht sanft oder warm, sondern hart

und ungeduldig. Undeutlich erkannte sie, dass er sich stets nehmen würde, was er wollte, und zwar wo und wann es ihm passte. Ein lustvoller Schauer durchrieselte sie bei diesem Gedanken. Hingerissen keuchte sie seinen Namen, als er das Oberteil ihres Kleides hinunterzog und mit seinen rauen Händen ihre Brüste umschloss.

Er beugte sich über sie und war viel zu benommen, um zu überlegen, ob er weitermachen oder sich schleunigst losreißen sollte. Sie roch so gut, und ihre Haut war herrlich glatt. Wie Alabaster. Oder Rosenblätter. Sie war genau die Frau, die jeder Mann sich wünschte und für sich beanspruchte. Verlangend strich er mit den Händen über ihren Körper und wollte mehr.

Seufzend verlagerte er das Gewicht, bis sie auf der langen Polsterbank unter ihm lag. Ihr Haar breitete sich wie Kupfer um ihren Kopf aus. Leidenschaftlich wand sie sich unter ihm, und ihre Brüste hoben sich verführerisch von dem schwarzen Kleiderstoff ab, sodass er kaum noch an sich halten konnte.

Als er die Lippen über der rosigen Knospe schloss, bog Sydney sich ihm entgegen und presste die Finger in seinen Nacken. Ein köstliches Ziehen bildete sich tief in ihrem Körper. Dort, wo die Hitze am stärksten war, wollte sie Mikhail spüren. Dort begehrte sie ihn am meisten.

„Bitte …“, hörte sie sich flehen.

Der kehlige Laut ging ihm durch und durch. Ekstatisch presste er die Lippen wieder auf ihren Mund. Schon hatte er eine Hand unter den Rand ihres Kleides geschoben, um den Stoff ganz hinunterzuziehen. Er sah ihr Gesicht, ihre großen Augen und ihre zitternden Lippen. Die Lichter und Schatten der Straße glitten darüber hinweg, sodass es blass wie das Antlitz einer Marmorstatue wirkte. Sydney bebte wie Espenlaub.

Plötzlich nahm Mikhail das Summen des Verkehrs wieder wahr. Erschrocken fuhr er zurück und keuchte wie ein Taucher, der zu lange unter Wasser geblieben war. Sydney und er befanden sich auf der Fahrt in die Stadt. Nur eine dünne getönte Scheibe trennte sie vom Chauffeur. Und er traktierte Sydney – anders konnte man es wirklich nicht nennen – wie ein ungebärdiger Teenager, der den Verstand verloren hatte.

Doch die Entschuldigung blieb ihm im Hals stecken. „Tut mir leid“, war jetzt wohl nicht angebracht. Mit grimmiger Miene zog er ihr Kleid wieder hinauf. Sie starrte ihn wortlos an, und er kam sich wie ein dummer Junge vor. Wie gern hätte er sie auf der Stelle in Besitz genommen.

Stattdessen machte er sich los, lehnte sich in seine Ecke und blickte aus dem Fenster. Sie waren nur wenige Blocks von seiner Wohnung entfernt, und er hätte beinahe … Nein, daran durfte er nicht einmal denken.

„Wir sind fast da." Vor Anstrengung klang seine Stimme schroff und hart.

Sydney wich zurück, als hätte sie einen Schlag bekommen. Was hatte sie diesmal falsch gemacht? Sie hatte Gefühle gezeigt und Mikhail begehrt. Ja, sie hatte stärker empfunden und begehrt als je zuvor. Und trotzdem war es schiefgegangen.

Einen zeitlosen Augenblick war sie bereit gewesen, ihren Stolz und ihre Ängste zu verdrängen. Und sie hatte geglaubt, dass er ebenfalls etwas für sie empfand.

Aber sie war nicht leidenschaftlich genug gewesen. Sie schloss die Augen. Es schien niemals zu reichen. Ihr wurde kalt, und sie fröstelte. Deshalb presste sie die Arme um den Körper, um noch ein wenig von der Hitze der körperlichen Nähe zu bewahren.

Zum Teufel, weshalb sagte sie nichts? Unsicher fuhr Mikhail sich durch das Haar. Er hatte eine Ohrfeige verdient. Oder einen richtigen Schlag. Aber sie saß nur regungslos da.

Grübelnd blickte er aus dem Fenster und überlegte, dass er nicht allein schuld war. Sie hatte ihren wunderbaren Körper willig an ihn gepresst und ihn mit ihrem weichen Mund halb wahnsinnig gemacht. Der Duft ihres verführerischen Parfüms hatte ihn geradezu berauscht.

Langsam fühlte er sich wieder besser.

Zwei Menschen hatten sich im Fond eines Wagens liebkost, mehr war es nicht gewesen.

„Hören Sie, Sydney …" Mikhail drehte sich zu ihr, doch sie fuhr blitzschnell zurück.

„Rühren Sie mich nicht an!" Er hörte nur ihre Wut und sah nicht ihre Tränen.

„Schon gut." Der Wagen bog in die Einfahrt, und Mikhail bekam erneut ein schlechtes Gewissen. „Ich werde die Finger von Ihnen lassen, Miss Hayward. Rufen Sie in Zukunft jemand anders, wenn Sie eine kleine Balgerei auf der Rückbank wünschen."

Stolz ballte Sydney die Fäuste, um nicht die Fassung zu verlieren. „Mir war es ernst mit dem, was ich über meine Mutter sagte."

Er stieß die Tür auf. Im Schein der Straßenlaterne wirkte sein Gesicht kreideweiß. „Mir auch. Danke für die Fahrt."

Die Tür schlug zu, und Sydney schloss enttäuscht die Augen. Sie wollte nicht weinen. Eine einzelne Träne löste sich, und sie wischte sie verärgert fort. Nein, sie würde nicht weinen. Aber sie würde auch nicht vergessen.

4. KAPITEL

Es war ein langer Arbeitstag gewesen. Genauer gesagt, Sydney hatte die ganze Woche wie wild gearbeitet und kam einschließlich der mittäglichen Geschäftsessen und der Abende zu Hause beim Studium der Akten auf beinahe sechzig Stunden. Der heutige Tag war noch nicht ganz zu Ende, aber sie empfand zum ersten Mal eine Art Erleichterung, dass es Freitagnachmittag war und das Wochenende bevorstand.

Seit sie erwachsen war, hatte ein Wochentag dem anderen geglichen. Die Stunden waren ausgefüllt gewesen mit wohltätigen Aufgaben, Einkäufen und Verabredungen zum Lunch. Und die Wochenenden hatten sich lediglich dadurch unterschieden, dass die Partys abends immer länger dauerten.

Sydney überflog noch einmal den Vertrag, der vor ihr auf dem Schreibtisch lag, und freute sich, dass sich ihr Leben entscheidend verändert hatte. Jetzt verstand sie, weshalb ihr Großvater immer so fröhlich gewesen war. Er hatte einen Lebenszweck gehabt, ein klares Ziel.

Und das war nun auf sie übergegangen.

Gewiss, wegen der korrekten Vertragsformulierungen musste sie immer noch den Rat von Fachleuten einholen, und bei neuen Geschäften hing sie stark von ihrem Vorstand ab. Aber die Arbeit gefiel ihr sehr. Ja, sie begann das große Spiel des An- und Verkaufs von Immobilien richtig zu genießen.

Gerade markierte sie eine Vertragsklausel, deren Formulierung ihr nicht gefiel, da summte ihre Gegensprechanlage.

„Mr Bingham möchte Sie sprechen, Miss Hayward."

„Schicken Sie ihn herein, Janine. Und versuchen Sie bitte anschließend, Frank Marlow von Marlow, Radcliffe und Smith an den Apparat zu bekommen."

„Ja, Ma'am."

Als Lloyd kurz darauf in ihr Büro schlenderte, beschäftigte sich Sydney immer noch mit dem Vertrag. Sie hob die Hand, um ihm zu zeigen, dass sie noch eine weitere Minute benötigte.

„Tut mir leid, Lloyd, ich hätte sonst den Faden verloren und noch einmal von vorn beginnen müssen", erklärte sie anschließend und legte den Vertrag beiseite. „Was kann ich für Sie tun?"

„Es geht um das Gebäude in Soho. Die Renovierung gleitet uns völlig aus den Händen."

Sie verzog die Lippen. Bei dem Wort Soho dachte sie automatisch an Mikhail. Und der erinnerte sie an die turbulente Fahrt von Long Island nach Manhattan und an ihr erneutes Versagen als Frau.

„In welcher Beziehung?"

„In jeder Beziehung." Lloyd konnte seine Verärgerung nur mühsam unterdrücken und lief erregt auf und ab. „Eine Viertelmillion Dollar! Sie haben eine Viertelmillion Dollar für die Renovierung des Gebäudes vorgesehen."

Sie blieb ruhig sitzen und faltete die Hände auf der Schreibtischplatte. „Das ist mir bekannt. Angesichts des Zustands des Hauses ist Mr Stanislaskis Kostenvoranschlag durchaus annehmbar."

„Woher wollen Sie das wissen?", schimpfte er. „Haben Sie weitere Angebote eingeholt?"

„Nein." Sydney musste daran denken, dass Lloyd langsam die Karriereleiter hinaufgeklettert war, während man sie gleich an die Spitze gesetzt hatte. „Ich habe mich in der Regel von meinem Instinkt leiten lassen."

„Instinkt?" Er fuhr zu ihr herum. „Sie sind erst ein paar Monate im Geschäft und lassen sich bereits von Ihrem Instinkt leiten?" Sein Spott war unüberhörbar.

„Das ist richtig. Außerdem weiß ich, dass die Angebote für die Erneuerung der Elektroleitungen, der Installationen und der Arbeiten für den Tischler sich im Rahmen vergleichbarer Objekte halten."

„Hören Sie, Sydney, die Renovierung unseres

Firmensitzes hat uns letztes Jahr kaum mehr gekostet."

Ungeduldig trommelte Sydney mit einem Finger auf den Tisch. „Bei dem Hayward-Gebäude ging es im Grunde nur um Verschönerungsarbeiten. In Soho besteht ein Großteil der Reparaturen dagegen aus absolut erforderlichen Sicherheitsmaßnahmen sowie der Modernisierung vorhandener Anlagen."

„Eine Viertelmillion für Reparaturen!" Er stemmte die Handflächen auf den Schreibtisch und beugte sich vor. Ihr fiel ein, dass Mikhail eine ähnliche Geste gemacht hatte. Allerdings würden Lloyds Hände keine Schmutzflecken hinterlassen. „Wissen Sie, wie hoch die jährlichen Mieteinnahmen aus diesen Wohnungen sind?"

„Ja, das weiß ich." Sie nannte eine Ziffer, die zu Lloyds Erstaunen auf den Cent genau stimmte. „Natürlich wird es länger als ein Jahr dauern, bis die Kosten für die Investitionen wieder hereinkommen. Andererseits haben die Mieter Anspruch auf eine anständige Wohnung für ihr Geld."

„Eine anständige Wohnung ...", wiederholte Lloyd steif. „Sie verbinden Moral und Geschäft."

„Das hoffe ich sehr."

Er richtete sich wieder auf. Es ärgerte ihn gewaltig, dass sie so ruhig und selbstgefällig hinter diesem

Schreibtisch saß, der eigentlich ihm zustand. „Sie sind sehr naiv."

„Mag sein. Aber solange ich diese Firma leite, werde ich es nach meinen Maßstäben tun."

„Sie bilden sich ein, die Firma zu leiten, nur weil Sie einige Verträge unterzeichnet haben und herumtelefonieren. Sie stecken eine Viertelmillion Dollar in Ihr sogenanntes Lieblingsprojekt und haben keine Ahnung, worauf Stanislaski aus ist. Woher wissen Sie, dass er die Leistungen seiner Subunternehmer nicht für einen viel geringeren Lohn erhält und den Rest in die eigene Tasche steckt?"

„Sie reden Unsinn."

„Ich sagte bereits, Sie sind sehr naiv. Sie beauftragen einen ukrainischen Künstler und lassen die Arbeiten nicht einmal überwachen."

„Ich beabsichtige, mich selbst von dem Fortschritt zu überzeugen, hatte aber bisher leider keine Zeit dafür. Außerdem erhalte ich wöchentlich einen Bericht von Mr Stanislaski."

Lloyd schnaufte verächtlich.

Plötzlich erkannte Sydney, dass Lloyd recht hatte. Sie hatte Mikhail impulsiv mit den Arbeiten beauftragt und sich anschließend aufgrund ihrer persönlichen Gefühle nicht mehr darum gekümmert und den Fortschritt der Arbeiten verfolgt.

Das war nicht naiv, sondern feige.

„Sie haben recht, Lloyd. Ich werde mich unverzüglich darum kümmern.“ Sie lehnte sich in ihrem Sessel zurück. „Sonst noch etwas?“

„Sie haben einen Fehler begangen“, antwortete er, „einen sehr kostspieligen sogar. Einen weiteren wird der Vorstand nicht mehr dulden, davon können Sie ausgehen.“

Sie legte die Hände locker auf die Armlehnen und nickte. „Und Sie möchten ihn davon überzeugen, dass Sie an diesen Schreibtisch gehören.“

„Es sind Geschäftsleute, Sydney. Gefühlsmäßig mögen sie eine Hayward an der Spitze vorziehen, doch am Ende wird die Gewinn- und Verlustrechnung den Ausschlag geben.“

Ihre Miene blieb gleichmütig, und ihre Stimme klang weiterhin fest. „Ich bin sicher, dass Sie auch in diesem Punkt recht haben. Sollte mich der Vorstand jedoch weiterhin unterstützen, erwarte ich von Ihnen, dass Sie entweder loyal zu mir stehen oder kündigen. Etwas dazwischen akzeptiere ich nicht. Wenn Sie mich jetzt bitte entschuldigen würden … Ich habe zu tun.“

Nachdem Lloyd die Tür hinter sich zugeschlagen hatte, griff Sydney zum Telefon. Doch ihre Hand zitterte derart, dass sie den Hörer wieder auflegen musste. Lloyd Bingham war ihr Feind, und er besaß

Einfluss und Erfahrung. Bei der Renovierung des Gebäudes in Soho hatte sie übereilt gehandelt. Falls sie wirklich einen Fehler gemacht hatte, würde Lloyd die Situation für sich nutzen.

Würde der Vorstand sie zum Rücktritt zwingen, falls sie nicht beweisen konnte, dass sie richtig gehandelt hatte?

Sie wusste es nicht, und das war das Schlimmste.

Doch sie wollte einen Schritt nach dem anderen tun, und dazu gab es nur eine Möglichkeit: Sie musste nach Soho fahren.

Während der letzten Tage hatte die Hitze etwas nachgelassen, doch heute Morgen war sie zurückgekehrt, und es war drückend und schwül.

Junge Mädchen in Shorts und Männer in verschwitzten Geschäftsanzügen drängten sich um die Stände auf den Gehsteigen und hofften, dass ihnen ein Eis oder ein Glas Saft das Leben erträglicher machen würde.

Als Sydney den Wagen verließ, traf die feuchte Luft sie wie ein Schlag. Um dem Fahrer das Warten zu ersparen, gab sie ihm für den restlichen Tag frei. Dann schirmte sie die Augen ab und betrachtete das Gebäude.

Die gesamte Fassade war eingerüstet. Werbeaufkleber der Lieferfirma klebten an den glänzenden Fensterscheiben. Im dritten Stock versuchte gerade jemand, das Papier zu entfernen.

Am Eingang warnte ein Schild vor den Bauarbeiten. Sydney hörte das Hämmern und Sägen und das Schlagen von Metall auf Metall. Aus einem Kofferradio erklang Rock 'n' Roll.

Am Straßenrand parkte der verbeulte Lieferwagen eines Installateurs. Einige Leute standen herum. Sie schauten neugierig nach oben, und Sydney folgte ihrem Blick.

Da entdeckte sie Mikhail.

Für einen Moment setzte ihr Herzschlag aus. Mikhail befand sich im fünften Stock und bewegte sich äußerst gewandt auf einem sehr schmalen Brett.

„Von solchen Männern müsste es noch mehr geben", meinte eine Frau neben ihr. „Der ist ja klasse."

Sydney schluckte. In Gedanken sah sie Mikhail schon von dem Gerüst stürzen und sich unmittelbar vor ihr das Rückgrat brechen. Entsetzt eilte sie ins Haus. Sie musste schnell zu ihm.

Der Fahrstuhl war geöffnet, und einige Handwerker beluden ihn. Sie wartete nicht ab, bis sie fertig waren, sondern stürmte die Stufen hinauf.

Zwischen dem zweiten und dritten Stock verputzten verschwitzte Männer die Treppe. Sie pfiffen ihr anerkennend nach, doch sie kümmerte sich nicht darum. Jemand hatte den Fernseher zu laut aufgedreht, wahrscheinlich um den Baulärm zu übertönen. Ein Baby schrie, und es roch nach gegrilltem Hähnchen.

Ohne stehen zu bleiben, eilte sie vom vierten in den fünften Stock. Die Tür zu Mikhails Wohnung stand offen, und sie lief hinein. Beinahe wäre sie über einen grauhaarigen Mann mit Armen wie Baumstämme gestolpert, der am Boden hockte und sein Werkzeug sortierte. Geschickt fing er sie auf.

„Entschuldigung, ich hatte Sie nicht gesehen."

„Macht nichts. Ich habe es gern, wenn die Frauen mir zu Füßen liegen."

Sydney bemerkte seinen slawischen Akzent und sah sich nach Mikhail um. Vielleicht arbeiten hier lauter Ukrainer, dachte sie.

„Kann ich Ihnen helfen?"

„Nein … Ja." Sie presste die Hand auf die Brust, denn sie war völlig außer Atem. „Ich suche Mikhail."

„Er ist da draußen", erklärte der Mann und deutete mit dem Daumen zum Fenster.

Sydney sah ihn sofort – zumindest erkannte sie seinen schlanken gebräunten Oberkörper.

Der Mann betrachtete sie neugierig. „Wir sind für heute fertig. Möchten Sie nicht Platz nehmen?"

„Holen Sie ihn herein", flüsterte Sydney. „Bitte, holen Sie ihn herein."

Bevor er etwas antworten konnte, öffnete sich das Fenster, und Mikhail schob ein langes muskulöses Bein über die Brüstung. Lachend rief er etwas in seiner Muttersprache. Doch sobald er Sydney entdeckte, wurde er ernst. „Hallo, Miss Hayward."

„Weshalb waren Sie da draußen?" Die Frage klang wie ein Vorwurf.

„Ich habe die Fenster ausgetauscht. Ist etwas?"

„Nein, nein …" Nie war sich Sydney so dumm vorgekommen. „Ich möchte mich von dem Fortgang der Arbeiten überzeugen."

„Ich führe Sie gleich herum." Mikhail ging in die Küche, hielt den Kopf übers Waschbecken und drehte das kalte Wasser auf.

„Er ist ein Hitzkopf", sagte der Mann hinter ihr und lachte wie über einen gelungenen Witz. Sydney lächelte nur, und er rief Mikhail etwas in einer seltsamen fremden Sprache zu.

„*Tak*", antwortete der.

Mikhail richtete sich wieder auf. Er warf sein tropfnasses Haar zurück, band ein großes Tuch herum und hakte die Daumen in die Gürtelschlaufen. Er war nass, verschwitzt und halb nackt. Sydney hätte ihm am liebsten die Zunge herausgestreckt.

„Mein Sohn ist ein Flegel", erklärte Yuri Stanislaski. „Ich hoffte, ich hätte ihn besser erzogen."

„Ihr … Oh." Sie sah den Mann mit dem breiten Gesicht und den schönen Händen an. Mikhails Hände. „Sie sind Mr Stanislaski."

„Nennen Sie mich Yuri. Ich habe meinen Sohn gerade gefragt, ob Sie die Hayward sind, die seit Kurzem die Firma leitet."

„Ja, mir gehört dieses Haus."

„Es ist ein gutes Gebäude, nur ein bisschen krank. Und wir sind die Ärzte und machen es wieder gesund." Er lächelte seinem Sohn zu und schimpfte erneut auf Ukrainisch.

Diesmal zuckten Mikhails Mundwinkel. „Nein, du hast nicht gerade einen Patienten verloren, Papa. Geh nach Hause und iss zu Abend."

Yuri hob seinen Werkzeugkasten auf. „Komm ebenfalls und bring die hübsche Dame mit. Mama kocht genug für alle."

„Oh danke, aber …"

„Ich habe heute Abend schon etwas anderes vor, Papa", unterbrach Mikhail Sydneys höfliche Ablehnung.

Yuri zog eine buschige Augenbraue in die Höhe. „Du bist ein Dummkopf", sagte er auf Ukrainisch. „Ist dies die Frau, wegen der du schon die ganze Woche schlecht gelaunt bist?"

Verärgert nahm Mikhail ein Küchentuch und trocknete sein Gesicht. „Frauen verderben mir niemals die Laune."

Yuri lächelte nachsichtig. „Diese schon." Er wandte sich an Sydney. „Entschuldigen Sie bitte. Jetzt war ich unhöflich und habe in einer Sprache geredet, die Sie nicht verstehen. Anscheinend übt mein Sohn einen schlechten Einfluss auf mich aus." Er hob ihre Hand und küsste sie äußerst charmant. „Ich freue mich, Sie kennengelernt zu haben."

„Ich freue mich ebenfalls."

„Zieh dein Hemd an", forderte er seinen Sohn auf und verließ pfeifend die Wohnung.

„Ihr Vater ist sehr nett", stellte Sydney fest.

„Ja." Mikhail nahm das T-Shirt, das er vor Stunden ausgezogen hatte, und hielt es in die Höhe. „Wollen Sie die Arbeiten wirklich sehen?"

„Ja, ich dachte ..."

„Die Fenster sind fertig", unterbrach er sie. „Fast alle Elektroleitungen sind bereits erneuert. Für die Abschlussarbeiten und die Installationen benötigen wir noch eine Woche. Kommen Sie."

Er ging hinaus und betrat ohne anzuklopfen die nächste Wohnung. „Hier wohnt Keely", erklärte er. „Sie ist zurzeit nicht da."

Die Möbel waren zwar alt und abgenutzt, aber durch Kissen in lebhaften Farben und unzählige weibliche Gegenstände wirkte das Apartment freundlich.

In der Küche nebenan herrschte ein fürchterliches Durcheinander. Die Wände waren aufgeschlagen, und dicke nackte Drähte hingen an einigen Stellen heraus.

„Die Umbauten bringen sicher erhebliche Unbequemlichkeiten für die Bewohner mit“, meinte Sydney.

„Das ist immer noch besser, als eine Rührmaschine einzuschalten und damit einen Kurzschluss im ganzen Gebäude auszulösen. Die alte Anlage muss fünfzig Jahre oder älter gewesen sein. Diese ist dreipolig und wesentlich sicherer.“

Es war für sie beide eine Qual, aber Mikhail ging mit Sydney von Stockwerk zu Stockwerk und zeigte ihr alle Stadien der Arbeit. Sie sah unzählige Winkelverbindungen von Kunststoffrohren und viele Meter Kupferrohr.

„Die Fußböden brauchen meistens nur neu versiegelt zu werden. Einige Böden sind allerdings nicht mehr zu retten.“ Er stieß mit dem Fuß gegen eine Sperrholzplatte, die er vor ein Loch im Treppengeländer des zweiten Stocks genagelt hatte.

Sydney nickte und stellte nur Fragen, wenn es angebracht schien. Fast alle Handwerker waren schon gegangen, um ihren Wochenlohn abzuholen. Es war ruhig geworden, sodass sie die gedämpften Stimmen, die Musik und die Geräusche aus den Fernsehern hinter den verschlossenen Türen hörten.

Plötzlich spielte ein Tenorsaxofon Gershwins „Rhapsody in Blue“, und Sydney sah erstaunt auf.

„Das ist Will Metcalf“, erklärte Mikhail. „Er ist ziemlich begabt und spielt in einer Band.“

Das Geländer fühlt sich glatt und stabil an. Das ist Mikhails Werk, dachte sie. Er hat es repariert, weil ihm das Schicksal seiner Mitbewohner nicht gleichgültig ist. Er weiß, wer hier Saxofon spielt oder ein Hähnchen grillt und wessen Baby lacht.

„Sind Sie mit dem Fortschritt der Arbeiten zufrieden?“, fragte sie.

Ihre Stimme klang so seltsam, dass er sie erstaunt ansah, was er bisher vermieden hatte. Einige Haarsträhnen an ihren Schläfen hatten sich gelöst, und er bemerkte ein paar blasse Sommersprossen auf ihrer Nase. „Ja, durchaus. Aber diese Frage hätte eigentlich ich stellen müssen. Sie sind die Besitzerin.“

„Nein, das stimmt nicht.“ Sydney wurde ernst. „Ich unterschreibe nur die Schecks.“

„Sydney …“

„Ich habe genug gesehen und weiß, dass die Arbeiten bei Ihnen in guten Händen sind.“ Sie eilte die Treppe hinunter. „Melden Sie sich umgehend in meinem Büro, wenn die nächsten Zahlungen fällig werden."

„Zum Teufel, nun warten Sie doch!" Er holte sie unten an der Treppe ein und ergriff ihren Arm. „Was ist los mit Ihnen? Erst stehen Sie völlig außer Atem in meiner Wohnung, und jetzt laufen Sie plötzlich davon."

„Ich laufe überhaupt nicht davon, und mit mir ist alles in Ordnung."

Ihr war plötzlich schmerzlich bewusst geworden, wie nahe sich die Menschen in diesem Haus standen. Sie hatte keinen solchen Freundeskreis. Ihr bester Freund war Peter gewesen, und die Freundschaft mit ihm hatte sie zerstört. Nein, sie besaß dieses Gebäude nicht, sie war nur die rechtmäßige Eigentümerin.

„Ich nehme meine Aufgabe sehr ernst. Es ist mein erstes größeres Projekt, seit ich die Firma Hayward leite, und ich möchte alles richtig machen. Deshalb habe ich die Gelegenheit ergriffen …" Ihre Stimme erstarb. Hatte da jemand hinter der rechten Tür um Hilfe gerufen?

Wahrscheinlich war es im Fernsehen, überlegte sie. Doch bevor sie weitersprechen konnte, vernahm sie erneut das leise jämmerliche Rufen. „Mikhail, hören Sie das auch?"

„Was soll ich hören?" Wie sollte er etwas wahrnehmen, wenn er sich unwahrscheinlich zusammenreißen musste, um Sydney nicht zu küssen?

„In dieser Wohnung." Sie horchte erneut. „Ja, da war es."

Diesmal hörte er es ebenfalls und klopfte sofort heftig an die Tür. „Mrs Wolburg! Mrs Wolburg. Hier ist Mik."

Die zittrige Stimme drang kaum durch das Holz. „Ich bin gestürzt. Bitte helfen Sie mir."

„Meine Güte …"

Bevor Sydney den Satz beenden konnte, rammte Mikhail seine Schulter gegen die Tür. Beim zweiten Schlag öffnete sie sich und blieb schwingend in der Angel hängen.

„Ich bin in der Küche", rief Mrs Wolburg matt. „Gott sei Dank, dass Sie da sind."

Mikhail eilte mit großen Schritten durch das Wohnzimmer mit den gestärkten Deckchen und den Papierblumen und fand Mrs Wolburg auf dem Boden. Sie war eine winzige, hagere Frau, und ihr weißes Haar war stark verschwitzt.

„Ich kann nichts sehen", wimmerte sie. „Meine Brille ist runtergefallen."

„Jetzt ist ja alles gut", versicherte Mikhail ihr und fühlte automatisch ihren Puls. „Rufen Sie einen Krankenwagen", forderte er Sydney auf, die sofort zum

Telefon eilte. „Ich möchte Sie lieber nicht aufheben“, fuhr er an Mrs Wolburg gewandt fort. „Sie könnten sich verletzt haben.“

„Meine Hüfte“, stöhnte Mrs Wolburg. „Ich glaube, ich habe mir die Hüfte gebrochen. Ich bin ausgerutscht und konnte mich nicht mehr rühren. Es war so laut, niemand hat mich rufen hören. Ich liege schon mindestens seit zwei oder drei Stunden hier und bin furchtbar schwach.“

„Gleich kommt Hilfe“, sagte er und rieb die eiskalten Hände der Frau. „Bringen Sie mir bitte eine Wolldecke und ein Kissen, Sydney.“

Vorsichtig hob Mikhail den Kopf der Frau an und legte ihn auf das Kissen. Trotz der Hitze fröstelte Mrs Wolburg. Sydney deckte sie sorgfältig zu und sprach beruhigend auf sie ein. „Es dauert nur noch einige Minuten“, versicherte sie ihr und streichelte über die feuchte Stirn.

Einige Leute hatten sich vor der Tür versammelt. „Ich schicke jemanden nach unten, der auf den Krankenwagen wartet“, erklärte Mikhail und stand auf.

„Sie haben eine sehr hübsche Wohnung, Mrs Wolburg“, meinte Sydney. „Haben Sie die Deckchen selbst gehäkelt?“

„Ja, ich häkle schon seit sechzig Jahren. Seit ich zum ersten Mal schwanger war.“

„Haben Sie mehrere Kinder?“

„Drei Töchter und drei Söhne. Außerdem zwanzig Enkel und fünf Urenkel …“ Erneut schloss sie vor Schmerz die Augen. Dann lächelte sie plötzlich. „Sie schimpfen, weil ich allein lebe. Aber ich möchte mein eigenes Reich behalten.“

„Das verstehe ich gut.“

„Jetzt werden sie wieder von vorn beginnen“, murmelte die alte Frau. „Es wäre nicht passiert, wenn ich meine Brille nicht verloren hätte. Ich bin schrecklich kurzsichtig und sah nicht, wohin ich trat. Deshalb blieb ich mit dem Fuß in dem zerrissenen Linoleum hängen, Mik hat mir oft gesagt, ich solle es festkleben. Aber ich wollte es ordentlich schrubben können.“ Sie lächelte kläglich. „Zumindest liege ich jetzt auf einem sauberen Boden.“

„Die Krankenpfleger kommen herauf“, verkündete Mikhail hinter ihr. Sydney nickte und hatte ein furchtbar schlechtes Gewissen.

„Rufen Sie bitte meinen Enkel an, Mik? Er wohnt in der 81. Straße und wird den anderen Bescheid geben.“

Eine Viertelstunde später stand Sydney auf der Straße und sah zu, wie die Trage mit Mrs Wolburg in den Krankenwagen geschoben wurde. Dann trat sie an den Bordstein und versuchte ein Taxi anzuhalten.

„Wo ist Ihr Wagen?“, fragte Mikhail.

„Ich habe den Fahrer zurückgeschickt, weil ich nicht wusste, wie viel Zeit ich benötigen würde. Es war zu heiß, um ihn lange warten zu lassen."

„Haben Sie es sehr eilig?"

Sie zuckte zusammen, denn die Sirene begann zu heulen. „Ich möchte mit ins Krankenhaus fahren."

Verblüfft schob er die Hände in die Hosentaschen. „Dazu besteht kein Grund."

Sie antwortete nicht, sah ihn nur eindringlich an und wartete, bis ein Taxi neben ihr hielt. Sie sagte auch nichts, als er mit ihr in den Wagen kletterte.

Sydney konnte Krankenhausluft nicht leiden. Dazu war die Erinnerung an die letzten Tage ihres Großvaters viel zu frisch. Und in der Notaufnahme waren die Gerüche am schlimmsten.

Sie richtete sich hoch auf, ging zwischen den wartenden Kranken hindurch und trat an die Aufnahme.

„Hier ist gerade eine Mrs Wolburg eingeliefert worden."

„Ja." Die Angestellte drückte auf einige Tasten ihres Computers. „Sind Sie eine Angehörige?"

„Nein, ich …"

„Wir brauchen jemanden aus der Familie, der diese Formulare ausfüllt. Die Patientin sagte, sie sei nicht versichert."

Mikhail beugte sich drohend vor, doch Sydney antwortete sofort: „Hayward Enterprises wird die Krankenhauskosten übernehmen.“ Sie griff in die Handtasche und zog ihren Ausweis hervor. „Mein Name ist Sydney Hayward. Wo ist Mrs Wolburg jetzt?“

„In der Röntgenabteilung. Der behandelnde Arzt heißt Dr. Cohen.“

Vier Stunden, nachdem sie die Notaufnahme betreten hatten, kam der Arzt endlich zu Sydney und Mikhail. Mrs Wolburg hatte eine gebrochene Hüfte sowie eine leichte Gehirnerschütterung. Wegen ihres Alters war der Bruch nicht ungefährlich, doch bei ihrer guten Gesundheit würde sie sich gewiss erholen.

Sydney hinterließ die Telefonnummern ihres Büros und ihrer Privatwohnung und bat darum, über den Gesundheitszustand der Patientin auf dem Laufenden gehalten zu werden.

Erschöpft verließ sie das Krankenhaus.

„Sie müssen etwas essen“, stellte Mikhail fest.

„Wie bitte? Nein, ich bin nur müde.“

Er nahm ihren Arm und führte sie die Straße hinab. „Weshalb widersprechen Sie mir immer?“

„Das tue ich doch gar nicht.“

„Sehen Sie? Sie widersprechen schon wieder. Sie brauchen eine kräftige Mahlzeit.“

Verärgert versuchte sie mit ihm Schritt zu halten. „Woher wollen Sie wissen, was ich brauche?"

„Ich weiß es eben." An einer Ampel blieb er plötzlich stehen, und Sydney stieß mit ihm zusammen. Bevor er merkte, was er tat, streichelte er ihr Gesicht. „Meine Güte, sind Sie schön."

Während sie ihn verblüfft ansah, schimpfte er leise und zerrte sie über die Straße.

„Vielleicht habe ich kein Glück mit Ihnen", murmelte er eher zu sich selbst. „Vielleicht sind Sie eine wahre Plage, ein Snob und …"

„Ich bin kein Snob."

Er sagte etwas in seiner Muttersprache, das ihr bekannt vorkam. Dann fiel ihr die Übersetzung ein, und sie schob trotzig das Kinn vor. „Das ist kein Quatsch. Sie sind selbst ein Snob, wenn Sie mich für einen halten, nur weil ich aus einer anderen Schicht stamme als Sie."

Er blieb stehen und sah sie halb misstrauisch, halb interessiert an. „Also gut. Dann haben Sie sicher nichts dagegen, hier mit mir zu essen." Er schob sie in ein lautes Grillrestaurant. Kurz darauf saß Sydney in einer engen Nische neben ihm.

Es roch nach gegrilltem Fleisch und gebratenen Zwiebeln. Ihr lief das Wasser im Mund zusammen. „Ich sagte doch, ich habe keinen Hunger."

„Und ich sagte, Sie sind ein Snob.“ Es gefiel ihm, dass ihre Wangen sich röteten.

„Möchten Sie wissen, was ich von Ihnen halte?“, fragte sie und beugte sich zu ihm.

Wieder hob er die Hand und berührte ihre Wange. Er konnte nicht widerstehen. „Ja, das möchte ich gern.“

Zum Glück kam in diesem Moment die Kellnerin.

„Zwei Steaks, halb durch, mit Beilagen, und zwei Glas Bier.“

„Ich mag es nicht, wenn Männer für mich bestellen“, erklärte Sydney bestimmt.

„Sie können es ja das nächste Mal tun, dann sind wir quitt.“ Mikhail legte einen Arm auf die Lehne, streckte die Beine aus und machte es sich bequem. „Wollen Sie nicht Ihre Jacke ausziehen? Ihnen ist doch bestimmt warm.“

„Sagen Sie mir nicht ständig, wie ich mich fühle. Und hören Sie auf, mit meinem Haar zu spielen.“

Er lächelte. „Ich spiele mit Ihrem Nacken. Er gefällt mir nämlich.“ Wie zum Beweis strich er erneut daran entlang.

Sie presste die Zähne zusammen angesichts des köstlichen Schauers, der ihr Rückgrat hinabrieselte. „Ich wünschte, Sie würden ein Stück rutschen.“

„In Ordnung.“ Er kam näher heran. „Ist es so besser?“

Bleib ganz ruhig, forderte sie sich auf. Sie holte tief Luft und drehte sich zu ihm. „Wenn Sie nicht gleich …“ Doch er streifte ihre Lippen mit seinem Mund, und sie konnte nicht weitersprechen.

„Und nun küssen Sie mich zurück.“

Sie wollte den Kopf schütteln, aber sie brachte es nicht fertig.

„Ich möchte Ihnen dabei zusehen“, murmelte er. „Ich möchte wissen, was in Ihrem Kopf vorgeht.“

„Überhaupt nichts.“

Doch er verschloss ihren Mund und bewies ihr das Gegenteil. Sydney erwiderte seinen Kuss, schob eine Hand in sein Haar und klammerte sich mit der anderen an seine Schulter.

Wieder durchrieselten unzählige Empfindungen ihren Körper. Alles ging viel zu schnell. Sie verlor jedes Gefühl für Zeit und Raum und hörte kaum noch, was um sie herum geschah.

Stattdessen spürte sie seine Lippen, seine Zähne, die zärtlich an ihrer Haut knabberten, und seine Zunge, die sie verführte.

Ich tue ihr dasselbe an wie sie mir, stellte Mikhail fest. Er erkannte es an dem Glanz in ihren Augen, bevor sie die Lider schloss, und fühlte es an der Leidenschaft, mit der ihre Lippen reagierten. Es hätte seinem Selbstbewusstsein gut tun müssen, aber es schmerzte nur umso mehr.

„Tut mir leid, dass ich Sie unterbrechen muss." Die Kellnerin stellte zwei Biergläser auf den Tisch. „Die Steaks kommen gleich."

Sydney wich erschrocken zurück. Sie hatte Mikhail an einem öffentlichen Ort umarmt und war entsetzlich verlegen. Er lockerte den Griff, ließ sie jedoch nicht los.

„Das war ausgesprochen schändlich", stellte sie wütend fest.

Er zuckte mit den Schultern und hob sein Bierglas hoch. „Ich war es nicht allein." Als sie auffahren wollte, sah er sie scharf an. „Weder dieses noch das letzte Mal."

„Letztes Mal haben Sie …"

„Was?"

Sie nahm ihr Glas und trank einen Schluck. „Ich möchte nicht darüber reden."

Er dagegen wollte es sehr, am liebsten sofort. Aber in ihren Augen war solch ein Schmerz zu lesen, dass er verblüfft schwieg.

Es machte ihm nichts aus, dass sie sich ärgerte. Ja, es gefiel ihm sogar. Aber er wusste nicht, womit er sie so verletzt hatte. Deshalb wartete er, bis die Kellnerin die Steaks brachte.

„Sie haben einen anstrengenden Tag hinter sich", sagte er so freundlich, dass Sydney überrascht aufsah.

„Ich möchte Ihnen nicht noch mehr Schwierigkeiten bereiten."

„Ja, es war …", sie zögerte mit einer Antwort. „Es war tatsächlich ein anstrengender Tag. Reden wir nicht mehr davon."

„Einverstanden." Lächelnd reichte er ihr ein Besteck. „Essen Sie erst einmal. Schließen wir Waffenstillstand."

„In Ordnung." Und plötzlich hatte sie richtig Appetit.

5. KAPITEL

Sydney hatte keine Ahnung, wann und wie der Unfall von Mildred Wolburg an die Presse durchgesickert war. Doch am Dienstagnachmittag hatten zahlreiche Reporter bei ihr im Büro angerufen. Ein paar besonders eifrige lauerten ihr in der Halle des Hayward-Gebäudes auf und bedrängten sie selbst nach Dienstschluss.

Am Mittwoch verbreitete sich das Gerücht, auf Hayward Enterprises käme eine Multimillionenklage zu, und Sydney musste mehreren besorgten Vorstandsmitgliedern Rede und Antwort stehen. Nach übereinstimmender Auffassung hatte sie durch die Übernahme der ärztlichen Kosten ein Pflichtversäumnis gegenüber ihren Mietern zugegeben und die Firma einer Untersuchung durch die Presse ausgesetzt.

Das war schlecht für den Ruf und schlecht für das Geschäft.

Da der direkte Weg immer der kürzeste war, bereitete Sydney eine Presseerklärung vor und rief den Vorstand zu einer dringenden Sitzung zusammen. Spätestens am Freitag werde ich wissen, ob ich die Verantwortung für Hayward behalte oder meine Position auf reine Repräsentationsaufgaben beschränkt wird, dachte sie, während sie das Krankenhaus betrat.

Mit einem Stapel Taschenbücher in der einen und einer Topfblume in der anderen Hand blieb sie vor Mrs Wolburgs Zimmer stehen.

Es war schon ihr dritter Besuch nach dem Unfall, und sie wusste inzwischen, dass die Witwe wahrscheinlich nicht allein war. Zahlreiche Freunde und Familienangehörige gaben sich während der Besuchszeiten die Klinke in die Hand. Diesmal waren Mikhail, Keely und zwei Kinder von Mrs Wolburg am Bett.

Mikhail entdeckte sie, als Sydney gerade überlegte, ob sie wieder hinausschlüpfen und Bücher sowie Pflanze bei der Stationsschwester abgeben sollte.

„Sie bekommen noch mehr Besuch, Mrs Wolburg", sagte er.

„Sydney!" Die Augen der Witwe leuchteten hinter ihren dicken Brillengläsern. „So viele Bücher!"

„Ihr Enkel erzählte mir, dass Sie gern lesen." Verlegen legte Sydney die Bücher auf den Tisch neben dem Bett.

„Harry behauptet immer, dass ich mehr lese als esse." Mit ihren knorrigen Fingern drückte sie Sydneys Hand. „Ist das eine hübsche Blume."

„Mir war aufgefallen, dass Sie viele Pflanzen in Ihrer Wohnung haben." Langsam fühlte sich Sydney wohler, denn die anderen Besucher nahmen ihre Unterhaltung wieder auf. „Als ich das letzte Mal hier war, glich das Zimmer einem Blumenladen.“ Sie betrachtete die zahlreichen Schnittblumen in den Vasen, die Pflanzen in den Töpfen und selbst in einem Keramikschuh. „Deshalb habe ich ein Alpenveilchen gewählt.“

„Ja, ich habe eine Schwäche für Blumen und alles, was wächst. Stellen Sie den Topf bitte auf die Kommode, ja? Zwischen die Rosen und die Nelken.“

Sie erfüllte Mrs Wolburgs Wunsch, wartete, bis eine Pause in der allgemeinen Unterhaltung eintrat, und verabschiedete sich wieder. Mikhail folgte ihrem Beispiel und zog eine gelbe Rose aus einer Vase.

„Bis später, meine Liebe.“ Er küsste Mrs Wolburg auf die Wange und verließ die Witwe rasch.

An den Fahrstühlen holte er Sydney ein. „He, Sie sehen aus, als würde Ihnen dies guttun.“ Er reichte ihr die Blume.

„Schaden wird sie mir sicher nicht.“ Sie roch an der Rose und lächelte ein wenig. „Danke.“

„Verraten Sie mir, weshalb Sie so schlecht gelaunt sind?“

„Ich bin nicht schlecht gelaunt.“

„Streiten Sie niemals mit einem Künstler über Gefühle.“ Entschlossen legte Mikhail einen Finger unter ihr Kinn. „Ich erkenne Müdigkeit und Sorge, Kummer und Verärgerung auf den ersten Blick.“

Die Ankunft des Fahrstuhls enthob sie einer Antwort, auch wenn sie ahnte, dass er mit einsteigen würde. Stirnrunzelnd ließ sie sich zwischen ihn und eine kräftige Frau zwängen, die eine Tasche von der Größe eines Koffers in Händen hielt. Jemand hatte zu viel aufdringliches Parfüm benutzt. Beiläufig überlegte Sydney, ob das im Fahrstuhl nicht ebenso verboten werden müsste wie das Rauchen.

Der Fahrstuhl hielt auf jedem Stockwerk, und Menschen drängten herein oder hinaus. Als sie das Erdgeschoss erreichten, stand Sydney unmittelbar neben Mikhail, und er hatte den Arm locker um ihre Taille gelegt. Er nahm ihn nicht fort, als sie in die Halle traten, und ihr war es egal.

„Die Arbeiten kommen gut voran", erzählte er.

„Das freut mich." Sie wollte jetzt nicht daran denken, dass sie vielleicht nicht mehr lange für das Gebäude verantwortlich war.

„Die Elektroleitungen sind bereits abgenommen worden. Für die Installationen werden wir wahrscheinlich noch eine weitere Woche benötigen." Er betrachtete ihre geistesabwesende Miene. „Außerdem haben wir beschlossen, das Dach mit Blauschimmelkäse neu einzudecken."

„Hm." Sie verließen das Krankenhaus, und Sydney blieb stehen. Lächelnd schüttelte sie den Kopf. „Das könnte sehr reizvoll aussehen, dürfte bei dieser Hitze aber riskant sein."

„Sie haben also doch zugehört."

„Mehr oder weniger." Ihr Wagen fuhr vor, und sie presste die Finger an ihre pochenden Schläfen. „Tut mir leid. Ich habe zurzeit viel um die Ohren."

„Erzählen Sie mir davon."

Erstaunt stellte sie fest, dass sie gern mit Mikhail geredet hätte. Mit ihrer Mutter konnte sie es nicht, und mit Channing war es ebenfalls sinnlos. Sie bezweifelte, dass irgendein Freund oder eine Freundin begreifen würde, weshalb ihr nach kurzer Zeit schon so viel an der Firma lag.

„Es ist nichts Bestimmtes", erklärte sie schließlich und wollte in ihren Wagen steigen.

Bildet sie sich etwa ein, dass ich sie mit dieser Sorgenfalte zwischen den Brauen und derart verkrampften Schultern gehen lasse? dachte er. „Könnten Sie mich nach Hause fahren?", bat er.

Die Erinnerung an den Heimweg von der Party ihrer Mutter war noch ziemlich frisch. Doch Mikhail lächelte unbekümmert. Außerdem hatten sie sich auf einen Waffenstillstand geeinigt, und es war nicht sehr weit zu ihm.

„Ja, gern. Wir nehmen Mr Stanislaski mit und setzen ihn in Soho ab", erklärte sie dem Fahrer, ehe der den Wagen startete.

So unauffällig wie möglich rutschte Sydney in die andere Ecke. „Mrs Wolburg sieht erstaunlich gut aus", begann sie.

„Sie ist eine starke Frau." Heute klingt leise Mozartmusik aus den Lautsprechern, stellte er fest.

„Der Arzt sagt, dass ihr Sohn sie schon bald nach Hause bringen kann."

„Und Sie haben dafür gesorgt, dass sie dort von einer Pflegerin betreut wird, bis sie wieder allein zurechtkommt." Als sie ihn erstaunt ansah, fuhr er fort: „Mrs Wolburg hat es mir erzählt."

„Ich spiele nicht die barmherzige Samariterin", murmelte Sydney. „Ich versuche nur zu tun, was ich für richtig halte."

„Das ist mir klar. Sie sorgen sich um die alte Frau. Aber noch etwas bereitet Ihnen Kummer. Sind es die Zeitungen und das Fernsehen?"

Ihr Blick wurde eiskalt. „Ich habe die Behandlungskosten für Mrs Wolburg nicht zu Werbezwecken übernommen, und ich …"

„Das weiß ich." Besänftigend legte er eine Hand auf ihre zusammengepressten Finger. „Vergessen Sie nicht, dass ich dabei war."

Sie holte tief Luft, um nicht aus der Haut zu fahren. „Tatsache ist", erklärte sie ruhiger, „dass eine ältere Frau ernsthaft verletzt wurde. Ihr Leiden sollte nicht von der Presse ausgenutzt werden. Ich wollte ausschließlich sicherstellen, dass die notwendigen Maßnahmen fortgesetzt werden können."

„Sie sind Vorstandsvorsitzende von Hayward."

„Im Augenblick schon." Sydney sah aus dem Wagen, denn sie hielten vor dem Wohnblock an. „Aha, das Dach ist ebenfalls schon ziemlich weit fortgeschritten."

„Ja, das stimmt." Er selbst war noch lange nicht fertig. Deshalb beugte er sich zu ihr hinüber und öffnete die Tür auf ihrer Seite. Einen Moment waren sie sich so nahe, dass er den Körper leicht an sie presste. Am liebsten hätte Sydney seine Wange gestreichelt, um die Bartstoppeln zu spüren, die er nicht rasiert hatte. „Würden Sie bitte einen Moment mit nach oben kommen?", bat er. „Ich möchte Ihnen etwas geben."

„Es ist beinahe sechs Uhr. Ich sollte …"

„Nur für eine Stunde", fuhr er fort. „Ihr Fahrer kann doch wiederkommen, nicht wahr?"

„Ja, das könnte er." Sie rutschte weiter und war sich nicht sicher, ob sie aussteigen oder nur mehr Abstand zu Mikhail bekommen wollte. „Sie können mir Ihren Bericht ja zuschicken."

„Das könnte ich."

Er rückte einige Zentimeter näher, und Sydney schwang die Beine aus dem Wagen. „In Ordnung.

Aber ich glaube kaum, dass es eine ganze Stunde dauern wird.“

„Oh doch.“

Sie gab nach. Lieber beschäftigte sie sich eine Stunde mit dem Bericht, als allein in ihrer Wohnung zu sitzen und über den Ausgang der Vorstandssitzung nachzudenken. Deshalb gab sie dem Fahrer eine Anweisung und ging mit Mikhail in Richtung Haus.

„Ah, die Veranda ist schon repariert worden.“

„Ja, am Dienstag. Es war gar nicht so einfach, die Männer so lange zu vertreiben.“ Er grüßte drei Alte, die sich dort niedergelassen hatten, und Sydney roch das Bier und den Tabak. „Wir können mit dem Fahrstuhl fahren. Er ist gerade von der Sicherheitsbehörde abgenommen worden.“

Sie dachte an die fünf Treppen nach oben. „Sie haben keine Ahnung, wie froh ich darüber bin.“ Sie betraten die Kabine, und Mikhail schloss das Eisengitter.

„Jetzt besitzt er wieder seinen ursprünglichen Charakter“, stellte er fest, während sie hinauffuhren. „Und man braucht keine Angst mehr zu haben, dass man vielleicht die Nacht darin verbringen muss.“

Der Fahrstuhl hielt an, und Mikhail öffnete die Türen. Auf dem Flur war die Decke aufgerissen, und die nackten Querbalken und die neuen Leitungen waren zu sehen.

„Der Wasserschaden war ziemlich schlimm“, berichtete er. „Sobald das Dach fertig ist, wird die Decke wieder geschlossen.“

„Ich hatte zahlreiche Beschwerden von den Mietern erwartet“, gestand Sydney, „aber bisher habe ich keine einzige erhalten. Es muss doch ziemlich lästig sein, auf solch einer Baustelle zu leben.“

Er zog seine Schlüssel hervor. „Es ist unbequem. Aber alle freuen sich über die Renovierung und beobachten interessiert die Fortschritte.“ Er trat zurück und bat sie hinein. „Setzen Sie sich, bitte.“

Sydney blickte sich in dem Zimmer um. Die Möbel waren in der Mitte zusammengeschoben worden. Stühle stapelten sich auf den Tischen, und der Teppich war aufgerollt. Der Arbeitstisch mit Mikhails Skulpturen, dem Werkzeug und den unbearbeiteten Holzblöcken war mit einem Laken bedeckt. Es roch nach Sägespänen und Terpentin.

„Wo denn?“, fragte sie.

Auf dem Weg zur Küche blieb Mikhail stehen. Nach einem raschen Blick in die Runde beugte er sich vor und zog einen schweren Schaukelstuhl hervor. Mit einer Hand, stellte Sydney beeindruckt fest.

„Hier.“ Er stellte den Stuhl auf eine freie Stelle und ging in die Küche.

Sie setzte sich und merkte, dass der Stuhl ausgesprochen bequem war. Langsam schaukelte sie vor und zurück. „Der ist wirklich hübsch."

Mikhail hörte das leise Quietschen. „Ich habe ihn vor Jahren für meine Schwester gemacht, als sie ein Baby erwartete." Seine Stimme veränderte sich ein wenig, und er drehte den Wasserhahn auf. „Leider verlor sie das Kind einige Monate später und wollte den Stuhl nicht behalten, weil er sie zu schmerzlich an den Verlust erinnerte."

„Das tut mir sehr leid." Das Quietschen hörte auf. „Ich kann mir nichts Schlimmeres für Eltern vorstellen."

„Es gibt nichts Schlimmeres." Er kehrte mit einem Glas Wasser und einem Röhrchen zurück. „Lily wird immer eine Narbe im Herzen ihrer Mutter hinterlassen. Aber Natasha hat inzwischen drei weitere Kinder, und die Freude darüber wiegt den Schmerz auf. Hier." Er drückte Sydney das Glas in die Hand und schüttete ihr zwei Tabletten in die Hand. „Gegen Ihre Kopfschmerzen."

Dankbar schluckte Sydney die Tabletten. Ihr Kopf dröhnte entsetzlich, aber sie hatte es nicht erwähnt. „Ich habe wirklich etwas Kopfschmerzen. Aber woher wissen Sie das?", fragte sie.

„Ich erkenne es an Ihren Augen." Er wartete, bis sie nachgetrunken und das Glas abgesetzt hatte, trat hinter den Schaukelstuhl und massierte kreisförmig ihre Schläfen. „So gering sind die Schmerzen gar nicht."

Sie musste ihm unbedingt Einhalt gebieten. Sofort. Doch sie konnte nicht widerstehen. Deshalb lehnte sie sich zurück und schloss die Augen, während er mit den Fingern den schlimmsten Schmerz vertrieb.

„Haben Sie mich deshalb heraufgebeten? Um mir etwas gegen meine Kopfschmerzen zu geben?"

Sie klang so müde, so erschöpft, dass sich sein Herz schmerzlich zusammenzog. „Nein, ich habe etwas anderes für Sie. Aber das hat Zeit, bis Sie sich etwas besser fühlen. Reden Sie mit mir, Sydney. Erzählen Sie, was Sie bekümmert. Vielleicht kann ich Ihnen helfen."

„Nein, damit muss ich allein fertigwerden." Andererseits konnte es nicht schaden, wenn sie darüber redete und sich Mikhails Meinung dazu anhörte.

„Es handelt sich um die Geschäftspolitik", begann sie, während er ihren Nacken massierte. Seine rauen Finger gingen so sanft vor … „Mir scheint, man kann alle möglichen Tricks einsetzen, wenn man genügend Erfahrung besitzt. Ich habe leider nur meinen Namen und den Letzten Willen meines Großvaters. Der Presserummel um Mrs Wolburg hat meine Stellung in der Firma stark gefährdet. Ich hatte mich bereit erklärt, für die ärztlichen Kosten aufzukommen, ohne den Instanzenweg einzuhalten oder mich juristisch beraten zu lassen. Der Vorstand ist nicht gerade begeistert von mir."

Mikhails Blick verfinsterte sich, und er massierte weiter. „Weil Sie ein anständiger Mensch sind?"

„Weil ich unüberlegt gehandelt habe. Der nachfolgende Presserummel hat die Sache noch verschlimmert. Alle sind sich darüber einig, dass jemand mit mehr Köpfchen den Fall Wolburg – so nennt man die Angelegenheit bei Hayward – still und unauffällig geregelt hätte. Am Freitagmittag findet eine Vorstandssitzung statt. Es ist gut möglich, dass man mich zum Rücktritt auffordert."

„Werden Sie zurücktreten?"

„Ich weiß es nicht." Mikhail bearbeitete inzwischen wohltuend ihre Schultern. „Ich möchte die Sache gern ausfechten. Andererseits befindet sich die Firma seit über einem Jahr im Umbruch, und es würde ihr nicht guttun, wenn die Vorstandsvorsitzende und der Vorstand sich gegenseitig bekämpfen. Hinzu kommt, dass der stellvertretende Vorstand und ich uns ebenfalls nicht gut verstehen. Er ist wohl nicht ganz zu Unrecht der Ansicht, dass eigentlich ihm Platz eins zukommt." Sie lachte leise. „Manchmal wünschte ich, er säße dort."

„Das glaube ich Ihnen nicht." Er widerstand der Versuchung, seine Lippen auf ihren schlanken Hals zu drücken. „Sie übernehmen gern Verantwortung, und Sie sind bestimmt nicht schlecht."

Sydney hörte auf zu schaukeln und drehte sich zu ihm um. „Sie sind der erste Mensch, der das zu mir sagt. Die meisten halten meine Arbeit für eine Art Spielerei oder für einen zeitweiligen Anfall von Wahnsinn."

Er strich mit der Hand ihren Arm hinab und hockte sich vor sie. „Dann kennen sie Sie nicht besonders gut, nicht wahr?"

Unzählige Gefühle durchströmten Sydney, während sie Mikhail betrachtete. Doch die Freude, die reine Freude, von ihm verstanden zu werden, überwog alle anderen. „Vielleicht tun sie es nicht", murmelte sie.

„Ich werde Ihnen keinen Rat geben." Er nahm ihre Hand und betrachtete die langen, ringlosen Finger, das schmale Gelenk und die glatte kühle Haut. „Ich verstehe nichts von Geschäftspolitik oder Vorstandssitzungen. Aber ich bin sicher, dass Sie sich richtig entscheiden werden. Sie besitzen einen scharfen Verstand und ein gutes Herz."

Ohne es zu merken, drehte sie ihre Hand und drückte seine lächelnd. Mikhail und sie verband mehr als nur die verschlungenen Finger. Er unterstützte sie moralisch. Er glaubte an sie und ermutigte sie in einer Weise, wie sie es nicht für möglich gehalten hätte.

„Seltsam, dass ich einen ukrainischen Tischler gebraucht habe, um mich auszusprechen. Danke."

„Gern geschehen." Er sah ihr in die Augen. „Ihre Kopfschmerzen sind weg."

Erstaunt berührte Sydney ihre Schläfen. „Ja, das stimmt." Sie erinnerte sich nicht, je so entspannt gewesen zu sein. „Sie könnten mit Ihren Händen ein Vermögen verdienen."

Lächelnd strich er ihre Arme hinauf und schob den Stoff in die Höhe, damit er ihre nackte Haut spürte. „Man muss nur wissen, was man damit tun kann – und wann." Er wusste genau, was er mit diesen Händen bei ihr machen wollte. Leider war jetzt der falsche Zeitpunkt dafür.

„Ja. Und nun ..." Da war es wieder, dieses seltsame Ziehen in ihrem Inneren und das Prickeln, das sie überlief. „Ich bin Ihnen wirklich dankbar. Aber nun muss ich gehen."

„Sie haben noch Zeit." Er strich ihre Arme wieder hinab und verschlang seine Finger mit ihren. „Außerdem habe ich Ihnen mein Geschenk noch nicht gegeben."

„Ihr Geschenk?"

Mikhail hatte Sydney auf die Füße gezogen, und sie standen sich Schenkel an Schenkel gegenüber. Ihre Augen waren genau in Höhe seines Mundes.

Er brauchte sich nur hinabzubeugen, dann konnte er sie küssen. Wenige Zentimeter genügten, und der Gedanke daran machte ihn halb wahnsinnig. „Mögen Sie keine Geschenke?“

Beim Klang seiner Stimme durchrieselte es sie glühend heiß. „Ich … Der Bericht“, sagte sie, denn sie erinnerte sich plötzlich, weshalb sie heraufgekommen war. „Wollten Sie mir nicht Ihren Bericht geben?“

Er strich mit dem Daumen über ihr Handgelenk und fühlte, wie ihr Puls raste. Es war verlockend, ungeheuer verlockend. „Den kann ich Ihnen auch zuschicken. Ich hatte etwas anderes im Sinn.“

„Etwas …“ Sydney konnte nicht mehr klar denken.

Er freute sich so sehr über ihre Reaktion, dass er sie am liebsten geküsst hätte. Stattdessen ließ er ihre Hände los und trat beiseite.

Sie rührte sich nicht von der Stelle, während er zum Regal ging und das Tuch anhob. Kurz darauf war er zurück und drückte ihr eine kleine Statuette, die Skulptur einer Frau, in die Hand.

„Ich möchte, dass Sie sie haben.“

„Aber …“ Sie gab sich große Mühe, ihre Ablehnung zu formulieren, doch sie bekam keinen zusammenhängenden Satz heraus.

„Gefällt Ihnen die Figur nicht?“

„Doch, natürlich. Sie ist entzückend. Aber weshalb geben Sie sie mir?“ Instinktiv schloss sie die Finger um das zarte Holz.

„Weil sie mich an Sie erinnert. Sie ist entzückend, zerbrechlich und ihrer selbst nicht sicher.“

Sydneys Freude wurde durch diese Beschreibung etwas gedämpft. „Ich werde sie in Ehren halten.“

„Das freut mich. Und jetzt bringe ich Sie hinunter. Sie wollen doch nicht zu spät zum Abendessen mit Ihrer Mutter kommen.“

„Mutter wird nicht vor halb neun auftauchen, sie kommt immer zu spät.“ Verblüfft blieb sie stehen. „Woher wissen Sie von der Verabredung mit meiner Mutter?“

„Sie hat es mir vor zwei Tagen erzählt. Wir hatten uns zu einem Drink in der Stadt getroffen.“

Sie drehte sich um, sodass er auf einer Seite der Schwelle und sie auf der anderen stand. „Sie haben sich mit meiner Mutter getroffen?“, fragte sie und betonte jedes einzelne Wort.

„Ja.“ Träge lehnte er sich an den Rahmen. „Und bevor Sie sich in einen Eisberg verwandeln, sollen Sie wissen, dass ich keinerlei sexuelles Interesse an Margerite habe.“

„Das ist ja unglaublich. Einfach unglaublich.“ Zum Glück lag die Holzfigur schon in ihrer Handtasche, sonst wäre vielleicht etwas damit passiert. „Wir hatten ausgemacht, dass Sie meine Mutter in Ruhe lassen würden."

„Wir hatten überhaupt nichts ausgemacht", verbesserte er sie. „Außerdem habe ich Ihre Mutter nicht belästigt." Es würde nicht viel nützen, wenn sie erfuhr, dass Margerite ihn dreimal hatte anrufen müssen, bevor er nachgegeben und in ein Treffen eingewilligt hatte. „Es war eine rein freundschaftliche Begegnung. Am Ende hat Ihre Mutter begriffen, dass es zwischen uns nichts als Freundschaft geben kann. Besonders", fuhr er fort und hob die Hand, damit sie ihn nicht unterbrach, „weil ich sexuell sehr an ihrer Tochter interessiert bin."

Sydney schluckte und rang um Fassung. Aber es gelang ihr nicht. „Das sind Sie nicht", erklärte sie heftig. „Ihnen geht es nur darum, einige weitere Punkte als Macho zu sammeln."

Seine Augen funkelten seltsam. „Wollen wir wieder hineingehen, damit ich Ihnen genauer zeigen kann, woran ich interessiert bin?"

„Nein." Bevor sie es verhindern konnte, trat Sydney den Rückzug an. „Aber ich bitte Sie, so anständig zu sein und nicht mit den Gefühlen meiner Mutter zu spielen. Es würde sie sehr verletzen."

Er fragte sich, ob Margerite ihre Tochter ebenfalls

so spontan verteidigen würde. Ahnte Sydney, dass es der Mutter nur um eine kurze Affäre mit einem wesentlich jüngeren Mann ging, was er ganz entschieden abgelehnt hatte?

„Da ich verhindern möchte, dass Ihre Kopfschmerzen zurückkehren, nachdem ich mir solche Mühe gegeben habe, sie zu vertreiben, werde ich versuchen, mich so deutlich wie möglich auszudrücken. Ich habe absolut kein Interesse daran, körperlich oder gefühlsmäßig irgendetwas mit Ihrer Mutter anzufangen. Sind Sie jetzt zufrieden?"

„Ich wünschte, ich könnte Ihnen glauben."

Mikhail rührte sich nicht, aber sie spürte, dass er innerlich kochte. „Ich lüge nicht", antwortete er leise, aber scharf.

Ihr Blick war eiskalt. „Halten Sie sich lieber an Ihren Hammer und Ihre Nägel, Mikhail. Dann kommen wir auch künftig gut miteinander aus. Ich finde meinen Weg allein." Langsam drehte sie sich um und ging zum Fahrstuhl. Zwar blickte sie nicht zurück, aber sie spürte, dass Mikhail ihr nachsah.

Punkt zwölf Uhr nahm Sydney an der Stirnseite des langen Nussbaumtisches im Konferenzzimmer der Vorstandsetage von Hayward Enterprises Platz. Zehn Männer und zwei Frauen saßen zu beiden Seiten. Kristallgläser, Notizblöcke und Kugelschreiber lagen bereit. Die schweren Brokatvorhänge waren zurückgezogen und gaben den Blick auf eine Fensterfront mit getönten Scheiben frei, die bei schönem Wetter die blendenden Sonnenstrahlen dämpfen sollten. Doch heute regnete es in Strömen, und gelegentlich war rollender Donner zu hören.

Das trübe Wetter war Sydney ganz recht. Sie kam sich wie eine ungehorsame Schülerin vor, die ins Zimmer des Direktors gerufen worden war.

Aufmerksam betrachtete sie die Gesichter. Einige der hier Versammelten hatten schon bei Hayward gearbeitet, da war sie noch gar nicht auf der Welt gewesen. Sie waren vermutlich am schwersten zu besänftigen, da sie immer noch das kleine Mädchen in ihr sahen, das auf den Knien des Großvaters gespielt hatte.

Etwa in der Mitte saß Lloyd mit einer so selbstgefälligen Miene, dass sie ihm am liebsten ins Gesicht geschlagen hätte. Nein, dachte sie entschlossen, das wäre keine Lösung. Ich will gewinnen.

„Meine Damen und Herren", begann sie und stand auf. „Bevor wir in die Diskussion über den Vorfall eintreten, möchte ich eine Erklärung abgeben."

„Sie haben Ihre Erklärung bereits gegenüber der Presse abgegeben, Sydney", stellte Lloyd fest. „Ich glaube, alle kennen Ihre Position."

Einige Anwesende murmelten zustimmend, andere deuteten ihr Missfallen an. Sydney wartete einen Moment, bevor sie weitersprach.

„Als Vorstandsvorsitzende und Hauptaktionärin von Hayward werde ich zunächst meinen Standpunkt darlegen, anschließend können wir darüber diskutieren."

Ihr Hals schnürte sich zusammen, denn alle Blicke richteten sich auf sie. Manche waren geduldig, einige nachsichtig, andere eher misstrauisch.

„Wie man mir sagte, hegt der Vorstand Bedenken wegen der Höhe der Summe, die ich für unser Apartmenthaus in Soho bereitgestellt habe. Das Gebäude erwirtschaftet zwar nur einen relativ geringen Anteil an unserem Firmengewinn, dafür ist uns die Summe aber sicher. Während der letzten zehn Jahre waren dort kaum Reparaturen erforderlich. Zumindest sind keine vorgenommen worden, sollte ich wohl lieber sagen. Den vierteljährlichen Berichten haben Sie zweifellos entnommen, um wie viel der Wert der Immobilien in diesem Zeitraum gestiegen ist. Schon vom rein wirtschaftlichen Standpunkt meine ich daher, dass die von mir gebilligte Summe der Sicherung dieses Eigentums dient."

Sie hätte gern eine kurze Pause eingelegt und einen Schluck Wasser getrunken. Aber das sähe aus, als wäre sie nervös. Deshalb fuhr sie fort.

„Darüber hinaus stehe ich auf dem Standpunkt, dass die Firma Hayward die moralische, sittliche und juristische Pflicht hat, die Wohnungen ihrer Mieter in einem ordentlichen und sicheren Zustand zu halten."

„Das Gebäude hätte mit der halben Summe entsprechend renoviert werden können", warf Lloyd ein.

Sydney sah ihn kurz an. „Das ist richtig. Mein Großvater wünschte jedoch mehr als nur das unbedingt Erforderliche. Er wollte stets das Beste für seine Mieter. Und ich ebenfalls. Ich werde Sie hier nicht mit Zahlen langweilen. Die finden Sie in Ihren Unterlagen, und wir können anschließend darüber diskutieren. Ja, die benötigte Summe für das Soho-Gebäude ist hoch, denn die Maßstäbe von Hayward sind es ebenfalls."

„Sydney", antwortete Howard Keller, einer der ältesten Mitarbeiter ihres Großvaters, „niemand bezweifelt Ihre Motive oder Ihren Einsatz. Wir müssen jedoch über Ihr Urteilsvermögen in dieser und der Wolburg-Angelegenheit reden. Die Reaktion der Öffentlichkeit hat uns erheblich geschadet. Unsere Aktien sind gefallen. Hinzu kommt der Verlust, den wir erlitten haben, als Sie die Firmenleitung übernahmen. Die Aktionäre sind verständlicherweise besorgt."

„Bei der Wolburg-Angelegenheit", erklärte Sydney mit fester Stimme, „handelt es sich um eine achtzigjährige Frau, die sich die Hüfte gebrochen hat. Sie stürzte, weil der Boden in ihrer Küche schadhaft war und wir die erforderliche Reparatur versäumt hatten."

„Genau wegen dieser unbedachten Erklärung werden jetzt zahllose Schadensersatzklagen auf Hayward Enterprises zukommen", warf Lloyd ein. Er sprach ruhig und besonnen. „Derartige Entscheidungen dürfen erst nach sorgfältiger Prüfung seitens der Versicherung und der Rechtsabteilung getroffen werden. Wo kämen wir hin, wenn unsere Firma emotional oder impulsiv geführt würde? Miss Hayward mag das Schicksal der alten Mrs Wolburg sehr zu Herzen gegangen sein. Aber es gibt gewisse Verfahren und Instanzenwege, die eingehalten werden müssen. Inzwischen hat sich die Presse des Themas angenommen und ..."

„Ja", unterbrach Sydney ihn. „Es ist sehr interessant, wie rasch die Presse von dem Unfall erfahren hat. Kaum zu glauben, dass Hayward Enterprises bereits einen Tag, nachdem eine unbekannte alte Frau in ihrer Wohnung gestürzt war, in die Schlagzeilen geriet."

„Wahrscheinlich hat sie selbst die Presse informiert", sagte Lloyd.

„Meinen Sie?" Sydney lächelte kühl.

„Wie die Presse Wind von dem Vorfall bekommen hat, interessiert im Moment nicht", erklärte Mavis Trelane. „Tatsache ist, dass sie davon erfuhr. Dadurch hat sie die Öffentlichkeit stark gegen uns aufgebracht, und unsere Firma ist in eine sehr heikle Lage geraten. Die Aktionäre erwarten eine rasche Lösung."

„Glaubt irgendjemand, dass Hayward Enterprises nicht für Mrs Wolburgs Verletzungen verantwortlich ist?"

„Darauf kommt es im Augenblick nicht an", verbesserte Mavis sie. „Außerdem können wir uns keine endgültige Meinung darüber bilden, solange die Untersuchungen über den Unfall nicht abgeschlossen sind. Hier geht es ausschließlich darum, wie solche Angelegenheiten behandelt werden."

Es klopfte an der Tür.

Stirnrunzelnd stand Sydney auf und öffnete. „Janine, ich habe doch gesagt, dass ich nicht gestört werden möchte."

„Ja, Ma'am, aber es ist sehr wichtig", flüsterte die Sekretärin, die sich spontan auf Sydneys Seite geschlagen hatte. „Ein Freund von mir, der bei Channel 6 arbeitet, hat gerade angerufen. Er sagte, Mrs Wolburg werde im Mittagsmagazin eine Erklärung abgeben. Sie kann jeden Moment über den Sender gehen."

Sie zögerte einen Moment, dann nickte sie. „Danke, Janine."

„Viel Glück, Miss Hayward."

Lächelnd schloss Sydney die Tür. Glück konnte sie wirklich gebrauchen.

Ruhig wandte sie sich an die Anwesenden. „Ich habe soeben erfahren, dass Mrs Wolburg gleich eine Erklärung im Fernsehen abgeben wird. Ich nehme an, es interessiert alle, was sie zu sagen hat. Mit Ihrer Erlaubnis werde ich daher den Fernseher einschalten." Ohne die Zustimmung abzuwarten, nahm sie die Fernbedienung und drückte auf die Taste.

Während Lloyd noch verlangte, der Vorstand müsse sich anhand der Fakten ein Bild machen und dürfe sich nicht von einem Werbemanöver ablenken lassen, schaltete Channel 6 nach einem Werbespot an Mrs Wolburgs Krankenhausbett.

Die Reporterin, eine hübsche Frau Anfang zwanzig mit aufmerksamem Blick, fragte die Patientin zunächst, wie es zu dem Unfall gekommen sei.

Mrs Wolburg erzählte, weshalb sie mit dem Fuß im eingerissenen Linoleum hängen geblieben war und dass wegen des Baulärms niemand ihre Hilferufe gehört hatte.

Einige Vorstandsmitglieder schüttelten verblüfft den Kopf, und Lloyd lächelte insgeheim, weil er einen weiteren Schlag gegen Sydneys sinkendes Schiff erwartete.

„War Hayward Enterprises denn bekannt, in welchem Zustand sich der Boden befand?", fragte die Reporterin.

„Ja, natürlich. Mik – also Mikhail Stanislaski, dieser nette junge Mann aus dem fünften Stock – hat einen Brief nach dem anderen wegen des Gebäudes geschrieben."

„Und nichts geschah?"

„Nein, absolut nichts. Bei Mr und Mrs Kowalski, dem jungen Paar aus Apartment 101, fiel ein Stück Gips von der Größe eines Suppentellers von der Decke, und Mikhail reparierte den Schaden."

„Die Mieter mussten also zur Selbsthilfe greifen, da der Eigentümer sich nicht darum kümmerte?"

„Ja, das könnte man sagen. So war es zumindest bis vor einigen Wochen."

„Und was geschah während der letzten Wochen, Mrs Wolburg?"

„Alles besserte sich sofort, nachdem Miss Sydney Hayward die Leitung der Firma übernahm. Sie ist die Enkelin des verstorbenen Mr Hayward. Wie ich hörte, ist der alte Mann vor seinem Tod sehr krank gewesen. Die Dinge sind ihm während der letzten beiden Jahre wohl aus der Hand geglitten. Nun ja, Mikhail Stanislaski ging zu Miss Hayward, und sie kam noch am selben Tag heraus und überzeugte sich persönlich von den notwendigen Reparaturen. Keine vierzehn Tage später wimmelte es bei uns von Handwerkern. Wir erhielten neue Fenster, und das neue Dach dürfte in diesen Minuten fertig werden. Außerdem wurden die Installationen erneuert. Alles, was Mr Stanislaski auf die Liste gesetzt hat, wird ausgeführt.“

„Tatsächlich? Begannen die Arbeiten vor oder nach Ihrem Unfall?“

„Vorher“, antwortete Mrs Wolburg ungehalten. „Ich sagte Ihnen doch, dass mich wegen des Hämmerns und Sägens niemand hörte, als ich gestürzt war. Zufällig war Miss Hayward an diesem Tag wieder da, um sich von dem Fortgang der Arbeiten zu überzeugen. Sie und Mikhail Stanislaski fanden mich. Sie setzte sich zu mir auf den Boden und redete mir gut zu. Sie brachte mir eine Decke und ein Kissen und blieb bei mir, bis der Krankenwagen kam. Anschließend fuhr sie mit ins Krankenhaus und übernahm alle Kosten für meine Behandlung. Inzwischen hat sie mich schon dreimal besucht.“

„Meinen Sie nicht, dass Hayward Enterprises – und damit Sydney Hayward – schuld daran ist, dass Sie jetzt hier liegen müssen?“

„Meine schlechten Augen und das Loch im Boden sind schuld daran“, antwortete Mrs Wolburg ruhig. „Eines sage ich Ihnen ganz klar – und ich habe es auch schon den Reportern erklärt, die meine Familie belästigen: Ich habe keine Veranlassung, Hayward Enterprises zu verklagen. Miss Hayward hat sich von Anfang an um mich gekümmert. Hätte die Firma die Zahlungen hinausgezögert oder versucht, die Tatsachen zu verdrehen, wäre es etwas anderes. Aber sie hat sich korrekt verhalten. Es könnte gar nicht besser sein. Sydney Hayward ist eine anständige Frau. Solange sie die Firma leitet, geht dort bestimmt alles mit rechten Dingen zu. Ich bin froh, in einem Haus zu wohnen, dessen Eigentümer ein Gewissen besitzt."

Sydney schaltete den Fernseher nach Abschluss des Interviews wieder aus und wartete schweigend ab.

„Eine solche Aussage bekommt man nicht auf Bestellung", erklärte Mavis schließlich. „Ihre Methoden mögen zwar ungewöhnlich sein, Sydney, und ich bin davon überzeugt, dass noch einige Konsequenzen auf uns zukommen, aber ich nehme an, unsere Aktionäre werden alles in allem zufrieden sein."

Die Diskussion zog sich noch eine halbe Stunde hin, aber die Krise war vorüber.

Sobald Sydney wieder in ihrem Büro war, griff sie zum Telefon. Erst nach dem zwölften Läuten nahm jemand ab.

„Hallo?"

„Mikhail?"

„Nein, er ist hinten auf dem Flur."

„Oh, dann …"

„Bleiben Sie am Apparat." Es klickte in der Leitung, dann rief eine männliche Stimme Mikhails Namen. Sydney kam sich ziemlich töricht vor und wartete.

„Ja, bitte?"

„Mikhail, hier ist Sydney."

Lächelnd holte er einen Krug mit Eiswasser aus dem Kühlschrank. „Hallo!"

„Ich habe gerade das Mittagsmagazin gesehen und nehme an, Sie wissen, was ich meine."

„Ja, ich habe es ebenfalls während der Pause gesehen. Und?"

„Haben Sie Mrs Wolburg darum gebeten?"

„Nein." Er trank ein halbes Glas Wasser. „Ich habe ihr von Ihren Schwierigkeiten erzählt, und sie kam selbst auf diesen Gedanken. Es war eine sehr gute Idee."

„Ja, das war es. Und ich schulde Ihnen Dank dafür."

„Meinen Sie?" Er dachte einen Moment nach. „Dann zahlen Sie ihn ab."

Eigentlich hatte sie angenommen, dass er ihren Dank zurückweisen würde. „Was meinen Sie damit?", fragte sie zögernd.

„Zahlen Sie ihn ab, Miss Hayward, und essen Sie Sonntagabend mit mir."

„Ich verstehe nicht, was das eine mit dem anderen zu tun hat."

„Sie sind mir noch etwas schuldig“, erinnerte er sie. „Und ich wünsche mir als Dank ein Essen mit Ihnen. Das ist doch nicht zu viel verlangt, oder? Ich hole Sie ungefähr um vier Uhr ab.“

„Um vier Uhr? Zu einem Abendessen?“

„Stimmt.“ Er zog einen Zimmermannsstift aus der Tasche. „Wie lautet Ihre Privatadresse?“

Er stieß einen leisen Pfiff aus, als Sydney sie ihm widerstrebend nannte, und notierte die Adresse an der Wand. „Und Ihre Telefonnummer? Für den Fall, dass etwas dazwischenkommt.“

Widerstrebend gab Sydney ihm die Nummer. „Eines möchte ich ganz deutlich sagen …“

„Das können Sie tun, wenn ich Sie abhole. Ich stelle die Forderung, und Sie bezahlen.“ Impulsiv zog er ein Herz um ihre Anschrift und die Telefonnummer. „Bis Sonntag, Boss.“

6. KAPITEL

Prüfend betrachtete Sydney ihr Gesicht im Drehspiegel. Natürlich ist dies kein intimes Rendezvous, sagte sie sich wohl zum hundertsten Mal. Sie bewies Mikhail ihre Dankbarkeit, und die war sie ihm schuldig, ganz gleich, was sie für ihn empfand.

Sie solle sich nicht zu elegant anziehen, hatte er gesagt. In dieser Beziehung verließ sie sich auf sein Wort. Ihr Kleid war wirklich schlicht. Der tiefe Ausschnitt und die feinen Träger waren ein Zugeständnis an die Hitze. Der hauchdünne leichte Stoff war stahlblau. Was allerdings nicht hieß, dass sie sich an Mikhails Rat gehalten hätte und deshalb eine freundlichere Farbe trug.

Trotzdem war das Kleid neu – sie hatte beinahe zwei Stunden verzweifelt danach gesucht, aber nur, weil sie sowieso etwas Neues zum Anziehen brauchte.

Die kurze Goldkette und die Goldkreolen in ihren Ohren waren von unauffälliger Eleganz. Außerdem hatte sie mehr Zeit als sonst für ihr Make-up benötigt, weil sie einige neue Lidschatten ausprobieren wollte.

Nach längerer Überlegung hatte sie ihr Haar offen gelassen. Allerdings hatte es eine ganze Weile gedauert, bis ihr die Frisur gefiel: zwanglos und auch sexy.

Zwar wollte Sydney heute Abend nicht aufreizend erscheinen, aber ein bisschen Eitelkeit durfte sich eine Frau ruhig erlauben.

Einen kleinen Moment zögerte sie, bevor sie zu dem Kristallflakon mit ihrem Parfüm griff, denn sie erinnerte sich, wie Mikhail den Duft beschrieben hatte. Dann tat sie ein wenig auf den Puls. Natürlich war es nicht wichtig, ob ihm das Parfüm gefiel. Sie trug es für sich.

Zufrieden überprüfte sie den Inhalt ihrer Handtasche und sah auf die Uhr. Sie hatte noch eine ganze Stunde Zeit. Erleichtert atmete sie auf und setzte sich auf das Bett. Zum ersten Mal in ihrem Leben sehnte sie sich heftig nach einem Drink.

Eineinviertel Stunden später läutete es an ihrer Tür. Sydney war inzwischen pausenlos in der Wohnung auf und ab gelaufen, hatte die Kissen aufgeschüttelt und die kleine Skulptur aufgehoben und wieder an ihren Platz gestellt.

Sie stürzte auf den Flur und stellte fest, dass sie ihr Haar wieder richten musste. Äußerlich gefasst, öffnete sie schließlich.

Mikhail schien sich keine besonderen Gedanken über seine Kleidung gemacht zu haben. Seine Jeans waren sauber, aber verblichen, und seine Schuhe kaum weniger alt als die Arbeitsstiefel, die er normalerweise trug. Sein Hemd war aus Baumwolle, die rauchblaue Farbe harmonierte mit der von Sydneys Kleid. Sein schwarzes Haar fiel so ungebändigt über den Kragen, dass jede Frau davon geträumt hätte, ihre Finger hineinzuschieben.

Er wirkte äußerst sinnlich, ein bisschen verwegen und nicht gerade ungefährlich.

Und er hatte ihr eine Tulpe mitgebracht.

„Ich komme zu spät." Er hielt ihr die Blüte hin und überlegte, dass Sydney ebenso kühl und köstlich wirkte wie ein Eissorbet in einer Kristallschale. „Ich habe noch an Ihrem Gesicht gearbeitet."

„Was haben Sie getan?"

„An Ihrem Gesicht gearbeitet." Er legte die Hand unter ihr Kinn. „Ich hatte das richtige Rosenholz gefunden und anschließend völlig die Zeit vergessen." Er betrachtete Sydney aufmerksam und strich mit den Fingern über ihr Gesicht, als suche er nach einer Antwort auf ungestellte Fragen. „Darf ich hereinkommen?"

„Natürlich", stotterte sie verwirrt. „Es dauert nur eine Minute." Sie trat einen Schritt zurück, um sich von Mikhail zu lösen. „Ich möchte die Tulpe rasch ins Wasser stellen."

Während sie in die Küche ging, ließ er den Blick

durch den Raum gleiten. Das Zimmer gefiel ihm. Es war längst nicht so durchgestylt, wie man es bei einer Frau wie ihr erwartet hätte. Hier, in dieser gemütlichen Atmosphäre aus warmen Farben, lebte Sydney wirklich. Die antiken Möbel wurden durch Einzelstücke im Jugendstil ergänzt. Der Bronzefuß einer Lampe bestand aus dem Körper einer großen schlanken Frau, und die Glastüren einer Sammelvitrine, hinter denen sich eine Reihe antiker Perlentäschchen befand, waren mit rankenden Blumen verziert.

Seine Statuette stand allein in einem hübschen alten Fach, wie er geschmeichelt feststellte.

Sydney kehrte zurück und brachte die Tulpe in einer schlanken Silbervase herein.

„Ich bewundere Ihren Geschmack."

Sie stellte die Vase auf die Vitrine. „Danke."

„Jugendstil ist sehr sinnlich." Mit dem Finger zog er eine Blüte der Lampe nach. „Und rebellisch."

Sydney wunderte sich über diese Beschreibung. „Ich finde ihn reizvoll und anmutig."

„Anmutig, ja. Aber auch kraftvoll."

Ihr gefiel die Art und Weise nicht, wie er sie anlächelte. Als wüsste er ein Geheimnis, das sie nicht kannte. „Nun … ja. Als Künstler stimmen Sie mir sicher zu, dass Kunst kraftvoll sein sollte. Möchten Sie einen Drink, bevor wir gehen?"

„Nein, ich muss noch fahren.“

„Fahren?“

„Ja. Mögen Sie Sonntagsausflüge, Sydney?“

„Ich …“ Sie nahm ihre Tasche, um ihre Hände zu beschäftigen. Sie wollte sich auf keinen Fall wie ein Teenager beim ersten Rendezvous in Verlegenheit bringen lassen. „In der Stadt habe ich nicht oft Gelegenheit dazu.“ Es war besser, wenn sie losfuhren. Daher ging sie zur Tür und fragte sich, wie es war, mit ihm allein in einem Auto zu sein. „Ich wusste gar nicht, dass Sie einen Wagen haben.“

Mikhail lächelte ein wenig, während sie auf den Flur traten. „Ich habe ihn vor einigen Jahren gekauft, als ich mit meiner Kunst zum ersten Mal Erfolg hatte. Er war eine Art Traum von mir. Inzwischen haben die Kosten für die Parkgarage vermutlich den Anschaffungspreis überschritten. Träume sind selten kostenlos.“

Sie betraten den Fahrstuhl, und Mikhail drückte auf den Knopf zum Untergeschoss.

„Ich habe auch schon daran gedacht, einen Wagen zu kaufen“, gab Sydney zu. „Mir fehlt die Unabhängigkeit, jederzeit einsteigen und irgendwohin fahren zu können. Vor dem Tod meines Großvaters war ich zwei Jahre in Europa und habe das sehr genossen. Hier in New York scheint es dagegen sinnvoller zu sein, einen Fahrer einzustellen, als ständig um einen Parkplatz zu kämpfen."

„Irgendwann werden wir gemeinsam am Fluss entlang nach Norden fahren. Dort können Sie das Steuer gern übernehmen."

Der Gedanke, in Richtung Berge zu fahren, gefiel ihr sehr. Trotzdem ging sie nicht auf seine Bemerkung ein. „Ihr Bericht ist am Freitag angekommen", sagte sie stattdessen.

„Nicht heute." Er ergriff ihre Hand, während sie die Tiefgarage betraten. „Das Gespräch über den Bericht hat bis Montag Zeit. Hier." Er öffnete die Tür eines glänzenden roten MG. Das Verdeck war heruntergeklappt. „Es macht Ihnen doch nichts aus, mit offenem Dach zu fahren?", fragte er, während sie sich hineinsetzte.

Sydney musste an die Mühe denken, die sie sich mit ihrer Frisur gegeben hatte. Andererseits war die Vorstellung, das Haar von einer heißen Brise zerzausen zu lassen, ausgesprochen reizvoll. „Nein, es macht mir nichts aus."

Mikhail glitt hinter das Lenkrad und startete den Motor. Er setzte eine Sonnenbrille auf und fuhr hinaus. Im Radio erklang Rockmusik. Sydney lächelte versonnen, während sie um den Central Park fuhren.

„Sie haben noch nicht gesagt, wohin wir fahren."

„Ich kenne da etwas, wo das Essen ausgezeichnet ist.“ Befriedigt stellte er fest, dass sie mit dem Fuß im Takt wippte. „Wo in Europa haben Sie gelebt?“

„Oh, ich bin nicht an einem Ort geblieben. Ich war in Paris, Saint Tropez, Venedig, London und Monte Carlo.“

„Haben Sie vielleicht Zigeunerblut in den Adern?“

„Mag sein.“ Wanderlust hatte sie gewiss nicht durch halb Europa getrieben. Sie war mit sich selbst unzufrieden gewesen und hatte das Bedürfnis gehabt, sich zu verstecken, bis die Wunden geheilt waren. „Waren Sie seit Ihrer Kindheit noch einmal drüben?“

„Nein, das war ich nicht. Aber ich würde gern wieder hinfahren, weil ich die Kunst, die Atmosphäre, die Architektur und all das als Erwachsener richtig zu würdigen wüsste. Wo hat es Ihnen am besten gefallen?“

„In einem kleinen französischen Dorf auf dem Lande, wo die Kühe noch mit der Hand gemolken wurden und dicke rote Trauben an den Weinstöcken hingen. Zu dem Gasthof, in dem ich wohnte, gehörte ein Garten mit großen bunten Blumen. Dort konnte man nachmittags sitzen, einen fantastischen Rotwein trinken und auf das Gurren der Tauben lauschen.“ Sie schwieg verlegen. „Außerdem hat mir natürlich Paris gefallen“, fügte sie rasch hinzu. „Das Essen, die Geschäfte, das Ballett … Ich kannte dort eine Menge Leute, und die Partys haben mir viel Spaß gemacht."

Aber nicht so viel, wie allein im Garten zu sitzen und die Blumen zu betrachten, überlegte er.

„Haben Sie schon einmal daran gedacht, in die Ukraine zurückzukehren?", fragte Sydney. „Inzwischen ginge es ja."

„Ziemlich oft sogar. Ich möchte den Ort wiedersehen, in dem ich geboren wurde, und das Haus, in dem wir gewohnt haben. Vielleicht steht es gar nicht mehr. Aber die Hügel, auf denen ich als Kind gespielt habe, müssen noch da sein."

Sie konnte seine Augen hinter der Sonnenbrille nicht sehen, doch sie ahnte, dass sie wehmütig dreinblickten. „In den letzten Jahren hat sich viel verändert. Glasnost und Perestroika … Die Berliner Mauer ist gefallen, der Ostblock existiert nicht mehr. Sie könnten tatsächlich fahren."

„Manchmal denke ich, dass ich es tun werde. Aber dann frage ich mich, ob es nicht besser wäre, es bei der Erinnerung zu belassen. Sie ist zum Teil bitter, zum Teil süß, aber immer mit den Augen eines Kindes gesehen. Ich war noch sehr jung, als wir die Heimat verließen."

„Das muss sehr schwer gewesen sein."

„Ja. Vor allem für meine Eltern, die das Risiko besser kannten als wir. Sie hatten den Mut, alles zurückzulassen, was sie besaßen, um ihren Kindern das Einzige zu geben, was sie nie gehabt hatten: die Freiheit."

Gerührt legte Sydney die Hand auf seine Finger am Schalthebel. Margerite hatte erzählt, dass Mikhail und seine Eltern mit einem Fuhrwerk nach Ungarn geflüchtet waren. Die Mutter hatte es wie ein romantisches Abenteuer dargestellt. Ihr, Sydney, kam eine Flucht nicht romantisch vor, sondern beängstigend. „Sie müssen furchtbare Angst gehabt haben."

„Mehr, als ich je wieder erleben möchte. Als wir Amerika erreichten, weinte mein Vater. Und ich begriff, dass wir es geschafft hatten."

Sydneys Augen füllten sich ebenfalls mit Tränen. Sie wandte sich ab, damit der Wind sie trocknete. „Hier muss es doch auch schlimm gewesen sein. Ein fremdes Land, eine fremde Sprache, eine fremde Kultur ..."

Er hörte die innere Bewegung in ihrer Stimme. Sie sollte seinetwegen nicht traurig sein. „Kinder passen sich schnell an", versicherte er ihr. „Ich brauchte dem Jungen von nebenan nur die Nase blutig zu schlagen, schon fühlte ich mich zu Hause."

Sie drehte sich wieder zu ihm. Sie sah, dass er lächelte, und lachte ebenfalls. „Und anschließend wurden Sie unzertrennliche Freunde, nehme ich an."

„Bei seiner Hochzeit vor zwei Jahren war ich Trauzeuge."

Sie lehnte sich zurück und stellte fest, dass sie soeben die Brücke nach Brooklyn überquerten. „Konnten Sie nicht etwas in Manhattan finden?"

Er lächelte noch breiter. „Nicht so etwas wie hier."

Kurz darauf fuhr Mikhail durch eines der alten Viertel von Brooklyn mit seinen verblichenen Backsteinreihenhäusern und den hohen schattigen Bäumen. Kinder spielten auf den Gehsteigen, fuhren Rad und sprangen mit dem Seil. Am Randstein, wo er den Wagen anhielt, tauschten zwei Jungen Baseballkarten aus.

„He, Mik!" Sie sprangen auf, bevor Mikhail aus dem Wagen war. „Du hast das Spiel verpasst. Es ist seit einer Stunde vorbei."

„Ich werde das nächste Mal zusehen", versprach er. Er drehte sich um und stellte fest, dass Sydney ebenfalls ausgestiegen war und sich argwöhnisch umsah. Geheimnisvoll beugte er sich vor und zwinkerte den Jungen zu. „Ich habe eine tolle Frau mitgebracht."

„Oje." Die ganze Verachtung eines Zwölfjährigen für alle Mädchen klang aus dieser Bemerkung.

Lachend ging Mikhail zu Sydney, fasste ihren Arm und zog sie auf den Gehsteig.

„Ich verstehe das nicht", begann sie, als er sie über den Asphalt führte, der hier und da von den Wurzeln einer gewaltigen Eiche angehoben wurde. „Dies ist ein Restaurant?“

„Nein.“ Er musste sie ziehen, damit sie auf der Treppe mit ihm Schritt hielt. „Es ist ein Privathaus.“

„Aber Sie sagten doch …“

„Dass wir gemeinsam zu Abend essen würden.“ Er schob die Tür auf und schnüffelte. „Hm, es riecht, als hätte Mama Kiew-Hähnchen gebraten. Das wird Ihnen schmecken.“

„Ihre Mutter?“ Sydney wäre in dem schmalen Eingang beinahe gestolpert. Die unterschiedlichsten Gefühle durchströmten sie. „Sie bringen mich in Ihr Elternhaus?“

„Ja, zu einem Sonntagsessen.“

„Du liebe Güte!“

Er zog eine Braue in die Höhe. „Mögen Sie kein Kiew-Hähnchen?“

„Nein. Doch. Darum geht es nicht. Ich hatte nicht erwartet …“

„Du kommst spät!“, rief Yuri aus dem Wohnzimmer. „Bringst du die junge Dame herein, oder bleibt ihr draußen auf dem Flur stehen?“

Mikhail ließ Sydney nicht aus den Augen. „Sie will nicht mitkommen“, schrie er zurück.

„Das stimmt nicht“, flüsterte Sydney entsetzt. „Aber Sie hätten es mir sagen müssen, damit ich …

Oh, das ist jetzt auch egal.“ Entschlossen ging sie an Mikhail vorüber und betrat das Wohnzimmer. Yuri stand sofort auf.

„Mr Stanislaski, es ist sehr nett, dass Sie mich eingeladen haben.“ Sie reichte Mikhails Vater die Hand, und er drückte sie fest.

„Sie sind uns herzlich willkommen. Nennen Sie mich bitte Yuri.“

„Danke.“

„Wir freuen uns sehr, dass Mikhail so einen guten Geschmack hat.“

„Danke, Papa.“ Lässig legte Mikhail einen Arm um Sydneys Schultern und merkte, dass sie ihn gern wieder abgeschüttelt hätte. „Wo sind die anderen?“

„Mama und Rachel sind in der Küche. Alex verspätet sich noch mehr als du. Er verabredet sich immer mit allen Mädchen gleichzeitig“, fügte er an Sydney gewandt hinzu.

„Yuri, du hast den Abfall noch nicht hinausgetragen.“ Eine kleine Frau mit fremdländischem Gesicht und grau meliertem Haar kam aus der Küche. In den Händen hielt sie Besteck.

Yuri gab seinem Sohn einen herzlichen Klaps auf den Rücken, sodass Sydney beinahe nach vorn gestürzt wäre. „Ich habe auf Mikhail gewartet, damit er das erledigt.“

„Und Mikhail wird auf Alex warten." Die Frau legte die Bestecke auf den schweren Tisch auf der anderen Seite des Zimmers und ging zu Sydney. Mit ihren dunklen Augen blickte sie sie aufmerksam, aber nicht unfreundlich an. „Ich bin Nadia, Mikhails Mutter." Sie reichte Sydney die Hand. „Wir freuen uns sehr, dass Sie gekommen sind."

„Danke. Sie haben ein hübsches Haus", sagte Sydney. Es sollte eine höfliche Bemerkung sein. Doch sobald sie die Worte ausgesprochen hatte, merkte sie, dass sie zutrafen. Das ganze Haus hätte vermutlich in einen einzigen Flügel der mütterlichen Villa in Long Island gepasst, und die Möbel waren eher alt als antik. Häkeldecken, die ebenso hübsch und kompliziert waren wie die von Mrs Wolburg, schmückten die Armlehnen. Die Tapete war verblichen, aber dadurch wirkte das winzige Rosenmuster umso hübscher.

Strahlender Sonnenschein fiel durch das Fenster und zeigte jeden Kratzer und jede reparierte Stelle, aber auch, wie liebevoll das Holz und die Tischplatte gepflegt wurden.

In einer Ecke entstand eine Bewegung. Als Sydney näher hinsah, entdeckte sie ein dickes graues Fellknäuel, das unter einem Sessel hervorkroch.

„Das ist Iwan", sagte Yuri und schnalzte zu dem Hündchen hinüber. „Er ist noch ein Welpe." Einen

Moment dachte er an seinen alten Sasha, der vor einem halben Jahr im Alter von fünfzehn Jahren friedlich eingeschlafen war. „Alex hat ihn von einem Rundgang mitgebracht."

Mikhail beugte sich hinab und streichelte das Fell des Winzlings. Der Hund wedelte mit dem Schwanz und sah Sydney gleichzeitig ängstlich an. „Er ist zwar nach Iwan dem Schrecklichen benannt worden, aber leider ein Feigling."

„Er ist nur ein bisschen schüchtern", verbesserte Sydney ihn und hockte sich hin. Sie hatte sich immer einen Hund gewünscht, doch im Internat waren Haustiere nicht erlaubt gewesen. „Du bist ja ein ganz Hübscher." Der Hund zitterte einen Moment, als sie ihn streichelte. Dann begann er ihre Zehen zu lecken, die aus den Sandaletten hervorschauten.

„Was für eine Rasse ist das?", erkundigte sie sich.

„Teilweise ein russischer Wolfshund", erklärte Yuri.

„Und jede Menge andere Rassen", erklang eine Stimme von der Küche her.

Sydney blickte über die Schulter zurück und sah eine fantastisch aussehende Frau mit langem schwarzen Haar und goldbraunen Augen langsamen Schrittes auf sie zukommen.

„Ich bin Mikhails Schwester Rachel. Und Sie müssen Sydney sein."

„Ja. Hallo." Sydney richtete sich auf und fragte sich, durch welch ein Wunder der Gene alle Stanislaskis so hübsch geworden waren.

„Das Essen ist in zehn Minuten fertig." Rachel sprach nur mit einem ganz leichten Akzent, und ihre Stimme klang dunkel und samtweich. „Du kannst schon den Tisch decken, Mikhail."

„Ich muss den Abfall hinausbringen", verkündete er und wählte augenblicklich das kleinere Übel.

„Ich übernehme das Tischdecken." Sydneys spontanes Angebot wurde kommentarlos angenommen. Sie war beinahe fertig, als Alex, der ebenso dunkel, fremdländisch und fantastisch aussah wie die übrige Familie, hereinschlenderte.

„Tut mir leid, dass ich zu spät komme, Papa. Ich habe gerade eine Doppelschicht hinter mir und hatte kaum Zeit …" Seine Stimme erstarb, denn er hatte Sydney entdeckt. Lächelnd verzog er den Mund und blickte sie interessiert an. „Jetzt tut es mir erst recht leid, dass ich mich verspätet habe. Hallo."

„Hallo." Sydney lächelte ebenfalls. Mit diesem charmanten Lächeln gewann Alex garantiert die Herzen aller jungen Mädchen.

„Sie gehört zu mir", erklärte Mikhail und kam wieder herein.

Alex grinste jungenhaft und ging auf Sydney zu. Er

nahm ihre Hand und küsste sie. „Damit Sie es wissen: Ich bin längst nicht so launisch wie mein Bruder und habe einen sicheren Beruf."

Sie musste unwillkürlich lachen. „Ich werde es bestimmt nicht vergessen."

„Er hält sich schon für einen Polizisten." Mikhail warf seinem Bruder einen belustigten Blick zu. „Mama sagt, du sollst dir die Hände waschen. Das Essen ist fertig."

Eine so reichhaltige Mahlzeit hatte Sydney noch nie erlebt. Platten mit knusprigen Hähnchen im Kräutermantel standen auf dem Tisch. Dazu wurde eine riesige Schüssel Gemüse serviert, das Nadia erst heute Morgen im eigenen Garten geerntet hatte. Als Dessert gab es selbst gebackene Kekse sowie große gefüllte Blätterteigpasteten, die Alex' Lieblingsspeise waren.

Sydney trank den kühlen Wein, der ihr neben dem Wodka angeboten wurde, und kam aus dem Staunen nicht heraus. Doch die vielfältigen Speisen waren nichts im Vergleich zu der Unterhaltung bei Tisch.

Rachel und Alex unterhielten sich über einen Mann namens Goose. Sydney erfuhr, dass Alex Polizeischüler war, während Rachel als Referendarin bei einem Rechtsanwalt arbeitete und Goose, einen kleinen Dieb, bei Gericht verteidigte.

Yuri und Mikhail stritten sich über Baseball. Sydney brauchte Nadias freundliche Übersetzung nicht, um zu erkennen, dass Yuri ein überzeugter Anhänger der Yankees war, während Mikhail zu den Mets hielt.

Ständig fuchtelte jemand wild mit seinem Besteck durch die Luft. Ukrainische Ausdrücke mischten sich mit englischen. Alle lachten, stellten lautstark Fragen und stritten sich erneut.

„Rachel ist eine Idealistin", stellte Alex fest. Er stemmte die Ellbogen auf den Tisch, stützte das Kinn auf die zusammengelegten Hände und lächelte Sydney an. „Und was sind Sie?"

Sie lächelte zurück. „Zu klug, um mich zwischen eine Rechtsanwältin und einen Polizisten zu stellen."

„Ellbogen vom Tisch", schimpfte Nadia und gab ihrem Sohn einen Knuff. „Mikhail hat erzählt, dass Sie eine Firma leiten und eine kluge Frau sind. Und sehr gerecht."

Diese Beschreibung verblüffte Sydney so, dass sie einen Moment keinen Ton herausbekam. „Ich versuche es jedenfalls", antwortete sie schließlich.

„Die Firma war letzte Woche in einer ziemlich heiklen Lage." Rachel kippte ihren restlichen Wodka so schwungvoll hinunter, dass Sydney sich nur wundern konnte. „Sie haben sich gut aus der Affäre gezogen. Mir scheint, Sie versuchen nicht, gerecht zu sein, sondern sind es instinktiv. Kennen Sie Mikhail schon lange?"

Sie schloss die Frage so überraschend an, dass Sydney schlucken musste. „Nein, noch nicht. Wir lernten uns letzten Monat kennen, als er in mein Büro stürmte und entschlossen war, jedes anwesende Mitglied der Familie Hayward mit seinen Stiefeln zu zertreten."

„Ich war sehr höflich", wandte Mikhail sich an sie.

„Sie waren durchaus nicht höflich." Sie bemerkte, dass Yuri die Situation Spaß machte, und fuhr fort: „Er war ungewaschen, wütend und bereit, sich mit jedem zu prügeln."

„Mein Sohn hat das Temperament seiner Mutter geerbt", erklärte Yuri. „Sie ist sehr feurig."

„Ein einziges Mal habe ich meinem Mann eine Pfanne auf den Kopf geschlagen. Das hält er mir ständig vor", beklagte sich Nadia kopfschüttelnd.

„Ich kann dir die Narbe heute noch zeigen. Und hier ist eine weitere." Yuri deutete auf seine Schulter. „Wo du die Haarbürste hingeworfen hast."

„Das tat ich nur, weil du behauptetest, mein neues Kleid wäre hässlich."

„Es war hässlich", antwortete Yuri unbekümmert und klopfte sich auf die Brust. „Und hier hast du …"

Würdevoll stand Nadia auf. „Das reicht. Sonst hält mich unser Gast noch für eine Tyrannin."

„Sie ist eine Tyrannin", sagte Yuri lächelnd zu Sydney.

„Und diese Tyrannin wünscht, dass wir jetzt den Tisch abräumen und anschließend das Dessert essen."

Sydney lachte immer noch innerlich, während Mikhail und sie über die Brooklyn Bridge nach Manhattan zurückfuhren. Irgendwann während der langen gemütlichen Mahlzeit hatte sie vergessen, dass sie ihm böse war. Vielleicht hatte sie auch ein halbes Glas Wein zu viel getrunken. Auf jeden Fall war sie völlig entspannt und erinnerte sich nicht, je so einen angenehmen Sonntag verbracht zu haben.

„Hat Ihr Vater das erfunden?" Sie kuschelte sich in ihre Ecke und betrachtete Mikhails Profil. „Dass Ihre Mutter mit Gegenständen um sich wirft?"

„Nein, das tut sie tatsächlich." Er schaltete den Motor herunter und reihte sich in den Verkehr ein. „Nach mir hat sie einmal mit einem Teller Spaghetti und Fleischklößchen geworfen, weil ich Schimpfwörter benutzt habe."

Sie lachte fröhlich. „Das hätte ich gern gesehen. Konnten Sie sich ducken?"

Er lächelte ihr rasch zu. „Nicht schnell genug."

„So etwas habe ich noch nie getan." Sie seufzte beinahe sehnsüchtig. „Das muss sehr befreiend sein. Ihre

Familie ist fabelhaft", fuhr sie nach einer Weile fort. „Sie haben großes Glück."

„Es hat Ihnen also nichts ausgemacht, in Brooklyn zu essen?"

Sie richtete sich ein wenig auf. „Ich sagte Ihnen schon, dass ich kein Snob bin. Aber ich war nicht darauf vorbereitet. Sie hätten mir sagen müssen, wohin Sie mich führen wollten."

„Wären Sie mitgekommen?"

Sie öffnete den Mund und schloss ihn wieder. Endlich antwortete sie: „Ich weiß es nicht. Weshalb haben Sie mich zu Ihren Eltern mitgenommen?"

„Ich wollte Sie dort beobachten. Vielleicht wollte ich auch, dass Sie mich in dieser Umgebung erleben."

Verblüfft sah sie ihn an. Sie hatten ihr Haus beinahe erreicht. In wenigen Minuten würden sich ihre Wege trennen. „Ich begreife nicht, weshalb Ihnen das so wichtig war."

„Dann begreifen Sie ziemlich wenig, Sydney."

„Vielleicht würde ich es verstehen, wenn Sie sich deutlicher ausdrückten." Plötzlich wollte sie unbedingt mehr wissen. Ihre Fingerspitzen begannen zu kribbeln, und sie musste sie aneinander reiben, damit es aufhörte.

„Ich kann mich besser mit den Händen als mit Worten ausdrücken." Ungeduldig bog Mikhail in die Tiefgarage. Als er die Sonnenbrille abnahm, blitzten seine dunklen Augen.

Wusste sie nicht, dass ihr Parfüm ihn fast wahnsinnig machte? Auch die Art und Weise, wie sie lachte und wie der Wind in ihrem Haar spielte.

Nachdem er sie im Kreis seiner Familie erlebt hatte, war alles noch viel, viel schlimmer geworden. Nach den ersten freundlichen Worten hatte Sydney ihr steifes Benehmen abgelegt. Richtig sehnsüchtig war ihr Blick geworden, als sie den kleinen Mischlingshund streichelte. Sie hatte gemeinsam mit seinem Vater gelacht und seiner Mutter beim Abtrocknen geholfen. Alex' offenes Flirten hatte sie nicht verärgert, sondern belustigt. Und sie war wie ein Schulmädchen errötet, als Rachel ihr Verhalten bei Mrs Wolburgs Unfall freimütig lobte.

Wie, in der Welt, hätte er ahnen sollen, dass er sich in Sydney verlieben würde?

Jetzt, nachdem sie wieder allein waren, kehrte ihre kühle Reserviertheit zurück. Er merkte es an ihrer Haltung, als sie aus dem Wagen stieg.

„Ich begleite Sie nach oben." Mikhail schlug die Wagentür zu.

„Das ist nicht nötig." Sie wusste nicht, weshalb dieser Abend nun doch verdorben war. Es musste an Mikhail liegen.

„Ich bringe Sie nach oben“, wiederholte er und zog sie zum Fahrstuhl.

„Na, meinetwegen.“ Sie verschränkte die Arme und wartete.

Die Türen öffneten sich, und sie traten wortlos ein. Beide hatten das Gefühl, dass der Fahrstuhl eine Ewigkeit benötigte. Sobald sie ihr Stockwerk erreicht hatten, schlüpfte sie vor Mikhail hinaus. Mit dem Schlüssel in der Hand blieb sie vor ihrer Wohnungstür stehen.

„Es war ausgesprochen nett bei Ihrer Familie“, erklärte sie höflich. „Bitte sagen Sie Ihren Eltern noch einmal, wie sehr ich ihre Gastfreundschaft genossen habe.“ Das Schloss schnappte auf. „Falls sich bei der Renovierung Schwierigkeiten ergeben, können Sie mich diese Woche im Büro erreichen.“

Er stemmte die Hand gegen die Tür, bevor sie sie vor seiner Nase schließen konnte. „Ich komme mit hinein.“

7. KAPITEL

Sie wusste, dass sie keine Chance hatte, die Tür zu schließen, wenn er sich mit seinem Körpergewicht dagegenstemmte.

„Für einen Schlummertrunk ist es noch zu früh und für eine Tasse Kaffee zu spät“, erklärte sie so kühl wie möglich.

„Ich möchte nichts trinken.“ Er schlug die Tür so heftig hinter sich zu, dass der Spiegel in der Diele wackelte.

Obwohl sie keinesfalls nachgeben wollte, begann sie innerlich zu beben. „Manche Leute betrachten es als schlechtes Benehmen, wenn sich ein Mann gewaltsam Zutritt zur Wohnung einer Frau verschafft.“

„Ich weiß, dass ich mich schlecht benehme“, erklärte er wütend. Er schob die Hände in die Hosentaschen und betrat das Wohnzimmer.

„Das muss sehr schmerzlich für Ihre Eltern sein. Offensichtlich haben sie sich große Mühe gegeben, ihren Kindern Anstand beizubringen. Bei Ihnen hatten sie damit wenig Erfolg.“

Mikhail fuhr herum und erinnerte sie an eine Raubkatze, die auf dem Sprung nach Beute war. „Gefallen Ihnen meine Eltern?“

Verblüfft glättete sie ihr vom Wind zerzaustes Haar.

„Natürlich gefallen sie mir. Das habe ich bereits gesagt."

Er ballte die Fäuste und entspannte sie wieder. „Ich dachte, Sie hätten es vielleicht nur aus Höflichkeit gesagt."

Das war eine bewusste Beleidigung, ein gut gezielter Schlag. „Dann haben Sie sich geirrt", antwortete sie verärgert. „Und nachdem das jetzt klar ist, gehen Sie bitte."

„Nichts ist klar. Sagen Sie mir, weshalb Sie jetzt ganz anders sind als vor einer Stunde."

Sie versuchte Zeit zu gewinnen. „Wovon reden Sie?"

„In meinem Elternhaus waren Sie freundlich und nett. Sie lachten unbeschwert. Jetzt, mit mir allein, sind Sie wieder kühl und abweisend. Sie lächeln nicht einmal."

„Das ist absoluter Unsinn." Mühsam verzog sie den Mund. „Sind Sie nun zufrieden?"

Seine Augen blitzten, und er begann erneut im Zimmer auf und ab zu laufen. „Seit ich zum ersten Mal Ihr Büro betrat, gibt es Ärger, und das gefällt mir nicht."

„Künstler leiden immer", fuhr sie ihn an. „Außerdem verstehe ich nicht, was das mit mir zu tun hat. Ich habe all Ihre Forderungen erfüllt: Die Fenster wurden ausgetauscht, die Installationen erneuert und die Elektroleitungen modernisiert."

„Stimmt. Aber darum geht es nicht.“ Mikhail trat einen Schritt vor, Sydney einen zurück.

„Ich habe doch gesagt, dass mir der Tag gefallen hat. Und jetzt …“ Sie wich hinter einen Stuhl. „Und jetzt pirschen Sie sich bitte nicht mehr ständig an mich heran.“

„Das bilden Sie sich nur ein. Schließlich sind Sie kein Hase, sondern eine Frau.“

Aber sie kam sich wie ein feiger Hase vor – wie eines jener armen, erstarrten Geschöpfe, die in das Scheinwerferlicht eines Wagens geraten und sich vor Angst nicht mehr rühren können. „Ich verstehe nicht, weshalb Sie plötzlich in dieser Laune sind.“

„Sie versetzen mich in diese Laune, sobald ich Sie sehe oder nur an Sie denke.“

Sie rückte weiter fort, sodass der Tisch zwischen ihnen war. Wenn sie nicht aufpasste, stand sie gleich mit dem Rücken an der Wand. „Also gut. Was wollen Sie?“

„Sie. Das wissen Sie genau.“

Ihr Herz begann wie wild zu rasen. „Das ist nicht wahr.“ Sie ärgerte sich, dass ihre Stimme zitterte, und fuhr kühler fort: „Ich mag es nicht, wenn man mit mir spielt.“

„Sie glauben, ich spiele? Was soll ein Mann denn davon halten, wenn eine Frau erst feurig ist und anschließend eiskalt wird? Wenn sie ihn leidenschaftlich ansieht und in der nächsten Minute zu Eis erstarrt?" Verärgert hob er die Hände und schlug sie auf den Tisch. „Ich habe Ihnen von Anfang an gesagt, dass ich nicht Ihre Mutter will, sondern Sie. Und Sie nannten mich einen Lügner."

„Ich habe nicht behauptet ..." Sydney bekam kaum noch Luft. Langsam ging sie ein paar Schritte, trat hinter einen Stuhl und hielt sich an der Rückenlehne fest. Als sie Mikhail in die Augen sah, erkannte sie eine solche Entschlossenheit bei ihm, dass ihr Blut vor Erregung ins Wallen geriet. „Neulich wollten Sie mich nicht."

„Neulich? Was heißt neulich?"

„Im Wagen." Ihre Wangen röteten sich. „Als ich ... als wir aus Long Island zurückkehrten. Wir ..." Sie krallte die Finger um die Stuhllehne. „Ach, das spielt jetzt keine Rolle mehr."

Mit zwei Schritten stand er vor dem Stuhl und hielt ihre Hände fest. „Sagen Sie mir sofort, was Sie meinen."

Ich muss unbedingt meinen Stolz bewahren, ermahnte sie sich. „Also gut – um es ein für alle Mal klarzustellen und damit wir unsere Unterhaltung nicht wiederholen müssen: Sie haben seinerzeit im Wagen etwas mit mir angefangen. Ich hatte Sie nicht darum gebeten und Sie nicht dazu ermutigt, aber Sie taten es trotzdem." Sie holte tief Luft, damit ihre Stimme fest blieb. „Und Sie hielten plötzlich inne, weil … weil ich am Ende doch nicht das war, was Sie erhofften."

Einen Moment starrte er sie an und bekam keinen Ton heraus. Dann spiegelte sich solche Wut auf seinem Gesicht, dass sie erschrocken zurückwich. Er packte den Stuhl, schleuderte ihn einen knappen Meter weiter und überschüttete sie mit ukrainischen Schimpfwörtern. Sie brauchte die Sprache nicht zu verstehen, um die Gefühle dahinter zu erkennen. Bevor sie den Rückzug antreten konnte, hatte er ihre Oberarme gepackt.

Einen Moment fürchtete Sydney, dass er sie dem Stuhl hinterherwerfen könnte. Wütend genug dazu war er. Aber er schimpfte nur weiter.

Erst nach einer vollen Minute merkte sie, dass ihre Füße einige Zentimeter über dem Boden schwebten und Mikhail wieder Englisch sprach.

„Sie törichte Person! Wie kann eine intelligente Frau so blind sein?"

„Ich lasse mich nicht von Ihnen beleidigen!", fuhr sie ihn an.

„Die Wahrheit ist keine Beleidigung. Seit Wochen versuche ich mich wie ein Gentleman zu benehmen."

„Wie ein Gentleman?", fragte sie erbost und versuchte sich aus seinem Griff zu befreien. „Das ist Ihnen gründlich misslungen."

„Mir scheint, Sie brauchen etwas mehr Zeit, und ich muss Ihnen deutlicher zeigen, was ich für Sie empfinde. Tut mir leid, dass ich Sie neulich im Wagen so behandelt habe. Ich fürchte, Sie halten mich ..." Er ärgerte sich, weil er die passenden Worte nicht fand. „Sie halten mich ..."

„Für einen Grobian", stieß Sydney befriedigt aus. „Einen Barbaren."

„Nein, das wäre nicht schlimm. Sie halten mich für einen Mann, dem es Spaß macht, Frauen zu missbrauchen. Der Gewalt anwendet und ihnen wehtut."

„Von Gewalt habe ich nichts gesagt", erklärte sie kühl. „Und jetzt lassen Sie mich endlich runter."

Er hob sie noch einige Zentimeter höher. „Sie glauben also, ich hätte aufgehört, weil ich Sie nicht begehrte?"

„Mir ist durchaus bewusst, dass meine Sexualität unter der Norm liegt."

Er hatte keine Ahnung, worauf sie hinauswollte. Deshalb fuhr er fort: „Wir waren auf der Rückbank eines Wagens, mitten in der Stadt. Und vorn saß Ihr Fahrer. Trotzdem hätte ich Ihnen beinahe die Kleider vom Körper gerissen und Sie auf der Stelle genommen.

Ich war wütend auf mich selbst und auf Sie, weil Sie mich so weit gebracht hatten.“

Verzweifelt suchte Sydney nach einer Antwort. Mikhail stellte sie wieder auf die Füße und streichelte sie zärtlich. Der Zorn in seinen Augen hatte sich gelegt und war einem anderen Gefühl gewichen, das ihr den Atem raubte.

„Seitdem erinnere ich mich tagaus, tagein, wie Sie damals aussahen und wie Sie sich anfühlten. Und ich möchte mehr. Ich warte darauf, dass Sie mir ein Zeichen geben und mir schenken, was ich in jener Nacht in Ihren Augen entdeckte. Aber Sie tun es nicht, und ich kann nicht länger warten.“

Er schob die Finger in ihr Haar, bog ihren Kopf nach hinten und presste seine Lippen auf ihren Mund. Glühende Hitze durchrieselte sie und ging ihr durch und durch. Sie stöhnte vor qualvoller Lust. Einladend öffnete sie die Lippen und ließ seine Zunge eindringen. Ihr Herz klopfte vor Verlangen bis zum Hals.

Seufzend gab er ihre Lippen wieder frei und barg seinen Mund an ihrem Hals. Sie hatte ihn nicht um diesen Kuss gebeten, und sie hatte ihn nicht dazu ermutigt, das war ihm klar. Mit dem letzten bisschen Selbstbeherrschung, das er noch aufbringen konnte, murmelte er: „Wünsch mich zum Teufel oder bereite mir den Himmel.“

Sie legte die Arme um seinen Nacken. Wenn er sie jetzt wie beim letzten Mal verließ, erlebte sie dieses heiße Verlangen vielleicht nie wieder. „Ich begehre dich auch“, flüsterte sie. Aber ich habe Angst, schreckliche Angst davor, fügte sie stumm hinzu. „Ja, ich begehre dich. Schlafe mit mir.“

Leidenschaftlich presste Mikhail seine Lippen auf ihren Mund, strich besitzergreifend mit den Händen über ihren Körper und machte ihr seine Ansprüche klar. Sydney blieb keine Wahl.

Furcht und Freude stritten sich in ihr, heftige Gefühlswellen erschütterten ihr Inneres, obwohl sie seine Liebkosungen außerordentlich genoss. Sie grub die Finger in seine Schultern. Durch den dünnen Baumwollstoff spürte sie das heftige Pochen seines Herzens und wusste, dass dieses Pochen ihr galt.

Ihm reichte dies noch lange nicht. Hingerissen roch er den Duft ihres Parfüms und schmeckte ihre salzige Haut. Immer wieder drängte sie ihren schlanken Körper an ihn. Während er sie streichelte und mit seinen Künstlerhänden ihre perfekten Rundungen erforschte, heizte ihr lustvolles Stöhnen seine Leidenschaft an.

Mehr, er brauchte mehr.

Ungeduldig zerrte er die Träger von ihren Schultern und zerriss in der Eile einen, um das kleine Hindernis schneller zu beseitigen. Während er mit den Lippen über die glatten nackten Schultern strich, öffnete er ihren Reißverschluss und zog an dem Kleid, bis es zu Sydneys Füßen fiel.

Der winzige trägerlose BH verhüllte nicht länger ihre weißen Brüste, und Sydney hob zitternd die Hand, um ihre Blöße zu bedecken. Aber Mikhail fing sie ab und hielt die Finger fest. Er bemerkte die Angst in ihren Augen nicht, denn er konnte sich nicht sattsehen an dem Bild, das sie ihm in den letzten Strahlen der Abendsonne bot.

„Mikhail …"

Er bekam keinen Ton heraus und nickte nur.

„Mein Schlafzimmer ist …"

Am liebsten hätte er sie auf der Stelle genommen. Doch er riss sich zusammen und hob sie schwungvoll auf die Arme. „Hoffentlich ist es nicht zu weit weg."

Sie lachte unsicher und zeigte ihm den Weg. Kein Mann hatte sie bisher ins Bett getragen, und sie fand es ungeheuer romantisch. Weil sie nicht recht wusste, welche Rolle sie jetzt spielen sollte, drückte sie vorsichtig die Lippen an seinen Hals. Mikhail begann leise zu beben, und sie fuhr etwas kühner hinauf zu seinem Ohr. Als er lustvoll stöhnte, begann sie an seinem Ohrläppchen zu knabbern, schob die Finger unter sein Hemd und streichelte seine Schulter.

Er fasste sie fester. Sie drehte den Kopf zu ihm, und er presste die Lippen gierig auf ihren Mund und sank gemeinsam mit ihr aufs Bett.

„Sollten wir nicht die Vorhänge zuziehen?“ Ihre Frage ging in ein Keuchen über, denn er machte absolut wunderbare Dinge mit ihr. Für Schüchternheit war kein Platz mehr in dieser atemberaubenden, schwindelerregenden Welt.

So etwas hatte sie noch nie erlebt. Bisher hatte sie angenommen, mit einem Mann zu schlafen wäre entweder eine entsetzlich mechanische Angelegenheit oder sanft und tröstlich. So drängend, so turbulent, ja so unglaublich hatte sie es sich nicht vorgestellt.

Mit seinen rauen Händen strich Mikhail über ihre Haut und ihre Glieder, bis sie im Bann ihrer intensiven Empfindungen alles um sich herum vergaß. Mit den Lippen folgte er seinen Händen und trieb mit ihnen geschickt das gleiche erotische Spiel.

Er verlor jedes Gefühl für Zeit und Raum. Die Luft war erfüllt von ihrem herrlich verführerischen, zurückhaltenden Duft. Ihre Haut schien unter seinen Fingern zu glühen. Jedes Mal, wenn sie leise bebte, ging es ihm so durch und durch, dass er halb wahnsinnig wurde.

Sein Verlangen wuchs und wuchs, je nachgiebiger und williger Sydney wurde.

Als sie ihm ungeduldig ihre Brüste entgegendrängte, schloss er die Lippen über einer rosigen Spitze, sog vorsichtig daran und schob gleichzeitig die Hand zwischen ihre heißen Schenkel. Sobald er die pulsierende Stelle berührte, zuckte Sydney zusammen, als hätte sie ein elektrischer Schlag getroffen. Überwältigt von ihrer Leidenschaft, klammerte sie sich an die Bronzestäbe des Bettes und warf den Kopf vor Lust von einer Seite zur anderen. Plötzlich vereinten sich Angst und Verlangen zu einem einzigen Gefühl, sodass sie nicht wusste, ob sie Mikhail bitten sollte, endlich aufzuhören oder unbedingt weiterzumachen. Weiter und weiter.

Hilflos rang sie nach Luft. Hitzeschauer überliefen sie, als sie schluchzend seinen Namen rief.

Er beobachtete fasziniert die glühende Lust, die ihre Wangen rötete, und das heiße, schwindelnde Verlangen, das ihre Augen verschleierte. Noch einmal brachte er sie an den Rand der Ekstase, um ihretwillen und um seinetwillen, bis sie sich kaum noch unter Kontrolle hatte.

„Bitte!“, konnte sie gerade noch hervorstoßen.

„Ja, sicher.“ Mit der Zunge strich er über die rosige Knospe.

Fantastischer konnte es nach Sydneys Meinung nicht werden. Doch Mikhail bewies ihr, wie sehr sie irrte. Während sie ungeduldig an seinen Kleidern zerrte, erregte er sie weiter und zeigte ihr, dass sie mehr ertragen konnte, als sie für möglich gehalten hätte. Doch auch er hatte die Grenzen der Beherrschung erreicht. Hastig zog er sich aus, und als er sich auf sie legte, spürten sie sich zum ersten Mal Haut an Haut.

Der Augenblick war gekommen, und Sydney schrie lustvoll auf, als er eins mit ihr wurde.

Sie war außer sich vor Lust. Es gab keine Worte für das, was sie empfand. Ihr Körper zuckte. Sie bog sich Mikhail entgegen und passte sich ganz natürlich seinem Rhythmus an. Er redete leise auf sie ein, in seiner Muttersprache, doch sie verstand, was er ihr sagen wollte.

Als sie den Gipfel des Glücks erreichte, gab es nur noch ihn. Er war alles, was sie brauchte.

Es war schon fast dunkel, und das Schlafzimmer lag im tiefen Schatten. Sydney fragte sich, ob sie je wieder würde klar denken können. Sie starrte an die Decke und horchte auf Mikhails gleichmäßigen Atem. Wahrscheinlich war es töricht. Aber es beruhigte sie. Sie hätte stundenlang zuhören können.

Vielleicht tat sie es sogar.

Sie hatte keine Ahnung, wie viel Zeit vergangen war, seit er seine Hände gegen ihre Tür gestemmt hatte und ihr in die Wohnung gefolgt war. Aber das war ihr gleichgültig. Ihr ganzes Leben hatte sich seitdem verändert. Lächelnd hob sie die Hand und strich ihm über das Haar. Er drehte den Kopf und drückte die Lippen auf ihr Kinn.

„Ich dachte, du schläfst", murmelte sie.

„Nein, ich würde nicht auf dir einschlafen." Er hob den Kopf, und sie erkannte im Halbdunkel den Glanz in seinen Augen. „Es gibt viel interessantere Dinge zu tun."

Sydney merkte, dass sie rot wurde, und war froh, dass es fast dunkel war. „War ich …" Wie sollte sie ihn fragen? „Es war also schön?"

„Nein." Obwohl er sie mit seinem Körper hinunterdrückte, merkte er, dass sie unwillkürlich zurückzuckte. „Ich kann mich nicht so gut ausdrücken wie du, Sydney. Aber ‚schön' ist eine ziemlich armselige Beschreibung. Ein Spaziergang im Park ist schön."

„Ich wollte nur sagen …" Sie rührte sich ein wenig. Er hatte sich zwar auf die Ellbogen gestützt, damit er nicht zu schwer für sie wurde, aber er gab acht, dass sie ihm nicht entwischen konnte.

„Wir sollten Licht machen", schlug er vor.

„Nein, das ist nicht nötig." Doch schon leuchtete die Nachttischlampe auf.

„Ich möchte dich sehen können, denn ich werde dich gleich noch einmal lieben. Ich sehe dich gern an." Zärtlich strich er mit den Lippen über ihren Mund.

„Nicht doch."

„Was nicht?"

„Verkrampf nicht so die Schultern. Ich möchte, dass du dich bei mir entspannst."

„Ich bin entspannt", sagte sie und atmete tief aus. Nein, das stimmte nicht. „Aber immer, wenn ich dir eine direkte Frage stelle, weichst du mir aus. Ich wollte nur wissen, ob du … na ja, ob du zufrieden warst."

Sie war sich völlig sicher gewesen. Aber jetzt, nachdem die Hitze der Leidenschaft langsam nachließ, fragte sie sich, ob sie es sich vielleicht nur eingebildet hatte.

„Aha." Mikhail legte die Arme um sie und rollte sich herum, sodass sie auf ihm lag. „Du möchtest also eine Note. Drei ist befriedigend, zwei ist gut und eins ist einfach wunderbar."

„Oh, vergiss es." Sie wollte sich enttäuscht losmachen, doch er hielt sie fest.

„Ich bin noch nicht fertig, Miss Hayward. Ich muss deine Frage noch beantworten, aber bisher habe ich zu wenig Fakten." Er zog ihren Kopf zu sich und küsste sie lange und verzehrend. „Verstehst du jetzt?"

Ihre Augen waren dunkel und immer noch verschleiert, und ihr Blick sagte mehr als ein Dutzend süße Worte. „Ja."

„Dann komm wieder zu mir." Er barg ihren Kopf an seiner Schulter und begann zärtlich ihren Rücken zu reiben. „Gefällt dir das?"

„Ja." Sie lächelte erneut. „Es gefällt mir." Sie schwiegen eine Weile. „Mikhail?"

„Hm?"

„Mir reichen die Fakten auch nicht."

Sie war so hübsch, wenn sie schlief, dass er kaum den Blick von ihr lösen konnte. Ihr dunkelrotes zerzaustes Haar bedeckte einen Teil ihres Gesichts. Eine Hand hatte sie auf das Kissen gestreckt, wo noch vor Kurzem sein Kopf gelegen hatte. Ihr Körper zeichnete sich deutlich unter dem Laken ab, das von der langen Liebesnacht zerknüllt war und gerade bis zu den Rundungen ihrer Brüste reichte.

Sydney war großartiger gewesen, als er sich je ausgemalt hätte: freigebig, offen, verblüffend aufreizend und gleichzeitig ein bisschen schüchtern. Es war ihm vorgekommen, als verführe er eine Jungfrau und würde seinerseits von einer Sirene verführt. Doch woher stammte ihre Verlegenheit danach? Woher kamen ihre verwirrenden Selbstzweifel?

Die Antwort auf diese Fragen musste er Sydney unbedingt entlocken. Und wenn Locken nicht half, würde er sie drängen.

Er weckte sie ungern. Doch er verstand genug von Frauen, um zu wissen, dass sie verletzt wäre, wenn er sie verließ, während sie noch schlief. Vorsichtig strich er das Haar von ihrer Wange, beugte sich zu ihr und küsste sie.

Sie rührte sich, und schon regte sich sein Verlangen.

Er küsste sie erneut und fuhr mit leichten Küssen zu ihrem Ohr. „Sydney …“ Sie gurrte schläfrig, und sein Blut begann zu wallen. „Wach auf und gib mir einen Abschiedskuss.“

„Ist es schon Morgen?“ Sie öffnete die Augen, starrte ihn einen Moment mit ihren verschleierten Augen an und versuchte zu sich zu kommen. Mikhails Gesicht war so nah. Ganz nahe. Sehnsüchtig hob sie die Hand und berührte seine Wange mit den dunklen Bartschatten.

„Dein Gesicht wirkt richtig gefährlich.“ Er lächelte, und sie stützte sich auf einen Ellbogen. „Du bist ja angezogen“, stellte sie plötzlich fest.

„Ich dachte, das wäre angebrachter, wenn ich in die Stadt fahren muss.“

„Weshalb willst du schon fahren?“

Belustigt setzte er sich auf den Bettrand. „Um zu arbeiten. Es ist beinahe sieben Uhr. Ich habe mir Kaffee mit deiner Maschine gemacht und deine Dusche benutzt."

Sie nickte. Sie roch sowohl den Kaffee als auch den Duft ihrer Seife auf seiner Haut. „Du hättest mich wecken sollen."

Er wickelte sich eine ihrer Strähnen um den Finger und freute sich, wie ihr feines Haar auf seiner Haut glänzte. „Ich habe dir letzte Nacht nicht viel Zeit zum Schlafen gelassen. Kommst du nach der Arbeit zu mir? Ich mache uns etwas zu essen."

Erleichtert lächelte sie. „Ja."

„Und bleibst du anschließend bei mir und schläfst in meinem Bett?"

Sie richtete sich auf, sodass sie sich genau gegenübersaßen. „Ja."

„Das freut mich." Er zog sanft an der Haarsträhne. „Und jetzt küss mich zum Abschied."

„In Ordnung." Sie legte die Arme um seinen Nacken, und das Laken glitt zu ihrer Taille hinab. Befriedigt stellte sie fest, dass Mikhails Blick an ihr hinabwanderte. Seine Muskeln spannten sich an, und seine Haut begann zu glühen. Erst als er ihr wieder in die Augen sah, beugte sie sich langsam vor. Sie strich mit den Lippen über seinen Mund, löste sich ein wenig, strich erneut darüber und zog sich wieder zurück, bis er lustvoll stöhnte.

Entschlossen öffnete sie seine oberen Hemdenknöpfe. Doch er hielt ihre Hände lachend fest. „Sydney, ich komme zu spät zur Arbeit."

„Das ist ein fabelhafter Gedanke", erklärte sie erfreut und schob das Hemd von seinen Schultern. „Keine Sorge, ich werde ein gutes Wort bei deiner Chefin für dich einlegen."

8. KAPITEL

Mikhail rührte das Gulasch aus Fleisch, Gewürzen und Tomaten in der alten gusseisernen Kasserolle und blickte durch das Küchenfenster auf die Straße hinab.

Er schnüffelte an seinem Löffel, kostete und fügte einen weiteren Schuss Rotwein an das Gericht. Hinter ihm im Wohnzimmer klangen Melodien aus „Figaros Hochzeit" aus der Stereoanlage.

Wann würde Sydney kommen?

Er ließ das Essen köcheln und kehrte ins Wohnzimmer zurück. Aufmerksam betrachtete er den Rosenholzblock, aus dem langsam Sydneys Gesicht entstand.

Dieser Mund … Er zeichnete sich gerade erst ab und war ausgesprochen weich. Mikhail maß ihn zwischen Zeigefinger und Daumen nach und erinnerte sich, wie die Lippen sich anfühlten und wie leidenschaftlich sie ihn geküsst hatten.

Diese hohen Wangenknochen … Mal verliehen sie Sydney ein hochmütiges, mal ein kühles Aussehen.

Und dieses stolze Kinn … Mit der Fingerspitze strich Mikhail darüber und musste daran denken, wie empfindsam und weich die Haut dort war.

Ob ihm Sydneys Augen Schwierigkeiten bereiten

würden? Nein, nicht die Form – die war reine Handwerksarbeit. Aber das Gefühl, das in ihnen zu lesen war, das Geheimnis, das sie verbargen.

Er musste noch so viel über diese Frau wissen.

Er beugte sich näher, bis er in Augenhöhe mit der halb fertigen Büste war. „Du musst mich ganz an dich heranlassen", flüsterte er.

Es klopfte. Doch er rührte sich nicht und betrachtete weiter aufmerksam Sydneys unfertiges Gesicht. „Die Tür ist offen!", rief er.

„Hallo, Mik." Keely stürmte in einem gepunkteten T-Shirt und neongrünen Shorts herein. „Hast du was Kaltes zu trinken? Mein Kühlschrank hat seinen Geist aufgegeben."

„Bedien dich", antwortete Mikhail zerstreut. „Ich werde ihn ganz oben auf die Liste der Neuanschaffungen setzen."

„Toll." Keely blieb stehen und schnüffelte an der Kasserolle. „Hm, das riecht großartig." Sie steckte einen Löffel hinein und kostete. „Und schmeckt himmlisch. Sieht wie ein bisschen zu viel für eine Person aus."

„Es ist für zwei gedacht."

„Aha", meinte sie vielsagend und holte eine Flasche Limonade aus dem Kühlschrank. Das Wasser lief ihr im Mund zusammen, und sie blickte erneut sehnsüchtig in den Topf. „Scheint auch ziemlich viel für zwei zu sein.“

Lächelnd sah Mikhail sie über die Schulter an. „Dann nimm dir einen Teller.“

„Du bist einfach wunderbar, Mik!“ Sie öffnete seinen Küchenschrank. „Und wer ist die Glückliche?“

„Sydney Hayward.“

„Sydney …“, Keelys Augen wurden riesengroß, und sie hielt mit dem Löffel auf halber Höhe über dem köchelnden Gericht inne, „… Hayward“, schloss sie. „Du meinst die schöne, reiche Sydney, die in Samt und Seide gekleidet zur Arbeit geht und eine Sechshundertdollar-Handtasche trägt? Sie kommt heute Abend her und isst mir dir?“

„Ja.“

„Huch.“ Eine andere Antwort fiel Keely nicht ein. Der Gedanke, dass Sydney sich auch privat mit Mikhail traf, machte ihr zu schaffen. Die Reichen waren anders, davon war sie überzeugt. Und diese Frau war außerordentlich reich. Keely wusste, dass er nicht schlecht mit seiner Kunst verdiente, trotzdem betrachtete sie ihn nicht als reichen Mann. Er war einfach Mik, der nette Kerl von nebenan, der stets bereit war, einen verstopften Abfluss zu reinigen, eine Spinne hinauszubefördern oder ein Bier mit einem zu trinken.

Keely nahm ihren Teller, ging zu Mikhail und entdeckte die Skulptur, die er gerade in Arbeit hatte.

„Oh“, sagte sie nur. Für solche Wangenknochen hätte sie wer weiß was gegeben.

„Gefällt dir die Figur?“

„Natürlich. Ich mag alle Arbeiten von dir.“ Unsicher trat sie von einem Fuß auf den anderen. Ihr gefiel nicht, wie er das Holzgesicht betrachtete. „Ich … ich vermute, euch verbindet mehr als nur Geschäftliches?“

„Ja.“ Er hakte seine Daumen in die Taschen der Jeans und bemerkte Keelys betrübte Miene. „Hast du was dagegen?“

„Ich … Nein, selbstverständlich nicht.“ Sie schob die Unterlippe vor. „Es ist nur … Meine Güte, sie ist so elegant.“

Er wusste, was Keely meinte, und strich ihr über das Haar. „Du machst dir meinetwegen Sorgen.“

„Wir sind doch Kumpel, nicht wahr? Und ich mag es nicht, wenn jemand einem Kumpel wehtut.“

Gerührt küsste er sie auf die Nase. „Wie dir der Schauspieler mit den dünnen Beinen wehgetan hat?“

Sie zuckte mit den Schultern. „Ja, wahrscheinlich. Aber in den war ich nicht verliebt. Oder nur ein bisschen.“

„Trotzdem hast du geweint.“

„Sicher. Ich bin nun mal eine Heulsuse. Ich heule sogar bei Werbespots im Fernsehen." Besorgt betrachtete sie die halb fertige Holzbüste. „Eine Frau, die so aussieht, könnte einen Mann glatt in die Fremdenlegion treiben."

Lachend zerzauste er ihr Haar. „Keine Sorge. Ich schreibe dir von dort eine Postkarte."

Bevor Keely eine Antwort einfiel, klopfte es erneut. Mikhail gab ihr einen Klaps auf die Schulter und öffnete.

„Hallo." Sydney strahlte, sobald sie Mikhail sah. In der einen Hand trug sie eine Reisetasche, in der anderen eine Flasche Champagner. „Irgendwas riecht hier wunderbar. Mir läuft schon seit dem dritten Stock das Wasser im Mund zusammen, und …"

In diesem Moment entdeckte sie Keely, die immer noch mit dem Teller in der Hand am Arbeitstisch stand. „Hallo", sagte sie zögernd.

„Hallo. Ich wollte gerade gehen." Keely war ebenso verlegen wie Sydney. Sie eilte in die Küche, stellte den Teller ab und ergriff ihre Limonadenflasche.

„Es war nett, Sie wiederzusehen", sagte Sydney. „Hat Ihre Mordszene im Film geklappt?"

„Der Kerl hatte mich nach drei Einstellungen erledigt." Sie lächelte kurz und sauste durch die Tür. „Viel Spaß beim Essen. Und danke, Mik."

Nachdem die Wohnungstür zugefallen war, atmete Sydney tief aus. „Oje, ist sie immer so schnell?“

„Meistens.“ Mikhail legte die Hände um Sydneys Taille. „Sie hat Angst, dass du mich verführst, mich benutzt und anschließend beiseiteschiebst.“

„Wirklich?“

Er lachte leise und knabberte an ihrer Unterlippe. „Gegen die ersten beiden Dinge habe ich nichts einzuwenden.“ Er presste die Lippen auf ihren Mund, nahm ihr die Reisetasche aus der Hand und stellte sie ab. Anschließend schob er mit der Champagnerflasche die Tür zu. „Dein Kleid gefällt mir. Du siehst aus wie eine Rose in der Sonne.“

Sie strich mit ihren freien Händen über seinen Rücken und schob sie unter sein Arbeitshemd. „Du gefällst mir auch.“

Lächelnd drückte er die Lippen auf ihren Hals. „Hast du Hunger?“

„Hm. Und wie. Ich musste den Lunch ausfallen lassen.“

„Es dauert nur zehn Minuten“, versprach er und ließ sie widerstrebend los. Wenn er sich jetzt nicht von ihr löste, würden sie erst sehr viel später essen. „Was hast du da mitgebracht?“, fragte er und drehte die Flasche, damit er das Etikett lesen konnte. „Daneben nimmt sich mein Gulasch geradezu armselig aus.“

Sydney schnüffelte erneut. „Das glaube ich kaum." Lachend nahm sie ihm die Flasche ab. „Ich habe einen Grund zum Feiern."

„Erzählst du mir, weshalb?"

„Sicher."

„Gut, dann hole ich uns zwei Gläser."

Sie war hingerissen. Mikhail hatte einen kleinen Tisch mit zwei Stühlen auf dem winzigen Balkon vor dem Schlafzimmer gedeckt. In der Mitte stand eine einzelne rosa Pfingstrose in einer alten grünen Flasche. Ein Radio spielte leise Musik. In einer blauen Schüssel dampfte das Gulasch, und in einem Weidenkörbchen befand sich frisches Brot.

Während sie aßen, erzählte Sydney, dass sie Janine heute zu ihrer persönlichen Assistentin befördert und Lloyd dringend zur Kündigung geraten hatte. Sie wusste inzwischen, dass er die Presse von Mrs Wolburgs Unfall unterrichtet hatte. Auch sonst hatte er der Firma mehrmals geschadet.

„Du hast ihn um die Kündigung gebeten?", fragte Mikhail. „Weshalb hast du ihn nicht gleich rausgeworfen?"

„So einfach geht das leider nicht." Sie hob ihr Glas und betrachtete den Champagner im Abendlicht. „Das ändert allerdings nichts am Ergebnis. Falls Lloyd Schwierigkeiten macht, werde ich den Vorstand informieren. Schließlich habe ich zahlreiche Beweise. Nimm allein dieses Gebäude." Mit dem Zeigefinger stieß sie an einen alten Backstein. „Vor mehr als einem Jahr beauftragte mein Großvater Lloyd damit, sich um die Beschwerden der Mieter zu kümmern. Den Rest kennst du ja."

„Eigentlich müsste ich Lloyd dankbar sein." Mikhail schob ihr das Haar hinters Ohr und küsste sie unmittelbar unter dem schwarzen Ohrring, den sie heute trug. „Hätte er seine Arbeit ordentlich erledigt, wäre ich nicht wütend in dein Büro gestürzt, und du wärst heute Abend nicht hier."

Sydney nahm seine Hand und legte sie an ihre Wange. „Hätte ich ihn dafür befördern sollen?" Sie drehte den Kopf, drückte die Lippen auf seine Handfläche und wunderte sich, wie leicht es ihr plötzlich fiel, ihre Gefühle zu zeigen.

„Nein. Nehmen wir lieber an, dass unsere Begegnung Schicksal war. Der Gedanke, dass du mit jemandem zusammenarbeitest, der dir schaden möchte, gefällt mir nicht. Du wirst es schon richtig machen." Er teilte den restlichen Champagner zwischen ihnen auf.

„Ja, das glaube ich auch." Sie sah zu den Nachbarwohnungen hinüber. Auf einigen Balkons trocknete Wäsche in der Sonne. Hinter den geöffneten Fenstern liefen Leute hin und her oder saßen vor dem Fernseher. Kinder spielten auf dem Gehsteig und nutzten den langen Sommertag. Als Mikhail ihre Hand ergriff, drückte sie seine fest.

„Heute habe ich zum ersten Mal wirklich Verantwortung empfunden“, sagte sie ruhig. „Solange ich mich erinnere, hat mir immer jemand gesagt, was das Beste für mich wäre oder was die Leute von mir erwarteten.“ Sie hielt inne und schüttelte den Kopf. „Aber das spielt jetzt keine Rolle mehr. Mir ist in den letzten Monaten klar geworden, dass der, der verantwortlich ist, auch bereit sein muss, Verantwortung zu übernehmen. Das habe ich heute getan. Kannst du dir vorstellen, was für ein Gefühl das ist?“

„Ja, denn ich habe Augen im Kopf. Ich sehe eine Frau, die anfängt, sich selbst zu vertrauen und das zu tun, was sie für richtig hält.“ Lächelnd strich er ihr mit den Fingern über die Wange. „Zum Beispiel mit mir zu schlafen.“

Sie drehte sich zu ihm. Er war keinen halben Meter von ihr entfernt. Attraktiv und faszinierend ungebändigt, hätte bei ihm das Herz jeder Frau höher geschlagen. Aber bei ihr geschah mehr, als dass nur ihr Puls zu rasen begann, und sie wollte lieber nicht näher darüber nachdenken.

Mikhail zog sie in die Arme, rieb seine Wange an ihrem Haar und flüsterte ihr Liebesworte ins Ohr, die sie nicht verstand.

„Ich muss mir unbedingt ein Wörterbuch besorgen", erklärte sie und schloss verzückt die Augen.

„Dieser Satz ist ganz einfach", antwortete er und wiederholte seine Worte zwischen zwei Küssen.

Lachend stand sie gemeinsam mit ihm auf. „Einfach für dich. Und was heißt er?"

Erneut berührte er ihre Lippen. „Ich liebe dich."

Erschrocken riss Sydney die Augen auf. „Mikhail, ich …"

„Weshalb machen dir diese Worte Angst?", unterbrach er sie. „Liebe ist keine Bedrohung."

„Das hatte ich nicht erwartet." Sie legte eine Hand auf seine Brust, um etwas Abstand zu wahren.

Seine Augen wurden dunkel, und er trat einen Schritt zurück. „Was hattest du denn erwartet?"

„Ich dachte, du wolltest …" Wie sollte sie es behutsam ausdrücken? „Ich nahm an, du wärst …"

„Nur an deinem Körper interessiert?", ergänzte er hitzig. Er hatte Sydney so viel bewiesen, und sie hatte so wenig verstanden. „Natürlich begehre ich deinen Körper, aber das ist nicht alles. Willst du etwa behaupten, dass letzte Nacht nicht mehr zwischen uns gewesen ist?"

„Natürlich war mehr. Es war wunderschön." Sie musste sich unbedingt setzen, denn sie hatte das Gefühl, von einer Klippe gesprungen und mit dem Kopf aufgeschlagen zu sein.

Aber Mikhail sah sie so eindringlich an, dass sie vorsichtshalber stehen blieb.

Er hob sein Glas und hätte es am liebsten vom Balkon geschleudert. Stattdessen trank er einen Schluck. „Guter Sex ist für Körper und Geist wichtig. Aber er genügt nicht für das Herz. Das Herz braucht Liebe, und zwischen uns beiden war gestern Nacht Liebe."

Hilflos ließ sie die Arme fallen. „Das weiß ich nicht. Ich hatte vorher noch nie guten Sex."

Er betrachtete sie nachdenklich. „Du warst doch verheiratet."

„Ja, ich war schon einmal verheiratet", antwortete Sydney bitter. „Aber darüber möchte ich nicht reden, Mikhail. Reicht es nicht, dass wir gut zusammenpassen und ich etwas für dich empfinde, was ich noch nie erlebt habe? Ich möchte meine Gefühle nicht analysieren. Ich kann es nicht."

„Du willst gar nicht wissen, was du empfindest?", wunderte er sich. „Wie kannst du leben, ohne zu wissen, wie es in dir aussieht?"

„Deine Gefühle liegen offen da. Man erkennt sie an der Art und Weise, wie du dich bewegst und wie du redest. Man sieht sie deinen Augen und deiner Arbeit an. Bei mir ist das anders. Meine Gefühle sind tiefer verborgen. Ich brauche mehr Zeit."

Er lächelte unmerklich. „Hältst du mich für einen geduldigen Mann?"

„Nein", erklärte Sydney aufrichtig.

„Das freut mich. Denn dann wirst du begreifen, dass dir sehr wenig Zeit bleibt." Er begann das Geschirr zusammenzustellen. „Hat dir dein Exmann sehr wehgetan?"

„Jede gescheiterte Ehe schmerzt. Bitte, bedräng mich nicht."

„Heute Nacht bestimmt nicht." Der Himmel über New York wurde langsam dunkel. „Ich möchte nämlich, dass du nur an mich denkst. Aber irgendwann möchte ich alles erfahren." Er brachte das Geschirr hinein und überließ es Sydney, die restlichen Sachen abzuräumen.

Mikhail liebt mich. Dieser Gedanke ging ihr nicht aus dem Kopf, während sie den Brotkorb und die Blume aufhob. Daran zweifelte sie nicht. Der Mann sagte grundsätzlich nur, was er auch meinte.

Aber sie wusste nicht, was er unter Liebe verstand.

Für Sydney war Liebe ein süßes, berauschendes und dauerhaftes Gefühl, das sie bisher nicht selbst kennengelernt hatte. Ihr Vater hatte sie auf seine unberechenbare Weise geliebt. Aber sie waren nur für kurze Zeit in ihrer frühen Kindheit beisammen gewesen. Nach der Scheidung der Eltern hatten sie sich kaum noch gesehen.

Auch ihre Mutter liebte sie, das stand außer Frage. Doch Margerite interessierte sich für sie nicht stärker als für zahlreiche andere Dinge.

Außerdem hatte es Peter gegeben. Peter und sie hatte eine starke freundschaftliche Beziehung verbunden – aber nur, bis sie versuchten, sich wie ein Ehepaar zu lieben.

Freundschaftliche Liebe war es gewiss nicht, was Mikhail ihr geben wollte. Deshalb wurde Sydney zwischen schwindelndem Glück und panischer Angst hin und her gerissen.

Unsicher ging sie in die Küche, wo er die Arme bis zu den Ellbogen in das Abwaschwasser getaucht hatte. Sie stellte den Brotkorb und die Flasche mit der Pfingstrose ab und nahm ein Geschirrtuch.

„Bist du mir böse?", fragte sie nach einer Weile zögernd.

„Ein bisschen. Eher verwirrt." Und verletzt, fügte er stumm hinzu, aber das brauchte sie nicht zu wissen. „Geliebt zu werden sollte dich glücklich machen."

„Einerseits bin ich das auch. Andererseits habe ich schreckliche Angst, dass wir zu schnell vorgehen und alles zerstören, was wir gerade erst aufgebaut haben." Ich muss unbedingt offen und ehrlich mit Mikhail sein, das bin ich ihm schuldig, überlegte sie und fuhr fort: „Den ganzen Tag hatte ich mich darauf gefreut, mit dir zusammen zu sein, mit dir zu reden und dir zu erzählen, was ich erlebt habe. Auch dir zuzuhören. Ich wusste, du würdest mich zum Lachen bringen, und mein Herz würde wie wild rasen, wenn du mich küsst.“ Sie stellte eine trockene Schüssel beiseite. „Weshalb siehst du mich so merkwürdig an?“

Er schüttelte den Kopf. „Du merkst nicht einmal, dass du mich liebst. Aber das macht nichts“, beschloss er und reichte ihr die nächste Schüssel. „Du wirst es schon noch erfahren.“

„Du bist so arrogant, dass ich nicht weiß, ob ich dich bewundern oder verabscheuen soll“, antwortete sie unwillig.

„Und dieser Zustand gefällt dir, weil er dir die Möglichkeit gibt, dich gegen deine Gefühle zu wehren.“

„Deiner Meinung nach sollte ich wohl geschmeichelt sein, weil du mich liebst.“

„Natürlich.“ Er lächelte jungenhaft. „Bist du es nicht?“

Sie stellte die zweite Schüssel in die erste, nahm die Kasserolle und dachte nach. „Doch, wahrscheinlich. Das wäre nur menschlich. Außerdem bist du …“

„Was bin ich?“

Erneut betrachtete sie ihn – sein keckes Lächeln, seine feurigen Augen, sein dichtes wildes Haar. „Du bist einfach umwerfend.“

Sein Lächeln verschwand. Er öffnete den Mund und schloss ihn wieder. Endlich nahm er die Hände aus dem Wasser und murmelte etwas vor sich hin.

„Schimpfst du etwa?"

Statt zu antworten, riss Mikhail ihr das Geschirrtuch aus der Hand und trocknete sich die Hände gründlich damit ab.

„Du bist ja verlegen", stellte Sydney erfreut fest und nahm sein Gesicht zwischen beide Hände. „Tatsächlich."

„Hör auf." Verwirrt stieß er ihre Hände fort. „Mir wird ganz schlecht, wenn ich an deine Beschreibung denke."

„Aber du bist doch umwerfend." Zärtlich legte sie die Arme um seinen Nacken. „Als ich dich zum ersten Mal sah, erinnertest du mich an einen finsteren, verwegenen Piraten."

Diesmal schimpfte er auf Englisch, und sie lächelte vergnügt.

„Vielleicht liegt es an deinem Haar", überlegte sie und strich mit den Fingern durch die schwarzen Locken. „Ich stellte mir vor, wie es wäre, wenn ich meine Hände hineinschieben könnte. Oder es sind deine Augen. Sie blicken so mutwillig, so gefährlich."

Er legte die Hände auf ihre Hüften. „Langsam komme ich mir wirklich gefährlich vor."

„Hm. Oder es ist dein Mund. Ja, es könnte auch an deinem Mund liegen." Sydney berührte seine Lippen, zog mit der Zunge die Umrisse nach und blickte ihm tief in die Augen. „Ich glaube kaum, dass eine Frau ihm widerstehen könnte."

„Du willst mich wohl verführen."

Sie löste die Hände von Mikhails Hals und spielte mit den oberen Knöpfen seines Hemdes. „Jemand muss es ja tun." Hoffentlich mache ich alles richtig, wünschte sie inständig. „Und dann ist da natürlich noch dein wunderbarer Körper. Als ich dich zum ersten Mal ohne Hemd sah, blieb mir fast das Herz stehen."

Sie schob das Hemd auseinander und strich mit den Händen über seine Brust, sodass seine Knie ganz weich wurden. „Deine Haut war nass und glänzte, und ich bemerkte deine kräftigen Muskeln." Sie vergaß, dass sie eigentlich nur spielen wollte, und verführte ihn ebenso wie sich. „Sie sind so fest, und deine Haut ist so glatt. Ich wollte sie unbedingt berühren. Wie jetzt."

Sie atmete unsicher aus, drückte die Finger in seine Schultern und knetete seine Oberarme. Als sie ihm wieder in die Augen sah, blickte er sie glühend an. Seine Arme wurden hart wie Stahl, und ihr blieben die Worte im Hals stecken.

„Weißt du eigentlich, was du mir antust?", fragte er heiser. Mit bebenden Fingern griff er nach den winzigen schwarzen Knöpfen ihres Jacketts. Unter dem sonnengelben kurzärmeligen Kostüm trug Sydney Wäsche aus nachtblauer Spitze. Das Herz schlug ihm bis zum Hals. „Oder wie sehr ich dich brauche?"

Sie schüttelte leicht den Kopf. „Zeig es mir. Du kannst es mir ja zeigen."

Leidenschaftlich riss Mikhail sie an sich und presste seine Lippen auf ihren Mund. Als sie die Arme erneut um seinen Nacken legte, hob er sie einige Zentimeter vom Boden und ließ sie nicht mehr los.

Wie betäubt klammerte sie sich an ihn, während er mit ihr ins Schlafzimmer hinüberging. Sie streifte ihre Schuhe ab und hielt sich lachend an ihm fest, während er gemeinsam mit ihr auf das Bett fiel.

Die Matratze sank knarrend ein, sodass sie in die Mitte rollten. Er flüsterte ihren Namen und sie seinen, bevor sich ihre Lippen wieder aufeinanderpressten.

Er war ebenso hitzig und verwegen wie beim letzten Mal. Aber diesmal wusste sie, wohin es führen würde, und sie versuchte sich seinem Tempo anzupassen. Ihr Verlangen wuchs ins Unermessliche, und sie zerrte seine Jeans herunter, während er ungeduldig ihre zarte Spitzenwäsche beiseiteschob.

Sie spürte seinen festen, ruhelosen Körper auf sich. Durch das offene Fenster drang die abendliche Hitze herein. In der Ferne rollte leiser Donner. Er kam ihr wie eine Antwort auf das Pochen ihres Blutes vor.

Mikhail war der Sturm draußen und in seinem Innern gerade recht. Nie zuvor hatte er so gespürt, was wahres Verlangen bedeutete. Er erinnerte sich, wie er sich einmal verzweifelt nach Essen und Wärme gesehnt hatte, auch nach den weichen Rundungen einer Frau. Aber das war nichts im Vergleich zu dem heftigen Begehren, das er jetzt für Sydney empfand.

Leidenschaftlich strich er mit den Händen über ihren Körper, um jeden Zentimeter von ihr zu liebkosen. Überall, wo er sie berührte, glühte ihre Haut wie von lodernden Flammen. Als sie unmerklich zu beben begann, trieb er sie weiter, bis sie erschauerte. Und als sie lustvoll stöhnte, setzte er die süße Qual fort, sodass sie laut aufschrie.

Und nicht einmal das reichte ihm.

Das Gewitter kam drohend näher. Die Sonne versank langsam am Horizont und warf ihre letzten Strahlen und lange Schatten herein.

Drinnen in dem heißen, dunkler werdenden Zimmer nahmen Mikhail und Sydney Zeit und Raum nicht mehr wahr. Es gab nur noch sie und ihn und das heiße Verlangen, eins zu werden.

Endlich drang er tief in sie ein. In höchster Ekstase hob er ihre Hüften an, bis sie die Beine um seine Taille legte und den Rücken durchbog. Erschauernd presste er das Gesicht auf ihre Schulter und erreichte gemeinsam mit ihr den Gipfel der Lust.

Bis zum nächsten Nachmittag blieb es trocken, dann vertrieb ein Gewitter die brütende Hitze. Sydney hatte den Lautsprecher eingeschaltet und leitete eine heikle Telefonkonferenz. Obwohl ihr Janine gegenübersaß, machte sie sich ebenfalls Notizen.

„Ja, Mr Bernstein, ich bin davon überzeugt, dass die neue Regelung im Interesse aller liegt“, erklärte Sydney und wartete, bis Bernstein dies seinem Rechtsanwalt und seinem Partner an der Westküste bestätigt hatte. „Wir werden allen Beteiligten bis spätestens morgen, fünf Uhr östlicher Zeit, den überarbeiteten Vertrag per Telefax zusenden.“ Sie lächelte innerlich. „Ja, Hayward Enterprises wird in Zukunft schneller arbeiten. Danke, meine Herren, und auf Wiederhören.“

Sie schaltete den Lautsprecher aus und sah Janine an. „Nun?“

„Sie sind absolut kühl geblieben. Sehen Sie sich meine Hände an.“ Janine streckte die Arme aus. „Meine Handflächen sind klatschnass. Die drei Männer wollten Sie unbedingt unterkriegen, und Sie sind trotzdem als Siegerin aus dem Gespräch hervorgegangen. Herzlichen Glückwunsch."

„Ich nehme an, der Handel wird dem Vorstand gefallen." Sieben Millionen, dachte sie. Sie hatte gerade ein Sieben-Millionen-Dollar-Geschäft abgeschlossen. Janine hatte recht. Sie war felsenfest geblieben. „Machen wir uns an die Reinschrift", schlug sie vor.

„Ja, Ma'am." Während Janine aufstand, läutete das Telefon. Automatisch hob sie den Hörer ab. „Büro Miss Hayward. Einen Moment, bitte." Sie drückte auf die Unterbrechertaste. „Es ist Mr Warfield."

Sydney nickte ergeben. „Ich übernehme das Gespräch. Danke, Janine."

Sie wartete, bis ihre Assistentin das Zimmer verlassen und die Tür hinter sich geschlossen hatte, und sagte: „Hallo, Channing."

„Sydney, ich versuche seit zwei Tagen, dich zu erreichen. Wo hattest du dich versteckt?"

Sie dachte an Mikhails Bett und lächelte. „Tut mir leid, Channing. Ich war … beschäftigt."

„Immer nur Arbeit und kein Vergnügen, Liebling", antwortete er zu ihrer Verärgerung. „Ich muss dich unbedingt davon weglotsen. Wie wäre es morgen Mittag mit einem Lunch? Bei ‚Lutece'?"

Automatisch blickte Sydney auf ihren Terminkalender. „Da habe ich eine Besprechung."

„Besprechungen kann man verschieben."

„Nein, diese nicht. Einige meiner Projekte stehen unmittelbar vor dem Abschluss, sodass ich diese Woche kaum Zeit haben werde."

„Hör mal, Sydney, ich habe Margerite versprochen, dafür zu sorgen, dass du dich nicht ständig hinter dem Schreibtisch verkriechst. Und ich stehe zu meinem Wort."

Weshalb bleibe ich bei einem Geschäft über viele Millionen Dollar kühl und bekomme feuchte Hände, sobald ich persönlich unter Druck stehe? überlegte Sydney. „Meine Mutter macht sich unnötige Sorgen. Tut mir leid, Channing, aber ich habe im Moment keine Zeit für ein längeres Gespräch. Ich habe … Ich komme sonst zu spät zu einer Verabredung."

„Schöne Frauen dürfen zu spät kommen. Wenn ich morgen nicht mit dir zu Mittag essen kann, bestehe ich darauf, dass du Freitag mitkommst. Wir wollen ins Theater. Deine Mutter wird auch dabei sein. Natürlich treffen wir uns vorher zu einem Drink und werden anschließend ein leichtes Abendessen zu uns nehmen."

„Ich bin völlig ausgebucht, Channing, aber ich wünsche dir viel Spaß. Und jetzt muss ich Schluss machen. Ciao."

Sie legte den Hörer auf und verwünschte sich selbst. Weshalb hatte sie Channing nicht gesagt, dass sie einen anderen Mann kennengelernt hatte?

Die Antwort war einfach. Channing würde sofort zu Margerite laufen. Doch ihre Beziehung zu Mikhail ging nur sie etwas an, und das sollte möglichst noch eine Weile so bleiben.

Mikhail liebte sie …

Sydney schloss die Augen, und ein Schauer aus Freude und Panik durchrieselte sie. Vielleicht würde sie ihn mit der Zeit ebenfalls uneingeschränkt und bedingungslos lieben können, auch wenn sie es sich bisher nicht hatte vorstellen können. Gefühlskalt war sie nicht, das wusste sie jetzt. Aber das war nur der erste Schritt. Sie brauchte unbedingt Zeit, um ihre Gefühle zu ordnen. Anschließend … Nun, anschließend würde man sehen.

Das Klopfen an der Tür brachte sie in die Wirklichkeit zurück. „Ja?"

„Entschuldigen Sie, Ma'am." Janine kam herein und hielt einen Brief in der Hand. „Dies wurde gerade aus Mr Binghams Büro für Sie abgegeben. Ich glaube, Sie sollten es sofort sehen."

„Ja, danke." Sydney überflog den Brief. Es war Lloyds geschickt formulierte fristlose Kündigung. Doch selbst bei oberflächlicher Lektüre wurde deutlich, dass der Kampf noch nicht vorüber war.

„Wir sollten die Stelle möglichst wieder durch jemanden aus dem Haus besetzen", sagte Sydney.

„Bringen Sie mir bitte die entsprechenden Personalakten.“

„Ja, Ma’am“, antwortete Janine. An der Tür blieb sie stehen. „Darf ich Ihnen als Ihre Assistentin einen Rat geben?“

„Natürlich, Janine.“

„Passen Sie bloß auf. Mr Bingham möchte Ihnen furchtbar gern ein Messer in den Rücken rammen.“

„Ich weiß“, antwortete Sydney. „Aber ich werde ihm keine Gelegenheit dazu geben.“ Sie rieb sich den Nacken, um die Anspannung zu vertreiben. „Wie wäre es mit einem Kaffee für uns beide, bevor wir uns mit den Personalakten befassen?“

„Ich bringe sofort welchen.“ Janine drehte sich um und wäre beinahe mit Mikhail zusammengestoßen. Er war klatschnass, und sein schlichtes weißes T-Shirt klebte ihm am Körper. „Tut mir leid, Miss Hayward hat …“, stotterte sie.

„Schon gut, Janine. Lassen Sie Mr Stanislaski hereinkommen.“

Janine bemerkte den Blick in den Augen ihrer Chefin und beneidete sie einen Moment. „Soll ich alle Telefongespräche von Ihnen fernhalten?“

„Wie?“

Mikhail lächelte freundlich. „Ja, bitte. Sind Sie Janine, die gerade befördert worden ist?“

„Ja, weshalb?"

„Sydney hat mir erzählt, dass Sie ausgezeichnete Arbeit leisten."

„Danke. Möchten Sie auch einen Kaffee?"

„Nein danke."

„Dann trinke ich im Moment auch keinen, Janine. Machen Sie jedenfalls eine Pause."

„Ja, Ma'am." Seufzend schloss Janine die Tür.

„Besitzt du keinen Regenschirm?", fragte Sydney und beugte sich vor, damit Mikhail sie küssen konnte. Doch er rührte sie nicht an.

„Ich darf dich nicht anfassen, sonst würde dein Kostüm ganz nass. Hast du vielleicht ein Handtuch für mich?"

„Warte einen Moment." Sydney ging in das angrenzende Bad. „Was führt dich um diese Uhrzeit hierher?"

„Bei diesem Regen konnten wir nicht weiterarbeiten. Deshalb habe ich einige schriftliche Dinge erledigt und um vier Uhr Schluss gemacht." Er nahm das Handtuch und trocknete sich das Haar.

„Ist es schon so spät?" Sie sah auf die Uhr und merkte, dass es beinahe fünf war.

„Du hast noch zu tun?"

Sie dachte an die Kündigung auf ihrem Schreibtisch und die Personalakten, die sie durchsehen musste. „Ja, noch ein bisschen."

„Wenn es nicht zu lange dauert, könnten wir vielleicht anschließend ins Kino gehen."

„Ja, gern." Sie nahm Mikhail das Handtuch wieder ab. „Gib mir noch eine Stunde Zeit."

„Ich komme zurück." Er streckte die Hand aus und spielte mit der Perlenkette an ihrem Hals. „Da ist noch etwas."

„Was denn?"

„Meine Familie und ich möchten am Wochenende meine Schwester Natasha besuchen und ein Barbecue bei ihr veranstalten. Kommst du mit?"

„Ein Barbecue? Das wäre nicht schlecht. Wann findet es statt?"

„Die anderen werden am Freitag nach der Arbeit losfahren." Er musste Sydney unbedingt mit diesen Perlen darstellen. Nur mit diesen Perlen. Normalerweise arbeitete er ausschließlich mit Holz, aber er konnte sie auch in Alabaster meißeln. „Wir können nachfahren, sobald du fertig bist."

„Ich müsste gegen sechs Uhr so weit sein. Sagen wir lieber sechs Uhr dreißig", verbesserte sie sich. „Ist das in Ordnung?"

„Ja." Mikhail fasste ihre Schultern, hielt Sydney einige Zentimeter von seinen nassen Kleidern entfernt und küsste sie. „Natasha mag dich bestimmt."

„Das hoffe ich sehr."

Er küsste sie erneut. „Ich liebe dich."

Sie erschauerte vor Erregung. „Ich weiß."

„Und du liebst mich", murmelte er. „Du bist nur zu eigensinnig, um es zuzugeben." Er knabberte einen Moment an ihrer Unterlippe. „Trotzdem wirst du für mich posieren."

„Ich werde … was?"

„Für mich posieren. Ich habe im Herbst eine Ausstellung, und ich gedenke, mehrere Stücke von dir dort zu zeigen."

„Von mir?"

„Ja, wir werden bald viel zu tun bekommen. Deshalb lasse ich dich jetzt allein."

Sie hatte die Personalakten und die Telefongespräche restlos vergessen. „Ja, wir sehen uns in einer Stunde."

„Und am nächsten Wochenende wird nicht gearbeitet." Er nickte, sein Entschluss war gefasst. Es musste Alabaster sein.

Sydney zog das feuchte Handtuch durch die Hand und sah ihm nach. „Mikhail?"

Mit der Hand am Türgriff blieb er stehen. „Ja?"

„Wo wohnt deine Schwester eigentlich?"

„In West Virginia." Lächelnd schloss er die Tür hinter sich und ließ Sydney verblüfft zurück.

9. KAPITEL

Ich werde nie rechtzeitig fertig, dachte Sydney. Zweimal hatte sie ihren Koffer gepackt und anschließend alles wieder herausgenommen. Was brauchte man für ein Wochenende in West Virginia? Die Garderobe für einige Tage Urlaub auf Martinique hätte ihr keine Probleme bereitet. Auch für einen Trip nach Rom hätte sie mühelos packen können. Aber bei einem Familienausflug nach West Virginia war sie ratlos.

Nachdem sie ihren Koffer zum dritten Mal geschlossen hatte, brachte sie ihn ins Wohnzimmer, um nicht erneut in Versuchung zu geraten, und zog sich um.

Gerade hatte sie eine dünne Baumwollhose und ein ärmelloses mintgrünes Top übergestreift und überlegte, ob sie nicht etwas anderes wählen sollte, da läutete es an der Tür, und ihre Mutter stand auf der Schwelle.

„Sydney, Liebling“, sagte Margerite und küsste ihre Tochter auf die Wange.

„Mutter. Ich hatte keine Ahnung, dass du heute in die Stadt kommen würdest.“

„Natürlich wusstest du es.“ Margerite setzte sich in einen Sessel und schlug die Beine übereinander.

„Channing hat dir doch von unserem kleinen Theaterbesuch erzählt."

„Ja, das stimmt. Das hatte ich vergessen."

„Ich mache mir deinetwegen wirklich Sorgen", seufzte ihre Mutter.

Automatisch ging Sydney zur Bar und schenkte ihr ein Glas ihres Lieblingssherrys ein. „Das ist nicht nötig, mir geht es gut."

„Nicht nötig?" Margerites schlanke Finger mit den korallenroten Nägeln bebten. „Du lehnst Dutzende von Einladungen ab, du hattest vergangene Woche nicht einmal Zeit, um einen Nachmittag mit deiner Mutter einzukaufen, und du vergräbst dich stundenlang in deinem Büro. Und ich soll mir keine Sorgen machen?" Sie lächelte und nahm Sydney das Sherryglas ab. „Das muss sich unbedingt ändern. Zieh dir etwas Tolles an. Wir treffen uns vor Beginn der Vorstellung mit Channing und den anderen im ‚Doubles'."

Sydney setzte sich auf die Sofalehne und hoffte, dass es ihr gelang, die Mutter hinauszukomplimentieren, ohne ihr wehzutun.

„Tut mir leid, Mutter. Ich musste die Einladung ablehnen. Die Veränderungen bei Hayward nehmen fast meine ganze Zeit in Anspruch."

„Genau darum geht es ja, Liebling", antwortete Margerite und gestikulierte mit dem Glas.

Sydney schüttelte den Kopf. „Andererseits habe ich gar nicht mehr das Bedürfnis, jeden Abend auszugehen. Ich freue mich, dass du mich heute dabeihaben möchtest. Aber wie ich bereits zu Channing sagte, habe ich etwas anderes vor."

Margerite trommelte nervös mit einem Nagel auf die Armlehne. „Wenn du glaubst, dass ich dich allein lasse, damit du den Abend mit irgendwelchen scheußlichen Akten verbringst …"

„Ich werde an diesem Wochenende nicht arbeiten", unterbrach Sydney ihre Mutter. „Genauer gesagt, ich werde …" Ein kurzes Klopfen an der Tür enthob sie einer näheren Erklärung. „Entschuldige mich bitte einen Moment."

Sydney öffnete und versuchte Mikhail zurückzuhalten. „Vorsicht, Mikhail, meine …"

Doch Mikhail wollte erst mit ihr reden, nachdem er sie geküsst hatte. Und das tat er ausgiebig.

Margerite wurde kreidebleich und stand auf. Sie erkannte auf den ersten Blick, dass dies ein Kuss zwischen Liebenden war.

„Mikhail." Sydney bog sich etwas zurück. „Ich bin noch nicht fertig." Mit einer Hand stemmte sie sich gegen seine Brust und deutete mit der anderen hilflos zu ihrer Mutter.

Er bemerkte Margerites verärgerte Miene und schob

Sydney rasch neben sich. Es war eine ausgesprochen beschützende Geste. „Hallo, Margerite."

„Sagt man nicht, dass man Geschäftliches und Privates niemals verbinden soll?", fragte Margerite steif und betrachtete Mikhail von oben bis unten. „Aber von solchen Grundsätzen halten Sie wohl nicht viel, oder?"

„Manche Regeln sind wichtig, andere nicht." Er sprach leise, aber ohne Bedauern.

Verärgert wandte Margerite sich ab. „Ich möchte einen Moment mit dir allein reden, Sydney."

Sydney betrachtete die hoch aufgerichtete Gestalt ihrer Mutter, und ihre Schläfen begannen zu pochen. „Würdest du meinen Koffer bitte schon in den Wagen bringen, Mikhail? Ich komme gleich nach."

Er fasste ihr Kinn und sah ihr tief in die Augen. „Ich bleibe bei dir."

„Nein." Sie ergriff sein Handgelenk. „Es wäre mir lieber, wenn du uns allein lassen würdest. Nur ein paar Minuten." Ihr Griff wurde fester. „Bitte."

Er hatte keine andere Wahl. Er nahm Sydneys Koffer und ging hinaus. Sobald er die Tür geschlossen hatte, fuhr Margerite herum.

Sydney wappnete sich vorsorglich. Ihre Mutter setzte selten zu einer Schimpftirade an. Aber wenn sie es tat, wurde jedes Mal eine hässliche Szene daraus.

„Du Närrin. Du hast mit ihm geschlafen."

„Ich weiß zwar nicht, was dich das angeht, aber ... ja", antwortete Sydney ruhig.

„Glaubst du etwa, du wärest erfahren genug, um mit einem solchen Mann fertig zu werden?" Verärgert stellte Margerite ihr Glas ab. „Dieses schäbige Verhältnis könnte alles verderben, wofür ich gearbeitet habe. Deine Scheidung von Peter hat schon genügend Schaden angerichtet, aber das konnte ich einigermaßen hinbiegen. Und jetzt das. Sich für ein Wochenende in ein billiges Motel davonzustehlen, um mit diesem ..."

Sydney ballte die Fäuste. „An meiner Beziehung zu Mikhail ist nichts schäbig, außerdem stehle ich mich nicht heimlich davon. Und was Peter betrifft, möchte ich nicht darüber reden."

Mit hartem Blick kam Margerite näher. „Seit deiner Geburt habe ich alles in meiner Macht Stehende getan, damit du bekamst, was dir als einer Hayward zustand: die besten Schulen, die passenden Freunde und sogar den richtigen Ehemann. Und jetzt machst du alle meine Pläne, alle meine Opfer zunichte. Und wozu das Ganze?" Erregt ging sie im Zimmer auf und ab, während Sydney schweigend stehen blieb. „Glaub mir, ich weiß, wie der Mann ist. Ich habe selbst mit dem Gedanken gespielt, eine diskrete Affäre mit ihm zu beginnen." Ihre Eitelkeit war noch immer schwer gekränkt. „Jede Frau hat das Recht, sich gelegentlich mit solch einem Prachtkerl zu amüsieren. Sein künstlerisches Talent und sein Ruf sprechen gewiss zu seinen Gunsten. Aber woher stammt er denn? Seine Vorfahren waren Kosaken, Bauern und Tagelöhner. Ich besäße genügend Erfahrung, um mit ihm fertig zu werden – falls ich es gewollt hätte", fuhr sie wütend fort. „Außerdem bin ich zurzeit ungebunden, sodass mir eine Affäre nicht schaden könnte. Du stehst dagegen kurz vor deiner Verlobung mit Channing. Meinst du, er will dich noch, wenn er erfährt, dass du mit diesem Sexprotz im Bett gewesen bist?"

„Jetzt reicht es!" Sydney trat vor und fasste ihre Mutter an Arm. „Es reicht mir schon lange. Für jemanden, der so stolz auf seine Zugehörigkeit zu den Haywards ist, hast du nicht viel getan, um den Familiennamen in Ehren zu halten. Für mich war es immer eine Belastung, eine Hayward zu sein. Ich arbeite seit Wochen Tag und Nacht, damit der Name über jeden Zweifel erhaben bleibt. Was ich in meiner Freizeit tue und mit wem ich sie verbringe, geht niemanden etwas an."

Kreidebleich riss Margerite sich los. In diesem Ton hatte Sydney noch nie mit ihr gesprochen. „Wage ja nicht, noch einmal so mit mir zu reden. Bist du derart scharf auf den Mann, dass du allen Anstand vergisst?"

„Ich habe niemals vergessen, was ich der Familie schuldig bin", fuhr Sydney ihre Mutter an. „Und vernünftiger als jetzt kann ich nicht sein." Sie wunderte sich selbst, wie verbittert ihre Stimme klang, aber sie konnte es nicht ändern. „Hör mir gut zu, Mutter. Ich habe nicht die Absicht, mich mit Channing zu verloben. Das ist reines Wunschdenken von dir. Ich lasse mich nicht noch einmal unter Druck setzen. Abgesehen davon weißt du absolut nichts über Mikhail und seine Familie. Du bist nie durch seine äußere Schale gedrungen."

Stolz hob Margerite den Kopf. „Aber du bist es?"

„Ja. Mikhail ist ein fürsorglicher, einfühlsamer Mann. Ein aufrichtiger Mensch, der weiß, was er vom Leben erwarten kann, und alles dafür tut, um sein Ziel zu erreichen. Im Unterschied zu dir hat er jedoch nie jemanden dazu benutzt oder gar verletzt. Und ich …" Plötzlich war sich Sydney ganz sicher. „Ich liebe ihn."

„Du liebst ihn?" Verblüfft fuhr Margerite zurück. „Jetzt bin ich sicher, dass du den Verstand verloren hast. Meine Güte, Sydney, glaubst du etwa alles, was ein Mann im Bett sagt?"

„Ich glaube, was Mikhail sagt. Und habe ihn schon viel zu lange warten lassen. Wir haben eine lange Fahrt vor uns."

Erhobenen Hauptes schritt Margerite zur Tür und warf ihrer Tochter einen letzten Blick über die Schulter zurück. „Er wird dir das Herz brechen, und du wirst wie eine Närrin zurückbleiben. Aber vielleicht brauchst du das ja, um an deine Pflichten erinnert zu werden.“

Nachdem die Tür zugefallen war, setzte Sydney sich erschöpft auf die Armlehne. Mikhail musste noch einen Moment warten.

Mikhail wartete nicht, er lauerte. Die Hände tief in die Hosentaschen geschoben, lief er mit finsterer Miene vor den Fahrstühlen in der Tiefgarage auf und ab. Sobald sich die Türen öffneten, eilte er zu Sydney.

„Ist alles in Ordnung?“, fragte er und nahm ihr Gesicht zwischen beide Hände. „Nein, ich sehe schon, es ist nicht in Ordnung.“

„Doch, bestimmt. Es war nur unangenehm, wie Familienstreitigkeiten nun einmal sind“, versicherte Sydney ihm.

„Ich bedaure, dass es meinetwegen zu Unstimmigkeiten zwischen dir und deiner Mutter gekommen ist.“ Er küsste ihre beiden Hände.

„Es war nicht deine Schuld.“ Sie lehnte den Kopf an seine Brust, und er legte die Arme um sie und streichelte ihren Rücken. „Eine uralte Sache, die ich viel zu lange verdrängt hatte, kam plötzlich an die Oberfläche. Ich möchte nicht darüber reden."

„Du enthältst mir so viel vor, Sydney."

„Ich weiß, und es tut mir leid." Sie schloss die Augen, und ihr Hals wurde trocken. So schwierig konnte es doch nicht sein, die Worte auszusprechen. „Ich liebe dich, Mikhail."

Mikhail hielt die Hände still. Er schob die Finger in ihr Haar und bog ihren Kopf zurück. Eindringlich sah er Sydney in die Augen und entdeckte endlich, wonach er sich seit Langem verzweifelt sehnte. „Du hast beschlossen, dich nicht mehr eigensinnig dagegen zu wehren." Seine Stimme klang vor innerer Erregung belegt, und er küsste Sydney zärtlich. „Sag es mir noch einmal, während ich fahre. Ich höre es so gern."

Lachend hakte Sydney sich bei ihm ein und ging mit ihm zum Wagen. „In Ordnung."

„Ich werde dasselbe tun, während du am Steuer sitzt."

Verblüfft blieb Sydney stehen. „Ich soll auch fahren?"

„Ja." Mikhail öffnete ihr die Beifahrertür. „Ich fange an, und anschließend kommst du an die Reihe. Du hast doch deinen Führerschein dabei?"

Es war nach Mitternacht, als Mikhail vor dem großen Backsteinhaus in Shepherdstown hielt. Die Luft war erheblich kühler geworden. Keine einzige Wolke stand am sternenübersäten Himmel. Sydney hatte den Kopf an die Rücklehne gelegt und schlief. Sie war von New Jersey über Delaware zügig bis nach Maryland gefahren. Kurz hinter der Grenze hatte sie sich wieder auf den Beifahrersitz gesetzt und war sofort eingeschlafen.

Mikhail war außerordentlich zufrieden. Er hatte immer gewusst, dass er eines Tages die Frau seines Lebens finden würde. Er stellte sich vor, wie er morgens neben Sydney in dem großen Schlafzimmer des alten Hauses aufwachte, das sie gemeinsam kaufen und in ein gemütliches Heim verwandeln würden. Abends würde sie in einem hübschen Kostüm hereinkommen, und er würde an ihrem Gesicht erkennen, wie ihr Tag verlaufen war. Anschließend würden sie zusammen auf der Couch sitzen und über ihre und seine Arbeit reden.

Eines Tages würde ein Kind in ihr wachsen, und er würde fühlen, wie sich sein Sohn oder seine Tochter in ihr bewegte.

Aber er durfte Sydney nicht bedrängen. Sie hatten schon viel erreicht, und er wollte jeden Moment genießen. Deshalb lehnte er sich zu ihr und liebkoste mit den Lippen ihren Hals.

„Wo sind wir?“, fragte Sydney schläfrig.

„Auf dem Schild stand: Wunderbares wildes West Virginia.“ Er knabberte an ihrer Unterlippe. „Du wirst mir schon sagen, ob es wirklich wild und romantisch ist."

Jeder Ort auf der Welt ist wunderbar, wenn Mikhail bei mir ist, dachte sie und legte die Arme um ihn. Er stöhnte leise, denn der Schalthebel drückte sich in einen besonders empfindlichen Teil seines Körpers. „Ich glaube, ich werde alt. Es ist gar nicht so einfach, eine Frau im Wagen zu verführen."

„Ich finde, du machst das recht gut."

Heftige Erregung durchrieselte ihn und gaukelte ihm erotische Bilder vor. Doch er schüttelte den Kopf. „Ich traue mich nicht, weil Mama jeden Moment aus dem Fenster sehen kann. Finden wir lieber heraus, wo du schlafen sollst. Ich schleiche mich später zu dir."

Sydney lachte, während Mikhail seine langen Beine aus der offenen Wagentür streckte. Sie schob ihr Haar zurück und betrachtete das große Backsteinhaus. Im Erdgeschoss brannte noch Licht. Hohe Laubbäume spendeten im Sommer Schatten, und eine hübsche Buchsbaumhecke schirmte die Blicke von der Straße ab.

Mikhail holte das Gepäck aus dem Wagen, und sie stiegen die lange Steintreppe hinauf, die den ansteigenden Rasen durchzog. Der Vorgarten war keine gepflegte Anlage, sondern Dutzende von Blumen wuchsen scheinbar wild und willkürlich durcheinander. Im

Lichtschein aus den Fenstern entdeckte Sydney ein Dreirad und sah, dass ein Petunienbeet vor Kurzem kräftig durchwühlt worden war.

„Ich fürchte, das ist Iwans Werk", meinte Mikhail, der ihrem Blick gefolgt war. „Wenn er schlau ist, versteckt er sich, bis es wieder heimgeht."

Während sie die Veranda überquerten, hörten sie Musik und Gelächter.

„Mir scheint, deine Familie ist noch auf", sagte Sydney. „Ich dachte, um diese Uhrzeit schliefen alle längst."

„Wir haben nur zwei Tage füreinander Zeit und werden sicher nicht viel Schlaf bekommen." Er öffnete die Glastür und trat ohne anzuklopfen ein. Nachdem er die Koffer an der Treppe abgestellt hatte, nahm er ihre Hand und zog Sydney durch die Diele zu dem Raum, aus dem die Geräusche kamen.

Sie merkte, dass sie instinktiv ihre reservierte Haltung wieder einnahm. Sie konnte es nicht ändern. Von klein auf hatte man ihr eingeschärft, wie sie Fremde zu begrüßen habe: höflich und kühl, mit einem festen Händedruck und einem schlichten „Guten Tag."

„Ha!", rief Mikhail. Er hob eine entzückende zierliche Frau in einem dunkelroten Sonnenkleid hoch und wirbelte sie so im Kreis, dass ihre schwarzen Locken flogen.

„Immer kommst du zu spät“, sagte Natasha und küsste ihren Bruder lachend auf beide Wangen. „Hast du mir was mitgebracht?“

„Vielleicht habe ich etwas für dich im Koffer.“ Er setzte seine Schwester ab und wandte sich zu dem Mann am Klavier. „Passt du gut auf sie auf?“

„Wenn sie mich lässt …“ Spence Kimball stand auf und schüttelte Mikhail die Hand. „Sie regt sich deinetwegen schon seit einer Stunde auf.“

„Ich rege mich nie auf“, verbesserte Natasha ihren Mann. Sie drehte sich zu Sydney und lächelte herzlich. Doch gleichzeitig war sie besorgt. In diese kühle, distanzierte Frau war Mikhail nach übereinstimmender Meinung ihrer New Yorker Familie unsterblich verliebt? „Du hast mich deiner Freundin noch nicht vorgestellt.“

„Sydney Hayward.“ Ungeduldig schob Mikhail Sydney nach vorn, die sich zurückgehalten hatte. „Und das ist meine Schwester Natasha.“

„Nett, Sie kennenzulernen.“ Sydney reichte Natasha die Hand. „Tut mir leid, dass wir so spät kommen. Es ist meine Schuld.“

„Das war doch nur ein Scherz. Sie sind uns herzlich willkommen. Die New Yorker kennen Sie ja schon, und dies ist mein Mann Spence.“

Natashas Mann trat verblüfft vor. „Sydney? Sydney Hayward?“

Plötzlich strahlte Sydney über das ganze Gesicht. „Spence Kimball! Ich hatte ja keine Ahnung." Herzlich schüttelte sie dem Freund ihrer Kinderzeit die Hände. „Mutter hatte mir irgendwann erzählt, du wärst in den Süden gezogen."

„Ihr kennt euch?", fragte Natasha und wechselte einen Blick mit Nadia, die mit zwei frischen Weingläsern dazukam.

„Ich kenne Sydney seit frühester Jugend", antwortete Spence. „Aber ich habe sie seit ihrer …" Er beendete den Satz nicht, denn er war auf Sydneys Hochzeit gewesen und wusste, dass ihre Ehe gescheitert war.

„Das ist schon lange her", murmelte Sydney, die verstanden hatte.

„Die Welt ist wirklich klein", warf Yuri ein und schlug seinem Schwiegersohn herzlich auf den Rücken. „Sydney ist die Eigentümerin des Gebäudes, in dem Mikhail wohnt. Er hat so lange gemeckert, bis sie ihm ihre Aufmerksamkeit widmete."

„Ich meckere nie." Schimpfend nahm Mikhail seinem Vater das Glas aus der Hand und kippte den Wodka hinunter. „Ich überzeuge. Und jetzt ist Sydney verrückt nach mir."

„Achtung, sein Selbstbewusstsein steigt mal wieder", warnte Rachel die Übrigen.

Mikhail streckte die Hand aus und kniff seiner Schwester leicht in die Nase. „Sag ihnen, dass du verrückt nach mir bist", forderte er Sydney auf, „damit Rachel ihre Worte reumütig zurücknimmt."

Sydney zog eine Braue in die Höhe. „Du nimmst den Mund so voll, dass ich mich frage, wie du noch sprechen kannst."

Alex stieß einen lauten Pfiff aus und warf sich auf die Couch. „Sie hat dich durchschaut, Mikhail. Kommen Sie her, Sydney, und setzen Sie sich zu mir. Ich bin bescheidener."

„Ihr habt sie für heute Abend genug geneckt", erklärte Nadia und warf Alex einen scharfen Blick zu. „Sie müssen müde sein von der langen Fahrt", fügte sie an Sydney gewandt hinzu.

„Ja, ein bisschen. Ich …"

„Oh, entschuldigen Sie bitte." Sofort war Natasha bei ihr. „Natürlich sind Sie müde. Kommen Sie, ich zeige Ihnen Ihr Zimmer." Entschlossen führte sie Sydney hinaus. „Ruhen Sie sich erst einmal aus. Wir möchten, dass Sie sich bei uns wie zu Hause fühlen."

„Danke", antwortete Sydney und wollte ihren Koffer nehmen. Doch Natasha kam ihr zuvor. „Es war sehr nett, mich einzuladen."

Natasha warf ihr einen kurzen Blick zu. „Sie sind die Freundin meines Bruders, also auch meine." Sie musste ihren Mann nachher unbedingt über Sydney ausfragen.

Natasha führte Sydney in ein kleines Zimmer mit einem schmalen Himmelbett. Verblichene Teppichbrücken lagen auf dem glänzenden Eichenboden, und ein Strauß Löwenmäulchen stand in einer alten Milchflasche auf einem Tisch am Fenster, an dem sich duftige Gardinen bauschten.

„Ich hoffe, Sie werden sich hier wohlfühlen." Natasha stellte den Koffer auf eine Kirschbaumtruhe am Fuß des Bettes.

„Das Zimmer ist sehr hübsch." Es roch nach Zedernholz, aus dem der geräumige Schrank gefertigt war, und nach Rosenblättern, die in einer Schale auf dem Nachttisch standen. „Ich freue mich sehr, dass ich nicht nur Mikhails Schwester, sondern auch die Ehefrau eines alten Freundes kennengelernt habe. Soviel ich weiß, lehrt Spence Musik an der Universität."

„Ja, er ist am Shepherdstown College. Außerdem hat er wieder angefangen zu komponieren."

„Das finde ich fabelhaft. Er ist so begabt." Nachdenklich strich sie über ihren Ringfinger. „Ich erinnere mich an seine kleine Tochter – Freddie."

„Sie ist inzwischen zehn Jahre alt." Natasha lächelte herzlich. „Sie wollte unbedingt aufbleiben, bis Mikhail kam, ist aber auf der Couch …“ Natasha legte den Kopf auf die Seite und horchte.

„Ist etwas?“

„Ja, Katie, unser Baby, weint. Sie möchte um Mitternacht noch einmal gestillt werden. Wenn Sie mich bitte entschuldigen wollen …“

„Natürlich“, antwortete Sydney sofort.

Wildes Gebell, Lachen und fröhliche Rufe weckten Sydney kurz nach sieben Uhr am nächsten Morgen. Stöhnend drehte sie sich um, aber die andere Seite des Bettes war leer. Mikhail hatte sein Versprechen gehalten und sich nachts in ihr Zimmer geschlichen. Sie waren erst kurz vor Anbruch der Dämmerung eingeschlafen. Aber jetzt war er fort.

Sie zog ein Kissen über den Kopf und wollte weiterschlafen, aber es nützte nichts. Ergeben stand sie auf und suchte das Badezimmer.

Eine halbe Stunde später stieg sie frisch geduscht nach unten und fand beinahe die ganze Familie in der Küche.

Natasha stand nur mit Shorts und einem T-Shirt bekleidet am Herd. Yuri saß am Tisch, aß einen Pfannkuchen und zog eine Grimasse, sodass das Baby in der Wippe fröhlich lachte. Alex hatte den Kopf in beide Hände gestützt und dankte seiner Mutter, die ihm eine Tasse Kaffee unter die Nase schob.

Als Yuri Sydney lautstark begrüßte, zuckte Alex heftig zusammen. „Papa, du weckst ja einen Toten auf."

Yuri gab seinem Sohn einen väterlichen Klaps auf den Rücken. „Setzen Sie sich neben mich", forderte er Sydney auf, „und probieren Sie Natashas Pfannkuchen."

„Guten Morgen", sagte Natasha, während Nadia Sydney eine Tasse Kaffee eingoss. „Ich muss mich für meine unmöglichen Kinder und die Promenadenmischung entschuldigen, die das ganze Haus so früh geweckt haben."

„Kinder machen nun einmal Lärm", sagte Yuri nachsichtig. Als Zustimmung quiekte Katie in diesem Augenblick laut und schlug mit ihrer Rassel auf das Tischchen vor der Wippe.

„Sind alle schon aufgestanden?", fragte Sydney und setzte sich.

„Spence zeigt Mikhail gerade unseren neuen Grillplatz", erzählte Natasha und stellte einen Stapel Pfannkuchen auf den Tisch. „Wie ich die Männer kenne, werden sie stundenlang darüber diskutieren. War das Bett bequem?"

Sydney dachte an Mikhail und hoffte, dass sie nicht rot wurde. „Ja, danke. Oh bitte, nicht so viel", wehrte sie ab, denn Yuri begann ihren Teller mit Pfannkuchen zu beladen.

„Für neue Energie“, meinte er augenzwinkernd.

Bevor Sydney eine passende Antwort einfiel, stürzte ein kleiner Junge mit Lockenkopf durch die Hintertür herein. Yuri fing ihn auf und setzte das strampelnde Bündel auf seinen Schoß.

„Das ist mein Enkel Brandon. Er ist ein Ungeheuer, und ich verspeise Ungeheuer zum Frühstück. Schnapp, schnapp.“

Der kleine Junge war ungefähr drei Jahre alt, kräftig und ausgesprochen drahtig. Wie ein Wilder wand er sich auf Yuris Schoß und schrie aus Leibeskräften. „Grandpa, komm mit und guck mal, wie gut ich Rad fahren kann. Komm!“

„Wir haben einen Gast“, sagte Nadia leise, „und du benimmst dich abscheulich.“

Brandon legte den Kopf an Yuris Brust und betrachtete Sydney aufmerksam. „Du darfst auch zugucken“, lud er sie ein. „Du hast schönes Haar. Es sieht aus wie Lucys.“

„Das ist ein großes Kompliment“, meinte Natasha. „Lucy ist unsere Katze. Miss Hayward kann dir später zuschauen. Sie hat noch nicht gefrühstückt.“

„Dann guck du mir zu, Mama.“

Natasha konnte nicht widerstehen und strich ihrem Sohn übers Haar. „Gleich. Geh inzwischen zu Daddy und sag ihm, dass er heute für mich einkaufen muss.“

„Grandpa soll mitkommen."

Yuri kannte das Spiel. Er schmollte und sträubte sich und hob seinen Enkel schließlich auf die Schultern. Der Junge jubelte vor Vergnügen, und seine Augen leuchteten.

„Guck mal, Daddy, wie groß ich bin!", rief er, als sie zur Tür hinausgingen.

„Schreit dieses Kind eigentlich ständig?", wollte Alex wissen.

„Du warst vor deinem zwölften Lebensjahr auch nicht leiser", versicherte Nadia ihm und schlug ihr Geschirrtuch aus.

Alex tat Sydney ein bisschen leid. Sie stand auf und schenkte ihm frischen Kaffee ein. Er packte ihr Handgelenk, führte es an die Lippen und küsste es. „Sie sind die Königin unter den Frauen, Sydney. Brennen Sie mit mir durch."

Mikhail schlenderte in die Küche. „Na, muss ich dich zum Duell auffordern?"

Alex grinste jungenhaft. „Wir können ja Armdrücken um sie veranstalten."

„Meine Güte, ihr Männer seid wirklich unmöglich", stellte Rachel fest, die von der anderen Seite in die Küche kam.

„Weshalb?", fragte ein hübsches goldblondes Mädchen, das hinter Mikhail ins Zimmer spähte.

„Männer glauben immer, dass sie alles mit Muskeln und Schweiß regeln können, anstatt ihren winzigen Verstand zu benutzen, Freddie."

Mikhail beachtete seine Schwester nicht. Er schob die Teller beiseite, setzte sich, stemmte einen Ellbogen auf den Tisch und murmelte etwas auf Ukrainisch.

Alex grinste nur, dann schlugen sie ihre Handflächen zusammen.

„Was machen die da?", wollte Freddie wissen.

„Sich selbst zum Narren", erklärte Natasha und legte Freddie den Arm um die Schultern. „Sydney, dies ist meine Älteste, Freddie. Freddie, das ist Miss Hayward, Mikhails Freundin."

Sydney lächelte dem Mädchen über Mikhails Kopf zu. „Ich freue mich, dich wiederzusehen, Freddie. Ich habe dich schon gekannt, als du noch ganz klein warst."

„Ja?" Freddie wusste nicht recht, ob sie Sydney betrachten oder Mikhail und Alex beobachten sollte. Die beiden Männer saßen sich Knie an Knie gegenüber und drückten die Handflächen aneinander, sodass sich ihr Bizeps spannte.

„Ja, ich … äh …" Sydney hatte ebenfalls Schwierigkeiten, sich auf Freddie zu konzentrieren. „Ich habe deinen Vater manchmal gesehen, als ihr noch in New York wohntet."

Die beiden Männer am Tisch stöhnten einige Male laut auf. Rachel setzte sich ans andere Ende und nahm ein paar Pfannkuchen. „Schieb mir bitte den Sirup herüber."

Mit der freien Hand gab Mikhail der Flasche einen Stoß.

Rachel unterdrückte ein Lächeln und bediente sich ausgiebig. „Wollen wir nach dem Frühstück einen Spaziergang in die Stadt machen, Mama?", fragte sie.

„Ja, das wäre schön." Ohne sich um ihre Söhne zu kümmern, begann Nadia die Geschirrspülmaschine zu füllen. Ihr war es lieber, wenn Alex und Mikhail sich im Armdrücken maßen, anstatt wie früher miteinander zu ringen und sich gegenseitig zu verprügeln. „Wir können Katie im Kinderwagen mitnehmen, wenn du möchtest, Natasha", fügte sie hinzu.

„Danke, aber ich werde mitkommen und kurz im Laden nach dem Rechten sehen." Natasha wusch sich die Hände. „Ich besitze ein Spielzeuggeschäft", erklärte sie Sydney.

„Oh." Sydney konnte den Blick nicht von den beiden Männern wenden. Natasha hätte ihr erzählen können, sie besäße eine Raketenabschussrampe. „Wie schön."

Die drei Stanislaski-Frauen sahen sich lächelnd an, und Nadia begann schon von einer Hochzeit im

Herbst zu träumen. „Möchten Sie noch ein bisschen Kaffee?“, fragte sie Sydney.

In diesem Augenblick jubelte Mikhail triumphierend auf und drückte den Arm seines Bruders auf den Tisch. Das Geschirr klirrte und wurde im letzten Moment abgefangen. Freddie klatschte in die Hände, und das Baby ahmte die Geste begeistert nach.

Lächelnd bewegte Alex seine tauben Finger. „Es geht über drei Runden.“

„Besorg dir selbst eine Frau!“ Bevor Sydney wusste, wie ihr geschah, hob Mikhail sie hoch, gab ihr einen herzlichen Kuss und trug sie zur Tür hinaus.

10. KAPITEL

Du hättest ebenso gut verlieren können", warf Sydney Mikhail vor.

Fröhlich legte er den Arm um ihre Taille und lief weiter den Gehsteig hinab. „Aber ich habe es nicht."

„Tatsache ist …" Seit einer Stunde versuchte Sydney vergeblich, diesem slawischen Dickschädel ihren Standpunkt klarzumachen. „Tatsache ist, dass du wie um einen Kasten Bier um mich gekämpft hast."

Mikhail antwortete nicht, sondern lächelte nur noch breiter.

„Und anschließend", fuhr sie fort und sprach ganz leise, denn die anderen gingen vor und hinter ihnen. „Anschließend hast du mich in Gegenwart deiner Mutter unmöglich behandelt."

„Es hat dir gefallen."

„Das …"

„Stimmt", beendete er ihren Satz und erinnerte sich daran, wie sie auf den Kuss reagiert hatte, den er ihr auf der Veranda gegeben hatte. „Und mir auch."

Sydney wollte die schwindelnde Erregung nicht zugeben, die sie erfasst hatte, als Mikhail sie wie ein verschwitzter Kämpfer auf die Arme hob und wie eine Kriegsbeute davontrug.

„Vielleicht habe ich ja heimlich auf Alex gehofft. Er scheint den Charme deines Vaters geerbt zu haben, im Gegensatz zu dir."

„Alle Stanislaskis sind charmant", erklärte Mikhail selbstbewusst. Er blieb stehen, beugte sich hinunter und pflückte ein Gänseblümchen von der Wiese am Rand des Weges. „Siehst du?"

„Hm." Sie hielt die Blüte unter die Nase. Vielleicht sollte sie lieber das Thema wechseln. „Ich freue mich, dass ich Spence wieder getroffen habe. Mit fünfzehn war ich schrecklich in ihn verliebt."

Stirnrunzelnd betrachtete er den Rücken seines Schwagers. „Wirklich?"

„Ja. Deine Schwester hat Glück gehabt."

Familienstolz kam bei Mikhail an erster Stelle. „Er hat Glück gehabt, dass er sie bekommen hat."

Diesmal lächelte Sydney. „Ich glaube, wir haben beide recht."

Brandon war es leid, an der Hand seiner Mutter zu laufen. Er riss sich los und stürzte zu Mikhail. „Du musst mich tragen", forderte er seinen Onkel unmissverständlich auf.

„Muss ich?"

Brandon nickte eifrig und versuchte, wie ein kleiner Affe an Mikhails Bein hinaufzuklettern.

Zur Freude des Jungen zog Mikhail ihn nach oben

und trug ihn eine Weile über Kopf.

„Er wird sein ganzes Frühstück wieder ausspucken“, rief Nadia besorgt.

„Dann bekommt er ein neues.“ Trotzdem schwenkte er den Jungen herum, sodass Brandon sich an seinem Rücken festhalten konnte. Mit hochroten Wangen strahlte der Kleine Sydney an.

„Ich bin vier Jahre alt“, erklärte er stolz. „Und ich kann mich schon ganz allein anziehen.“

„Und zwar sehr gut.“ Liebevoll tätschelte Sydney Brandons linken Freizeitschuh. „Willst du auch so ein berühmter Komponist werden wie dein Vater?“

„Nein, ich werde ein Wasserturm. Die sind am allergrößten.“

„Aha.“ Von solch einem Ehrgeiz hörte Sydney heute zum ersten Mal.

„Wohnst du bei Onkel Mikhail?“

„Nein“, antwortete sie schnell.

„Noch nicht“, sagte Mikhail gleichzeitig und lächelte ihr zu.

„Du hast ihn geküsst“, stellte Brandon fest. „Wieso hast du keine Kinder?“

„Jetzt hast du genug gefragt.“ Natasha kam Sydney zur Hilfe und zog ihren Sohn von Mikhails Rücken, der laut auflachte.

„Ich wollte doch bloß …“

„… alles wissen“, ergänzte Natasha und gab Brandon einen schmatzenden Kuss. „Deshalb verrate ich dir schon jetzt, dass du dir gleich im Laden ein neues Auto aussuchen darfst.“

Sofort vergaß Brandon die fehlenden Kinder. Mit seinen schokoladenbraunen Augen strahlte er seine Mutter an und fragte: „Irgendein Auto?“

„Ein kleines Auto.“

„Du hast mich tatsächlich geküsst“, erinnerte Mikhail Sydney, während Brandon mit Natasha aushandelte, was das Wort „klein“ genau bedeutete.

Sydney beendete die Diskussion, indem sie Mikhail den Ellbogen in die Rippen stieß.

Das Städtchen mit seinen abfallenden Straßen und kleinen Geschäften erwies sich als ausgesprochen reizvoll. Natasha bot in ihrem Laden eine breite Auswahl von Spielzeug an, das von winzigen Plastikautos bis zu kostbaren Porzellanpuppen und Spieluhren reichte.

Mikhail folgte Sydney geduldig in die Antiquitäten- und Kunstgewerbegeschäfte sowie in zahlreiche Boutiquen. Irgendwann hatten sie die Familie aus den Augen verloren. Erst als sie mit zahlreichen Päckchen und Paketen beladen den Rückweg den Hügel hinauf antraten, klagte er: „Bisher habe ich dich für eine vernünftige Frau gehalten.“

„Das bin ich auch."

Er murmelte eine der wenigen ukrainischen Sätze, die sie inzwischen verstand. „Weshalb hast du dann so viel eingekauft?"

Gerade betraten sie den Vorgarten, da flüchtete Iwan mit eingezogenem Schwanz quer über den Rasen. Ihm folgten zwei große Katzen. Mikhail seufzte tief.

„Dieser Hund ist eine Peinlichkeit für die ganze Familie."

„Der arme Kleine." Sydney drückte Mikhail ihre Pakete in die Arme. „Iwan!" Sie klatschte in die Hände und hockte sich hin. „Komm her."

Iwan sah die Rettung vor sich. Er schwenkte herum und raste in ihre Richtung. Sydney nahm ihn auf, und er barg zitternd seinen Kopf an ihrem Hals. Die beiden Katzen setzten sich selbstgefällig einige Meter entfernt auf den Boden und begannen sich zu putzen.

„Sich bei einer Frau zu verstecken", schimpfte Mikhail verächtlich und wandte sich ab.

„Er ist doch noch ein Baby. Spiel du lieber wieder Armdrücken mit deinem Bruder."

Lachend ging Mikhail ins Haus und überließ es Sydney, den verängstigten Hund zu beruhigen. Kurz darauf kam Freddie keuchend um die Ecke gelaufen. „Da ist er ja."

„Die Katzen haben ihm Angst gemacht", erklärte Sydney, während Freddie das Fell des Welpen streichelte.

„Sie wollten bestimmt nur spielen. Magst du kleine Hunde?"

„Ja." Sydney konnte nicht widerstehen und liebkoste Iwan herzlich. „Sehr sogar."

„Ich auch. Und Katzen. Lucy und Desi sind schon lange bei uns. Ich bitte Mama seit einer Ewigkeit, mir ein Hündchen zu schenken." Sie tätschelte Iwans Rücken und sah zu dem verwüsteten Petunienbeet hinüber. „Vielleicht klappt es, wenn ich die Blumen wieder in Ordnung bringe."

Sydney wusste, wie es war, wenn man sich nach einem Haustier sehnte. „Das ist ein guter Anfang. Soll ich dir helfen?"

Die nächste halbe Stunde verbrachte Sydney mit Gartenarbeit. Anschließend ging sie ins Haus, um sich zu waschen. Es war noch nicht einmal Mittag, und sie hatte schon eine Menge Dinge heute zum ersten Mal erlebt.

Sie war der Preis bei einem Armdrücken gewesen, hatte mit kleinen Kindern gespielt und war von dem Mann, den sie liebte, in aller Öffentlichkeit geküsst worden. Sie hatte im Garten gearbeitet und auf einem sonnigen Rasen mit einem Welpen auf dem Schoß gesessen.

Was mochte das Wochenende sonst noch bringen?

Draußen erschollen Rufe und erklang fröhliches Gelächter. Neugierig schlüpfte Sydney ins Musikzimmer und sah aus dem Fenster. Die Familie spielte Softball, eine Art Baseball mit größeren weicheren Bällen, und alle beteiligten sich lebhaft daran. Gerade waren Alex und Rachel heftig zusammengeprallt und gestürzt, und die anderen sprangen unbekümmert über sie hinweg. Selbst Brandon stolzierte mit seinen kurzen stämmigen Beinen dazwischen herum. Es war ein schönes Bild, und Sydney beneidete die Familie heftig.

„Bei uns geht es immer hoch her, wenn wir spielen", sagte Natasha hinter ihr. Lächelnd blickte sie über Sydneys Schulter auf das Durcheinander im Garten. „Ich finde es vernünftig, dass Sie das Ganze aus sicherem Abstand betrachten."

Sydney drehte sich zu ihr, und Natasha bemerkte die Tränen in ihren Augen. „Bitte, seien Sie nicht traurig. Die anderen wollten Sie bestimmt nicht ausschließen."

„Nein, natürlich nicht." Verlegen versuchte Sydney, ihre Tränen zurückzuhalten. „Ich bin nicht traurig. Ich musste nur plötzlich an ein schönes Gemälde oder an herrliche Musik denken und habe mich gehen lassen."

Mehr brauchte sie nicht zu sagen. Nach dem, was

Natasha inzwischen von Spence wusste, hatte es in Sydneys Jugend weder Softballspiele noch Huckepackreiten oder fröhliche Streitgespräche gegeben.

„Sie lieben Mikhail sehr“, sagte sie leise.

Verlegen spielte Sydney mit den Fingern. Sie wusste nicht, wie sie auf diese schlichte Erklärung reagieren sollte.

„Natürlich geht es mich nichts an“, fuhr Natasha fort. „Aber mein Bruder steht mir sehr nahe, und ich fühle, dass Sie etwas Besonderes für ihn sind. Sie haben sicher längst gemerkt, dass er kein einfacher Mensch ist.“

„Nein, sicher nicht.“

Natasha blickte wieder hinaus und stellte fest, dass ihr Mann sich mit Freddie und Brandon gleichzeitig im Gras wälzte.

„Macht er Ihnen Angst?“

Sydney wollte es gerade leugnen, dann antwortete sie nachdenklich: „Die Wucht seiner Gefühle macht mir manchmal Angst. Er empfindet so heftig und kann seine Gefühle spontan ausdrücken. Ich habe mich nie von Gefühlen leiten und erst recht nicht fortreißen lassen. Manchmal überwältigt er mich geradezu, und das macht mich nervös.“

„Er gibt sich, wie er ist, und verstellt sich nicht“, sagte Natasha. „Soll ich Ihnen einmal etwas zeigen?“

Ohne Sydneys Antwort abzuwarten, ging sie zu einem Regal an der Wand.

Entzückend geschnitzte, bemalte Figuren standen dort. Manche waren so winzig und so hübsch, dass sie kaum von Menschenhand geschaffen sein konnten.

Ein Häuschen mit einem Pfefferkuchendach und Läden aus Zucker stand neben einem hohen silbrigen Turm, aus dessen oberen Fenster das goldene Haar einer wunderschönen Frau hinabfiel. Ein hübscher Prinz kniete vor einem handtellergroßen Bett mit einer schönen schlafenden Prinzessin.

„Diese hat er mir gestern mitgebracht." Natasha nahm die mit sanften Pastelltönen bemalte Figur einer Frau am Spinnrad in die Hand. Das Gerät stand auf einem winzigen Podest, das mit noch winzigeren Strohbüscheln und Goldsprenkeln bedeckt war. „Die Müllerstochter aus ‚Rumpelstilzchen'." Versonnen strich sie über die zarten Fingerspitzen, die die Spindel hielten.

„Alle sind entzückend. Es scheint eine eigene Märchenwelt zu sein."

„Mikhail hat magische Hände", stimmte Natasha ihr zu. „Er schnitzt mir diese Figuren, weil ich die englische Sprache durch das Lesen von Märchen gelernt habe. Andere Arbeiten von ihm sind kraftvoller, erotischer, kühner, ja vielleicht sogar beängstigender.

Aber alle sind glaubhaft, denn sie sind aus seinem Inneren entstanden.“

„Ich verstehe. Sie möchten mir zeigen, wie einfühlsam Mikhail ist. Das ist nicht nötig. Ich kenne keinen Mann, der derart freundlich und mitfühlend ist.“

„Ich dachte, Sie hätten Angst davor, er könnte Ihnen wehtun.“

„Nein“, antwortete Sydney leise, „ich fürchte, ich tue ihm weh.“

„Hören Sie, Sydney …“

In diesem Augenblick schlug die Hintertür und Schritte hallten über den Flur. Erleichtert atmete Sydney auf. Sie war es nicht gewöhnt, ihre Gefühle offen auszusprechen, und sie wunderte sich, dass es ihr gegenüber einer Frau gelang, die sie noch nicht einmal einen Tag kannte.

Diese Familie hat etwas Besonderes an sich, stellte sie fest, beinahe etwas Märchenhaftes, das sich auch in den Figuren ausdrückt, die Mikhail für seine Schwester geschnitzt hat. Vielleicht lag es daran, dass sie alle glücklich waren.

Der Nachmittag ging fröhlich weiter. Endlich saßen die Männer erschöpft bei einem Glas Bier im Schatten, während die Frauen in der Küche das Abendessen vorbereiteten.

„Wir haben Vera, unserer Haushälterin, diesen Monat Urlaub gegeben, damit sie ihre Schwester besuchen kann“, erzählte Natasha und zerkleinerte eine große Menge Gemüse. „Würden Sie bitte schon die Weintrauben waschen?“

Bereitwillig folgte Sydney den Anweisungen. Sie wusch das Obst, holte die benötigten Zutaten und rührte hin und wieder in einem Topf. Sie merkte, dass sie von drei erfahrenen Köchinnen umgeben war.

„Sie können schon den Eiersalat zubereiten“, schlug Nadia vor, als Sydney nicht wusste, was sie als Nächstes tun sollte. „Die Eier müssen kalt sein.“

„Ich …“ Erschrocken blickte Sydney auf die Eier, die sie gerade in kaltes Wasser getaucht hatte. „Ich weiß nicht, wie das geht.“

„Hat Ihre Mutter es Ihnen nicht gezeigt?“, fragte Nadia ungläubig. Sie hatte es als ihre Pflicht betrachtet, allen Kindern das Kochen beizubringen – ob sie es lernen wollten oder nicht.

Soweit Sydney wusste, hatte Margerite nicht einmal Eier zubereitet, geschweige denn Eiersalat. Deshalb lächelte sie matt. „Nein. Sie hat mir gezeigt, wie man das Essen im Restaurant bestellt.“

Nadia tätschelte ihre Wange. „Sobald die Eier kalt sind, zeige ich Ihnen, wie Mikhail sie am liebsten isst.“ Sie murmelte etwas auf Ukrainisch, denn Katies leises

Weinen drang durch die Sprechanlage, die neben Sydney auf dem Tisch stand.

„Sydney, würden Sie das bitte übernehmen?“, bat Natasha und strahlte sie an. „Ich muss hier unbedingt etwas fertig machen.“

Sydney sah sie verständnislos an. „Ich soll das Baby holen?“

„Ja, bitte.“

Mit einem äußerst unbehaglichen Gefühl in der Magengrube verließ Sydney die Küche.

„Was hast du vor, Natasha?“, fragte Rachel.

„Sydney sehnt sich nach einer Familie.“

Lachend legte Rachel ihrer Schwester und ihrer Mutter einen Arm um die Taille. „Mit unserer wird sie mehr als genug davon bekommen.“

Das Baby klingt ziemlich verstört, dachte Sydney und eilte die Treppe hinauf. Vielleicht ist es krank. Was in aller Welt fällt Natasha ein, sich nicht selbst um ihr Kind zu kümmern? Nun, vielleicht wurde man als dreifache Mutter etwas sorgloser. Entschlossen betrat sie das Zimmer.

Katie klammerte sich an das Gitter des Bettchens und heulte herzerweichend. Das verschwitzte Haar ringelte sich um ihr Gesicht, und ihre unsicheren Beine knickten immer wieder ein, während sie verzweifelt versuchte, das Gleichgewicht zu halten.

Sobald sie Sydney sah, verzog sie ihr tränenüberströmtes Gesicht. Sie streckte die Arme aus, kippte zur Seite und landete mit dem Po auf dem hellrosa Laken.

„Arme Katie", sagte Sydney leise. „Hattest du Angst, es würde niemand kommen?" Sie hob das schluchzende Baby auf, und Katie belohnte sie dafür, indem sie sich vertrauensvoll an ihre Schulter schmiegte. „Du bist ein niedliches kleines Wesen." Katie seufzte tief und bog den Kopf zurück. „Du hast große Ähnlichkeit mit deinem Onkel, weißt du das?"

Die drei Frauen in der Küche lachten leise, als sie Sydneys Worte durch die Gegensprechanlage hörten.

„Oje." Sydney gab Katie einen herzlichen Klaps auf den Po und erkannte das Problem sofort. „Du bist nass, nicht wahr? Deine Mutter würde das jetzt innerhalb von dreißig Sekunden ändern und die anderen ebenfalls. Aber die sind nicht hier. Und was machen wir jetzt?"

Katie hatte aufgehört zu weinen. Sie zog an Sydneys Haar und brabbelte vor sich hin. „Ich glaube, wir versuchen es mal, auch wenn ich noch nie eine Windel gewechselt habe", erklärte Sydney und sah sich im Kinderzimmer um. „Da sind ja welche."

Sie strich die sorgfältig gefaltete Baumwollwindel glatt. „Also los, legen wir dich da hin." Vorsichtig ließ sie Katie auf den Wickeltisch nieder und machte sich bereit, ihr Bestes zu leisten.

„Hallo!“ Mikhail stürmte in die Küche und wurde mit einem dreifachen „Pst!“, empfangen.

„Was ist los?“

„Sydney wechselt Katie die Windeln“, flüsterte Natasha und lächelte über die Geräusche, die durch die Sprechanlage kamen.

„Sydney?“, fragte Mikhail. Er vergaß das Bier, das er holen wollte, und horchte.

„In Ordnung, das wäre der erste Teil.“ Katies kleiner Po war trocken und frisch gepudert. Vielleicht ein bisschen zu stark, aber das ist sicher besser als zu wenig, überlegte Sydney. Stirnrunzelnd versuchte sie die frische Windel so gut zu falten, wie die nasse ausgesehen hatte. „Das müsste ungefähr stimmen. Was meinst du?“

Katie strampelte mit den Beinen und kicherte.

„Du bist die Expertin. Und jetzt wird’s schwierig. Halt mal still!“

Natürlich hielt Katie nicht still, und je mehr sie strampelte, desto lauter lachte Sydney.

Nachdem die Windel endlich fest saß, sah Katie so niedlich aus und roch so frisch, dass sie das Baby unbedingt an sich drücken musste. Sie hob es in die Höhe, sodass Katie vor Vergnügen quiekte.

Die Windel begann zu rutschen, blieb aber am Körper haften.

„In Ordnung, Kleines, das hätten wir. Möchtest du nach unten und deine Mama sehen?“

„Mamama“, gurrte Katie und wand sich in Sydneys Armen. „Mamama.“

Die vier in der Küche machten sich rasch wieder an die Arbeit und taten, als hätten sie nichts gehört.

„Tut mir leid, dass es so lange gedauert hat“, sagte Sydney und trat ein. „Sie war nass.“ Dann sah sie Mikhail und blieb stehen.

Er sah sie so seltsam an. Ihre Wangen röteten sich, und ihre Knie wurden weich. Was fiel ihm ein, sie in Gegenwart seiner Mutter und seiner Schwester derart anzuschauen?

„Ich nehme sie dir ab“, sagte er und streckte die Arme nach dem Baby aus. Katie schmiegte sich vertrauensvoll hinein. Ohne Sydney aus den Augen zu lassen, strich er mit der Wange über den Kopf des Babys und setzte das Kleine geschickt auf seine Hüfte. „Komm her.“ Bevor Sydney reagieren konnte, hatte er eine Hand hinter ihren Kopf gelegt, zog sie an sich und küsste sie herzlich auf den Mund. Katie, die so etwas gewöhnt war, strampelte und krähte vor Vergnügen.

Langsam machte Mikhail sich los und sah Sydney lächelnd an. „Ich komme gleich zurück und hole das

Bier." Er hob Katie wieder auf die Arme, stolzierte hinaus und schlug die Glastür hinter sich zu.

Verwirrt starrte Sydney ihm nach.

„Und jetzt machen Sie den Eiersalat", erklärte Nadia.

Die Sonne ging gerade unter, als Sydney ihre Wohnungstür aufschloss. Sie strahlte immer noch und war sicher, an diesem Wochenende mehr gelacht zu haben als in ihrem ganzen Leben zuvor. Mikhail setzte ihren Koffer ab und schloss die Tür hinter sich.

„Danke", sagte sie und legte die Arme um seine Taille. Mikhails Familie hatte sie zum Abschied herzlich auf die Wange geküsst und sie liebevoll umarmt. Nur Alex hatte sich nicht damit begnügt, sondern die Lippen voll auf ihren Mund gepresst. „Dein Bruder küsst sehr gut", erklärte sie und berührte Mikhails Wange. „Das muss in der Familie liegen."

„Hat es dir gefallen?"

„Nun …" Sie sah ihn unter ihren Wimpern an. „Er besitzt zweifellos einen gewissen Stil."

„Er ist doch noch ein Junge", murmelte Mikhail. Alex war keine zwei Jahre jünger als er.

„Oh nein", rief Sydney lachend. „Er ist ganz entschieden kein Junge mehr. Trotzdem glaube ich, dass du einige geringe Vorzüge besitzt."

„Geringe?"

Sie faltete die Hände hinter seinem Hals. „Als Tischler weißt du, dass es auf jeden Millimeter ankommt, damit zwei Teile zusammenpassen."

Er legte die Hände auf ihre Hüften und zog sie an sich. „Und ich passe mit Ihnen zusammen, Miss Hayward?"

„Ja, es scheint so", antwortete sie lächelnd, während er ihre Brauen küsste.

„Und du magst meine Küsse lieber als Alex'?"

Es gefiel ihr, wie er mit den Lippen über ihre Schläfen und ihr Kinn strich. „Etwas." Er biss zu, und sie riss empört die Augen auf. „Na, hör mal!"

Mehr konnte sie nicht sagen, denn schon verschloss er ihren Mund. Verzückt warf sie den Kopf in den Nacken.

„Jetzt muss ich es dir wohl beweisen", meinte er und hob sie hoch.

Sie legte die Arme um seinen Hals. „Wenn du darauf bestehst …"

Mit wenigen Schritten war er im Schlafzimmer und ließ sie unsanft auf das Bett fallen. Als sie wieder Luft bekam, hatte er bereits sein Hemd und seine Schuhe ausgezogen.

„Worüber lächelst du?", fragte er.

„Du siehst schon wieder wie ein Pirat aus. Es fehlen nur der Degen und die Augenklappe."

Er hakte die Daumen in seine Gürtelschlaufen. „Für dich bin ich also ein Wilder."

Sie ließ den Blick über seinen nackten Oberkörper zu seinem Gesicht mit dem Dreitagebart wandern, der bewies, dass Mikhail sich über das Wochenende nicht rasiert hatte, und schaute in seine dunklen, ausdrucksvollen Augen. „Für mich bist du ein strahlender Held", erklärte sie überzeugt.

Er wollte protestieren. Aber sie sah so zerbrechlich und hübsch aus mit dem vom Wind zerzausten Haar und dem zarten Gesicht, das von seinen stürmischen Küssen gerötet war, dass er hingerissen schwieg.

Er erinnerte sich, wie sie mit Katie in die Küche gekommen war. Ihre Augen hatten vor Freude und Verwunderung geleuchtet. Verlegen war sie errötet, als seine Mutter erzählte, sie habe den Eiersalat zubereitet, und noch einmal, als sein Vater sie zum Abschied herzlich umarmte. Er hatte bemerkt, dass sie den Kopf eine Sekunde länger als nötig auf Yuris Brust liegen ließ und die Finger in sein Hemd krallte.

Weitere Bilder kamen Mikhail in den Sinn: wie Sydney Iwan streichelte, Brandons Hand nahm oder Freddie über den Kopf strich.

Sie brauchte Liebe. Sie war stark und klug und einfühlsam. Aber sie brauchte Liebe.

Nachdenklich setzte Mikhail sich auf den Bettrand und nahm ihre Hand. Sydney fröstelte plötzlich.

„Was ist los? Habe ich etwas falsch gemacht?"

Nicht zum ersten Mal bemerkte er die Unsicherheit und den Zweifel in ihrer Stimme. Er verdrängte die Fragen, die er eigentlich hatte stellen wollen, und schüttelte den Kopf. „Nein, es liegt an mir." Er drehte ihre Hand und küsste zärtlich erst die Innenseite und anschließend das Handgelenk, wo ihr Puls vor Furcht und Erregung wie wild raste. „Ich vergesse immer, dass ich dich sanft und zärtlich behandeln muss."

Ich habe seine Gefühle verletzt, dachte Sydney. Sein Selbstbewusstsein. „Mikhail, das mit Alex war doch nur ein Scherz. Ich wollte mich nicht beklagen."

„Vielleicht solltest du es."

„Nein." Sie kniete sich hin, schlang die Arme um seinen Oberkörper und presste die Lippen auf seinen Mund. „Ich will dich", erklärte sie leidenschaftlich. „Du weißt, wie sehr ich dich begehre."

Obwohl es in seinem Innern längst lichterloh brannte, legte Mikhail die Hand an ihren Kopf und streichelte behutsam ihre Wange. Anschließend küsste er Sydney liebevoll.

Einen Moment lang sehnte sie sich nach seiner leidenschaftlichen Hitze. Doch seine Lippen waren so weich und er liebkoste sie so geduldig, dass ihr Begehren sich in Verwunderung wandelte. Seine Berührung löste nicht die vertrauten sprühenden Flammen aus, sondern erzeugte ein warmes, ungeheuer schönes Gefühl der Geborgenheit. Selbst als er den Kuss vertiefte, blieb die Zärtlichkeit erhalten, und ihr Körper wurde weich wie Wachs. Hilflos ließ sie die Hände sinken und gab sich ihm ganz hin.

„Du bist so schön, so schön“, flüsterte er. Er drückte sie auf den Rücken und verwirrte ihre Sinne mit einem langen, herzzerreißenden Kuss. „Man sollte mich erschießen, weil ich es dir bisher nur auf eine Weise gezeigt habe.“

„Ich kann nicht …“ Mehr klar denken oder mich bewegen, beendete Sydney stumm ihren Satz.

„Pst.“ Geschickt streifte er die Kleider von ihrem Körper und sah hingerissen zu, wie die letzten Sonnenstrahlen auf ihre nackte Haut fielen. Sie wirkte so zerbrechlich, dass er sie kaum anzurühren wagte. Ehrfürchtig streichelte er sie und zeigte ihr, dass es neben Leidenschaft und Begehren eine Einheit von Geist und Seele gab.

Liebe konnte auch friedlich, selbstlos und hingebungsvoll sein.

Sie duftete verwirrend erotisch. Doch heute wollte er es langsam angehen und alles mit ihr teilen. Jedes

Erschauern ihres Körpers erfüllte ihn mit Dankbarkeit darüber, dass sie sich ihm so vollkommen hingab.

Er sorgte dafür, dass sie nicht zu rasch den Höhepunkt erreichte, und Sydney ließ sich von ihm führen und erlebte gemeinsam mit ihm die intensivsten Gefühle sinnlicher Erregung.

Selbst während ihrer früheren leidenschaftlichsten Umarmungen war sie sich ihres Körpers, ihrer Haut und ihres Duftes nicht so bewusst gewesen wie jetzt. Und seines Körpers. Oh ja, auch seines Körpers.

Beglückt nahm sie Mikhails stahlharte Muskeln und seine unbändige Kraft wahr. Seine unglaubliche Zärtlichkeit und seine behutsamen Bewegungen weckten bisher unbekannte Sehnsüchte in ihr und mündeten in einem gegenseitigen Verständnis von vollendeter Harmonie.

Lass mich dir alles geben. Lass es mich dir zeigen. Lass mich nehmen …

Einfühlsam strich Mikhail mit den Fingerspitzen über ihre Haut, verhielt mit leichtem Druck, um Sydney zu erregen, und glitt weiter, um neue sinnliche Stellen zu entdecken. Seine eigene Lust zog er aus ihrer, und sie war ebenso süß, ebenso schwindelerregend und ungekünstelt.

Sie hörte den eigenen bebenden Atem, während es ringsum immer dunkler wurde. Ihre Wangen wurden feucht vor Tränen, und sie flüsterte seinen Namen.

Da verschloss er erneut ihren Mund und nahm sie ganz in Besitz. Sie hielten sich eng umschlungen, und er erschauerte von der heftigen Gefühlswallung, die ihn erfasste. Sydney öffnete die Lippen, legte die Arme um seinen Nacken und hielt ihn fest.

Er erinnerte sich, wie er früher immer nach etwas gesucht hatte, nach mehr. Jetzt, mit Sydney, hatte er alles, was er brauchte.

Obwohl das Blut in seinen Adern rauschte, bewegte er sich langsam, denn er wusste, dass er sie wieder und wieder nahe an den Höhepunkt führen konnte, bevor die wundersame Erlösung kam.

„Ich liebe dich, Sydney." Seine Muskeln spannten sich an, und er merkte, dass sie beinahe den Gipfel der Lust erreicht hatte. „Ich werde dich immer und ewig lieben."

11. KAPITEL

Als das Telefon läutete, war es stockdunkel. Sydney und Mikhail schliefen eng umschlungen. Sie kuschelte sich enger an ihn, kniff die Augen zusammen und war entschlossen, das Geräusch zu überhören.

Unwillig rollte Mikhail sich zur anderen Seite und überlegte einen Moment, ob er nicht so liegen bleiben sollte. Dann hob er den Hörer ab.

„Wer ist da? Alex?“ Erschrocken setzte er sich auf und stieß einen Wortschwall auf Ukrainisch aus. „Weshalb rufst du mitten in der Nacht an?“ Er strich mit der Hand über sein Gesicht und warf einen Blick auf Sydneys Wecker. Das Leuchtzifferblatt zeigte genau vier Uhr fünfundvierzig. „Wie bitte?“ Er nahm den Hörer an das andere Ohr. „Zum Teufel, wann ist das passiert? Ich komme sofort.“

Mikhail warf den Hörer auf die Gabel. Erst als er hastig nach seinen Kleidern suchte, merkte er, dass Sydney das Licht eingeschaltet hatte. Ihr Gesicht war vor Schreck kreideweiß.

„Ist etwas mit deinen Eltern?“

„Nein, um sie geht es nicht.“ Er setzte sich auf den Bettrand und nahm ihre Hand. „Im Apartmenthaus haben Vandalen gewütet.“

„Vandalen?“, fragte sie ungläubig.

„Ja. Einer der Polizisten, die man gerufen hat, wusste, dass Alex mein Bruder ist, und verständigte ihn. Du erinnerst dich sicher, dass Alex bei der Polizei ist. Es muss größerer Schaden entstanden sein.“

„Hoffentlich nur Sachschaden.“ Sydney schlug das Herz bis zum Hals.

„Ja. Menschen wurden nicht verletzt. Aufgesprühte Farbe, zerbrochene Fenster und so weiter.“ Er schimpfte leise vor sich hin. „Außerdem wurden zwei Wohnungen, deren Besitzer nicht anwesend waren, unter Wasser gesetzt. Ich fahre sofort hinüber, um nach dem Rechten zu sehen.“

„Gib mir zehn Minuten Zeit.“ Sydney sprang aus dem Bett.

Es ging nur um Steine, Holz und Glas, aber es tat trotzdem weh. Gemeine Obszönitäten waren in leuchtendem Rot auf die hübschen alten Backsteine gesprüht worden. Im Erdgeschoss waren drei Fenster zerschlagen. Im Innern hatte jemand mit einem Messer das Treppengeländer beschädigt und den Putz aufgehackt.

In Mrs Wolburgs Wohnung stand das Wasser fünf Zentimeter hoch auf dem alten Dielenboden. Es hatte die Teppiche verdorben und war in die Polstermöbel gestiegen.

„Sie haben die Ausgussbecken verstopft", erklärte Alex, der ebenfalls gekommen war. „Als sie die Fenster unten einschlugen und die Bewohner dadurch weckten, war der Schaden schon passiert."

Ja, der Schaden ist passiert, dachte Sydney. Aber damit ist noch nicht alles vorbei. „Und die andere Wohnung?"

„Es handelt sich um eine unbewohnte im zweiten Stock. Dort haben sie vor allem die Wände besprüht." Alex drückte Sydneys Arm. „Es tut mir wirklich leid. Wir nehmen zwar die Aussagen der Mieter auf, aber …"

„Es war dunkel", ergänzte sie seinen Satz. „Alle haben geschlafen und nichts gesehen."

„Das weiß man nie." Alex blickte zu der Eingangshalle hinüber, wo sich die meisten Mieter versammelt hatten. „Wollen Sie nicht in Mikhails Wohnung warten? Es wird eine Weile dauern, bevor wir mit allen gesprochen haben."

„Nein, dies ist mein Haus. Ich möchte mit den Leuten reden."

Alex nickte und führte sie in die Halle. „Merkwürdig, dass nichts gestohlen wurde und die Kerle nur in die beiden unbewohnten Wohnungen eingedrungen sind."

Sydney warf ihm einen Blick zu. „Soll das ein Verhör sein?"

„Es war nur eine Bemerkung. Ich nehme an, Sie wissen, wer Zugang zu der Mieterliste hat?“

„Ja“, antwortete sie. „Und ich habe sogar eine dumpfe Ahnung, wer für diese Schurkerei verantwortlich ist.“ Sie legte die Hand auf das beschädigte Geländer. „Nicht wer die Farbe an die Wände gesprüht oder die Räume unter Wasser gesetzt hat, sondern wer es veranlasst hat. Allerdings weiß ich nicht, ob ich es beweisen kann.“

„Den Beweis überlassen Sie getrost uns.“

Sie blickte auf die Farbstreifen an der Wand und schüttelte den Kopf. „Nein, ich muss erst Gewissheit haben. Anschließend informiere ich Sie. Das verspreche ich Ihnen – wenn Sie mir versprechen, Mikhail nichts davon zu sagen.“

Um acht Uhr saß Sydney im Büro und studierte aufmerksam Lloyd Binghams Personalakte. Bis zehn Uhr hatte sie bereits zahlreiche Telefongespräche geführt, viel zu viel Kaffee getrunken und sich einen Plan zurechtgelegt.

Sie hatte Mikhail gebeten, die erforderlichen Handwerker zu beauftragen, und sich persönlich mit dem Gutachter der Versicherung in Verbindung gesetzt. Nun wollte sie einen kleinen psychologischen Trick ausprobieren.

Entschlossen wählte sie Lloyd Binghams Telefonnummer. Es läutete dreimal, bevor er abhob.

„Hallo?“

„Hallo, Lloyd, Sydney Hayward hier.“ Sie hörte das Klicken eines Feuerzeugs.

„Gibt es irgendwelche Probleme?“

„Keine, die nicht gelöst werden könnten. Das war eine ziemlich armselige Vorstellung, Lloyd.“

„Ich habe keine Ahnung, wovon Sie reden.“

„Natürlich haben Sie das nicht“, antwortete Sydney spöttisch. „Das nächste Mal sollten Sie sich vorher besser informieren.“

„Würden Sie bitte zur Sache kommen?“, forderte Lloyd sie verärgert auf.

„Es geht um mein Mietshaus, meine Mieter und Ihre Machenschaften.“

„Für Rätsel ist es noch ziemlich früh am Tag.“ Seine Selbstgefälligkeit war unüberhörbar.

„Die Lösung dieses Rätsels ist ganz einfach. Ich nehme an, Sie wussten nicht, wie viele Menschen in dem Gebäude wohnen, die sehr früh zur Arbeit müssen. Manche von ihnen stehen sehr früh auf, trinken eine Tasse Kaffee und sehen dabei aus dem Fenster. Und sie geben ihre Beobachtungen bereitwillig an die Polizei weiter.“

„Es ist Ihr Problem, wenn etwas in dem Haus passiert ist.“ Lloyd zog heftig an seiner Zigarette. „Ich war nicht mal in der Nähe.“

„Das dachte ich mir“, erklärte Sydney sofort. „Sie konnten schon immer gut delegieren. Doch sobald die Polizei alle Aussagen aufgenommen hat, werden Sie feststellen, wie unangenehm es ist, keine zuverlässigen Mitarbeiter zu haben.“ Sie konnte sich gut vorstellen, wie Lloyd jetzt schwitzte.

„Ich brauche mir so etwas nicht anzuhören. Das habe ich nicht nötig.“

„Nein, natürlich nicht. Ich möchte Sie auch nicht länger aufhalten.“ Sydney machte eine kleine Pause. „Übrigens, falls ich Ihnen einen Rat geben darf: Lassen Sie sich nicht zu einer Extraprämie überreden, Lloyd. Ihre Leute haben nicht besonders gut gearbeitet. Ciao.“

Befriedigt legte Sydney auf. Lloyd würde sich schleunigst mit seinen Männern in Verbindung setzen und sie auszahlen. Da der Gutachter der Versicherung sich sehr für ihre Theorie interessiert hatte, bezweifelte sie, dass das Treffen unbeobachtet bleiben würde.

Es war acht Uhr abends, und Sydney wäre am liebsten früh zu Bett gegangen, doch sie hatte sich von ihrer Mutter zu einem Abendessen im „Le Cirque“ überreden lassen. Margerite hatte sich heute Morgen wegen ihres Auftritts am Freitag entschuldigt und wollte sich unbedingt mit ihr versöhnen.

In einem ärmellosen eisblauen Seidenoverall betrat Sydney das Restaurant. Der Empfangschef erkannte sie sofort und führte sie persönlich an Margerites Tisch. Zu ihrer Bestürzung war Channing ebenfalls anwesend.

„Da bist du ja, Liebling." Margerite war so sicher, dass ihre Tochter sich über den Gast freuen würde, dass sie das Blitzen in Sydneys Augen nicht bemerkte. „Na, ist das nicht schön?", fragte sie.

„Ja, wirklich wunderschön", antwortete Sydney spöttisch und ließ sich schweigend von Channing auf die Wange küssen.

„Du siehst entzückend aus, Sydney", sagte er liebenswürdig.

Der gut gekühlte Champagner konnte Sydneys Verärgerung nicht vertreiben. „Meine Mutter hatte mir nicht gesagt, dass du auch hier sein würdest", erklärte sie.

„Es sollte eine Überraschung sein", antwortete Margerite rasch. „Mein kleines Geschenk, um dich für Freitag zu entschädigen." Wie mit Channing ausgemacht, legte sie ihre Serviette beiseite und stand auf. „Wenn ihr beide mich bitte einen Moment entschuldigen wollt … Ich muss mir die Nase pudern."

Channing wusste, dass ihm nur eine Viertelstunde mit Sydney blieb. Daher fasste er ihre Hand und sagte: „Du hast mir gefehlt, Liebling. Mir scheint, wir hatten seit Wochen keine Minute mehr für uns allein."

Geschickt entzog Sydney ihm die Finger. „Es ist wirklich Wochen her, Channing. Wie ist es dir inzwischen ergangen?"

„Ich war einsam ohne dich." Mit der Fingerspitze strich er ihren nackten Arm hinauf. Sydneys Haut war seidenweich. „Wann machst du endlich Schluss mit diesem Spiel bei Hayward Enterprises?"

„Ich spiele nicht", antwortete sie und trank einen Schluck Champagner. „Ich arbeite."

Verärgert sah Channing sie an. Margerite hatte recht. Sobald sie verheiratet waren, würde Sydney viel zu beschäftigt sein, um sich weiterhin so intensiv um ihre Karriere zu kümmern. Am besten war es wohl, wenn er gleich zur Sache kam. „Liebling, wir kennen uns seit Jahren und treffen uns schon seit Monaten. Zwischen uns hat sich einiges verändert."

Sie sah ihm in die Augen. „Ja, das stimmt."

Ermutigt von ihrer Antwort, nahm er erneut ihre Hand. „Ich will dich nicht drängen, Sydney, aber ich finde, es ist an der Zeit, den nächsten Schritt zu tun. Ich mag dich sehr. Ich finde dich nett, amüsant und ausgesprochen entzückend."

„Und standesgemäß“, murmelte sie.

„Natürlich. Ich möchte, dass du meine Frau wirst.“ Channing zog eine Schachtel aus der Tasche und öffnete den Deckel. Ein großer runder Diamant funkelte im Kerzenschein.

„Channing …“

„Der Stein erinnert mich an dich“, unterbrach er sie. „Er ist königlich und elegant.“

„Der Ring ist wirklich wunderschön“, antwortete Sydney so kühl wie möglich. „Aber es tut mir leid. Ich kann ihn nicht annehmen.“

Er erschrak, dann wurde er ärgerlich. „Wir sind beide erwachsen, Sydney. Du brauchst dich nicht zu zieren.“

„Ich versuche nur, aufrichtig zu sein.“ Diesmal ergriff sie seine Hand. „Ich kann dir gar nicht sagen, wie leid es mir tut, dass meine Mutter dir falsche Hoffnungen gemacht hat. Das bringt uns beide in eine peinliche Lage. Seien wir ehrlich, Channing. Ich liebe dich nicht, und du liebst mich nicht.“

Gekränkt richtete er sich auf. „Sonst hätte ich dir wohl kaum einen Heiratsantrag gemacht.“

„Du hast ihn gemacht, weil du mich attraktiv findest, weil ich eine ausgezeichnete Gastgeberin sein würde und weil ich aus derselben gesellschaftlichen Schicht stamme wie du. Das mögen Gründe für eine geschäftliche Verbindung sein, aber nicht für eine Ehe.“ Sie schloss den Deckel über den Diamanten und drückte ihm die Schachtel wieder in die Hand. „Ich eigne mich nicht als Ehefrau, Channing, das weiß ich genau. Und ich habe nicht die Absicht, diese Rolle erneut zu spielen.“

Er entspannte sich ein wenig. „Du hast das Scheitern deiner Ehe mit Peter immer noch nicht verwunden.“

„Das hat nichts mit meiner Ablehnung zu tun. Ich liebe einen anderen Mann.“

Channings Gesicht wurde dunkelrot. „Dann war es eine schwere Beleidigung, mir so etwas wie Zuneigung vorzuspielen.“

„Ich mag dich wirklich“, antwortete sie kläglich. „Aber mehr ist es nicht. Ich bedaure aufrichtig, dass ich es dir nicht klarer gemacht habe.“

„Das dürfte kaum ausreichen.“ Steif stand Channing auf. „Bitte entschuldige mich bei deiner Mutter.“

Erhobenen Hauptes ging er hinaus und ließ Sydney mit einer Mischung aus Wut und Schuldgefühlen allein.

Fünf Minuten später kehrte Margerite strahlend zurück. Sie war froh, dass Channing nicht da war, und beugte sich verschwörerisch zu ihrer Tochter. „Nun? Erzähl mir alles.“

„Channing ist gegangen, Mutter.“

„Gegangen?“ Margerite blickte sich in dem Restaurant um. „Was soll das heißen, er ist gegangen?“

„Er war wütend, weil ich seinen Heiratsantrag abgelehnt habe.“

Margerite zuckte unwillkürlich zusammen. „Sydney! Wie konntest du?“

„Ich?“ Ihre Stimme wurde lauter. Doch sie riss sich zusammen und fuhr flüsternd fort: „Die Frage ist wohl: wie konntest du? Du hast das Ganze arrangiert.“

„Ja, natürlich!“ Verwirrt scheuchte Margerite den herbeieilenden Kellner fort und goss sich selbst den Champagner ein. „Seit Monaten versuche ich, Channing und dich zusammenzubringen. Nachdem Mikhail dich offensichtlich aus deinem Schneckenhaus herausgeholt hat, war es in meinen Augen der perfekte Zeitpunkt. Channing ist genau der Mann, den du brauchst. Er ist standesgemäß, stammt aus einer einwandfreien Familie, besitzt ein wunderschönes Haus und hat eine ausgezeichnete Ausbildung genossen.“

„Aber ich liebe ihn nicht.“

„Du liebe Güte, Sydney, sei doch vernünftig!“

„Das bin ich bisher immer gewesen, Mutter. Vielleicht liegt da das Problem. Ich habe dir heute Morgen geglaubt. Ich war davon überzeugt, dass dir unser Streit leidtäte, dass du etwas für mich empfindest und verhindern wolltest, dass wir nur noch höfliche Worte miteinander wechseln."

Margerites Augen wurden feucht. „Alles, was ich heute Morgen gesagt habe, stimmt. Ich habe ein schreckliches Wochenende hinter mir und litt entsetzlich unter dem Gedanken, dich vertrieben zu haben. Du bist meine Tochter, und ich habe dich gern. Ich möchte nur das Beste für dich."

„Das glaube ich dir ja", murmelte Sydney erschöpft. „Aber du bildest dir ein zu wissen, was dieses Beste für mich ist. Auf diese Weise habe ich Channing heute stärker gekränkt, als ich es je zuvor getan habe."

Eine Träne rann Margerites Wange hinab. „Ich dachte doch nur …"

„Denk bitte nicht mehr für mich." Sydney war ebenfalls den Tränen nahe. „Tu das nie wieder. Ich habe einmal auf dich gehört und dadurch das Leben eines Menschen zerstört."

„Ich möchte nicht, dass du allein bleibst", schluchzte Margerite. „Es ist entsetzlich."

„Mutter." Sydney nahm Margerites Hand. „Bitte, hör mir gut zu. Ich liebe dich, aber ich bin anders als du. Wir können ein schönes, aufrichtiges Verhältnis zueinander haben. Es wird einige Zeit dauern, aber es wird gelingen, wenn du versuchst, mich zu verstehen, wenn du mich so nimmst, wie ich bin, und mich nicht so siehst, wie du mich haben möchtest. Ich kann Channing nicht heiraten, nur um dir einen Gefallen zu tun. Ich will überhaupt nicht heiraten."

„Oh Sydney …"

„Bitte, vertrau mir. Ich bin noch nie so glücklich gewesen wie während der letzten Wochen."

„Stanislaski", sagte Margerite seufzend.

„Ja, Mikhail. Und Hayward Enterprises", fügte sie hinzu. „Im Gegensatz zu früher versuche ich, nun endlich etwas aus meinem Leben zu machen, Mutter. Und jetzt sollten wir beide unser Make-up auffrischen."

Mikhail saß an seinem Arbeitstisch und polierte die Rosenholzbüste. Er hatte nicht so lange arbeiten wollen, aber Sydneys Gesicht war wie von allein in seinen Händen entstanden. Es war ein unaussprechliches Gefühl, sie derart zum Leben zu erwecken. Er hatte kaum zu überlegen brauchen. Obwohl seine Finger verkrampft waren und er daran erkannte, wie lange er geschnitzt, geschmirgelt und poliert hatte, erinnerte er sich kaum, welche Technik er verwendet hatte.

Nun war die Figur fertig, und sie wirkte ebenso schön, warmherzig und lebendig wie Sydney. Er würde sich nie wieder von ihr trennen.

Mikhail lehnte sich zurück und kreiste mit den Schultern, um die Verspannung zu vertreiben. Es war ein langer Tag gewesen. Zunächst hatte er dafür gesorgt, dass die verwüsteten Wohnungen gereinigt und die schlimmsten Schäden beseitigt wurden. Und jetzt, nachdem auch die Büste geschafft war, war er todmüde. Aber er wollte nicht ins Bett. Nicht in das leere Bett.

Wie war es möglich, dass ihm Sydney schon nach wenigen Stunden wieder fehlte? Weshalb hatte er den Eindruck, sie wäre meilenweit entfernt, obwohl sie nur am anderen Ende der Stadt wohnte?

Ich werde keine Nacht mehr ohne sie verbringen, schwor er sich und stand auf.

Er fuhr sich mit den Fingern durch das Haar und überlegte, was er tun sollte. Er konnte ins Bett gehen und sich zwingen, trotz allem einzuschlafen. Besser war, er rief Sydney an und hörte zumindest den Klang ihrer Stimme. Oder er fuhr direkt zu ihr und trommelte an ihre Tür, bis sie ihn einließ.

Die dritte Möglichkeit gefiel ihm am besten. Deshalb zog er ein Hemd über, steckte es in die Hose und eilte in Richtung Tür. Er riss sie genau in dem Augenblick auf, als Sydney anklopfen wollte.

„Oh, du hast wohl einen siebten Sinn!“ Erschrocken legte Sydney die Hand aufs Herz. „Tut mir leid, dass ich so spät noch komme. Aber ich sah Licht bei dir und dachte …“

Er ließ sie nicht ausreden, sondern zog sie in die Wohnung und hielt sie so fest, dass sie fürchtete, er würde ihr die Rippen brechen. „Ich wollte gerade zu dir", murmelte er.

„Zu mir? Ich komme direkt vom Restaurant."

„Ich begehre dich, und ich möchte …" Seine Augen wurden dunkel, und er betrachtete sie eindringlich. Als Künstler und Liebender ließ er sich von dem Make-up nicht täuschen. „Du hast geweint."

Es klang so vorwurfsvoll, dass Sydney lachen musste. „Nein, das habe ich nicht. Meine Mutter wurde ein bisschen sentimental, das steckt an."

„Du sagtest doch, du hättest dich wieder mit ihr vertragen?"

„Das stimmt auch. Zumindest verstehen wir uns jetzt besser."

Lächelnd strich er mit dem Finger über ihre Lippen. „Ich bin nicht gut genug für ihre Tochter."

„Das ist nicht das eigentliche Problem. Heute Abend sind endgültig all ihre Träume geplatzt, die sie meinetwegen hegte."

„Erzähl mir mehr."

„Ja, gern." Sie ging zu der Couch mit den ausgeleierten Sprungfedern und wollte sich darauf fallen lassen. Da entdeckte sie die Büste. Langsam trat sie näher und betrachtete aufmerksam die Figur. „Du hast ein einmaliges Talent“, sagte sie leise mit belegter Stimme.

„Ich habe nur geschnitzt, was ich sehe und was ich empfinde.“

„So siehst du mich?“

„So bist du.“ Locker legte er die Hand auf ihre Schulter. „Für mich.“

Dann bin ich wunderschön für ihn, dachte sie und zitterte innerlich vor Liebe. „Dabei habe ich nicht einmal für dich posiert.“

„Das kommt noch.“ Mit den Lippen streifte er ihr Haar. „Und jetzt erzähle.“

„Channing war bei meiner Mutter, als ich im Restaurant eintraf.“

Mikhails Augen wurden gefährlich dunkel. „Der Bankier mit den Seidenanzügen? Er hat dich geküsst, bevor ich es durfte.“

„Schließlich kannte ich ihn schon länger.“ Sie drehte sich zu ihm und merkte, wie eifersüchtig er war. „Außerdem gab ich dir nicht die Erlaubnis, mich zu küssen, du hast es einfach getan.“

Er tat es erneut. „Er wird dich nie mehr küssen.“

„Nein.“

„In Ordnung.“ Zufrieden zog er sie auf die Couch. „Dann kann er meinetwegen am Leben bleiben.“

Lachend warf sie die Arme um ihn und legte den

Kopf an seine Schulter. „Eigentlich war es nicht Channings Schuld. Meine Mutter hatte ihm eingeredet, es wäre an der Zeit, mir einen Heiratsantrag zu machen. Und er glaubte, so etwas gehöre sich nach so langer Bekanntschaft in unseren Kreisen."

„Der Kerl will dich heiraten?", fuhr er auf.

„Jetzt bestimmt nicht mehr."

Er schob sie beiseite, sprang auf und lief erregt hin und her.

„Du hast keinen Grund, böse zu sein", erklärte sie und strich ihren Overall glatt. „Für mich war es eine peinliche Situation. Ich fürchte, Channing wird kein Wort mehr mit mir reden."

„Wenn er es tut, schneide ich ihm die Zunge heraus." Langsam, langsam, ermahnte Mikhail sich, sonst wird alles noch schlimmer. „Außer mir heiratet dich niemand."

„Ich habe doch schon gesagt …", begann Sydney, doch auf einmal war ihre Kehle wie zugeschnürt. „Ach, lassen wir das", stieß sie hervor und stand ebenfalls auf. „Außerdem ist es schon spät."

„Warte hier", forderte er sie auf. Er eilte ins Schlafzimmer und kehrte kurz darauf mit einer kleinen Schachtel zurück. „Setz dich wieder."

„Nein, Mikhail, bitte …" Alles Blut wich aus Sydneys Gesicht.

„Dann bleib stehen.“ Er öffnete den Deckel und nahm einen gehämmerten Goldring mit einem leuchtend roten Stein in der Mitte heraus. „Der Großvater meines Vaters hat diesen Ring für seine Frau angefertigt. Er war Goldschmied. Deshalb handelt es sich um eine besonders schöne Arbeit, auch wenn der Stein nur klein ist. Als ältester Sohn habe ich den Ring geerbt. Aber wenn er dir nicht gefällt, kaufe ich dir einen anderen.“

„Nein, er ist wunderschön, Mikhail. Aber ich kann nicht.“ Sie ballte die Fäuste hinter den Rücken. „Bitte, frag mich nicht.“

„Doch, ich werde dich fragen“, antwortete er ungeduldig. „Gib mir deine Hand.“

Sydney trat einen Schritt zurück. „Ich kann den Ring nicht tragen, Mikhail, ich kann nicht.“

Kopfschüttelnd zog Mikhail ihre Hand nach vorn und schob ihr den Ring auf den Finger. „Siehst du, du kannst ihn tragen. Er ist zu groß, doch das lässt sich ändern.“

„Nein, das ist es nicht.“ Sie wollte den Ring wieder abziehen, aber er legte seine Hand darüber. „Ich will dich nicht heiraten.“

Sein Griff wurde fester, und seine Augen funkelten. „Weshalb nicht?“

„Ich will überhaupt nicht heiraten“, antwortete Sydney so deutlich wie möglich. „Das, was sich zwischen uns entwickelt hat, darf nicht wieder zerstört werden."

„Eine Ehe zerstört die Liebe nicht, sondern fördert sie."

„Du hast ja keine Ahnung!", fuhr sie ihn an. „Du warst nie verheiratet. Aber ich. Und ich will das nicht noch einmal durchmachen."

„Dein Exmann muss dich sehr verletzt haben", stellte er fest und unterdrückte mühsam seine Wut. „Und du glaubst, ich werde es ebenfalls tun."

„Ich habe ihn geliebt." Ihre Stimme erstarb, und sie schlug die Hände vors Gesicht, weil ihre Tränen zu fließen begannen.

Hin- und hergerissen zwischen Eifersucht und Bedauern, zog Mikhail sie an sich, flüsterte ihr liebevolle Worte ins Ohr und streichelte ihr Haar. „Entschuldige bitte. Es tut mir leid."

„Das verstehst du nicht."

„Erklär es mir." Er beugte sich hinunter, um die Tränen wegzuküssen. „Bitte, entschuldige. Ich werde nicht mehr brüllen."

„Das ist es nicht." Sie atmete bebend aus. „Ich möchte dir nicht wehtun. Bitte, lassen wir das Thema."

„Das geht nicht. Ich liebe dich, Sydney. Ich brauche dich. Ohne dich kann ich nicht mehr leben. Erklär mir, weshalb du mich nicht heiraten willst."

„Also gut", begann sie und trat ein paar Schritte beiseite. „Ein weiteres Scheitern und noch einmal einen Mann zu verlieren, den ich liebe, würde ich nicht verkraften. Die Ehe verändert die Menschen."

„Inwiefern hat sie dich verändert?"

„Ich habe Peter geliebt, Mikhail. Anders als dich, aber mehr als sonst jemanden auf der Welt. Er war mein bester Freund. Wir sind zusammen aufgewachsen. Als meine Eltern sich scheiden ließen, war er der Einzige, mit dem ich darüber reden konnte. Er hatte mich gern, wirklich gern. Ihn interessierte, was ich fühlte, was ich dachte und was ich mir wünschte. Stundenlang konnten wir am Strand sitzen, auf das Wasser schauen und uns gegenseitig Geheimnisse anvertrauen." Sie wandte sich ab, denn der alte Schmerz kehrte qualvoll zurück.

„Und dann hast du dich in ihn verliebt."

„Nein", antwortete sie elend, „wir liebten uns einfach. Ich weiß nicht mehr, ab wann es beschlossene Sache war, dass wir heiraten würden. Nicht wir redeten davon, sondern alle anderen taten es. ‚Sydney und Peter – was für ein hübsches Paar. Passen die beiden nicht wunderbar zusammen?' Alle erwarteten, dass wir heirateten, und wir waren dazu erzogen worden, den Erwartungen der Leute zu entsprechen."

Sie wischte die Tränen fort, ging hinüber zu den Wandregalen und drehte sich wieder zu ihm. „Wir waren gerade zweiundzwanzig – ein gutes Heiratsalter. Ich glaube, wir fanden es ebenfalls richtig. Wir kannten uns seit einer Ewigkeit, besaßen dieselben Interessen und liebten uns. Aber es war nicht richtig. Es klappte von Anfang an nicht. Unsere Flitterwochen verbrachten wir in Griechenland, denn wir beide liebten dieses Land. Und wir taten, als sei auch körperlich zwischen uns alles in Ordnung. Und je stärker wir es vorgaben, desto mehr entfernten wir uns innerlich voneinander. Wir kehrten nach New York zurück, damit Peter seinen Platz innerhalb des Familienunternehmens einnehmen konnte. Ich richtete das Haus ein, gab Partys und fürchtete mich vor dem Sonnenuntergang."

„Die Heirat war ein Fehler", sagte Mikhail leise.

„Ja. Einer, den ich ausschließlich mir zuzuschreiben habe. Ich verlor meinen besten Freund, und es gab nur noch Streit und gegenseitige Beschuldigungen zwischen uns. Ich war frigide. Weshalb sollte er also nicht ein bisschen Wärme bei jemand anders suchen? Aber wir bewahrten Haltung, wie man es von uns erwartete. Am Ende ließen wir uns äußerst kühl, äußerst beherrscht und zivilisiert scheiden. Ich konnte Peter keine Ehefrau sein, Mikhail."

„Unsere Beziehung ist anders", erklärte Mikhail und ging zu ihr.

„Ja, das stimmt. Und ich werde dafür sorgen, dass es so bleibt."

Er nahm ihr Gesicht zwischen beide Hände. „Du bist verletzt, weil dir etwas passiert ist, wofür du nichts kannst. Du musst es überwinden und auf das vertrauen, was zwischen uns entstanden ist."

„Nein." Verzweifelt klammerte sie sich an seine Handgelenke. „Begreifst du nicht, dass es genau dieselbe Situation ist? Du liebst mich und erwartest, dass ich dich heirate, weil du es möchtest und es für das Beste hältst."

„Nicht für das Beste", sagte er und schüttelte sie leicht. „Für das Richtige. Ich möchte mein Leben mit dir teilen. Ich will mit dir zusammenleben, Kinder mit dir bekommen und zusehen, wie sie aufwachsen. Wir wollen eine Familie sein, Sydney."

Sie riss sich los. Er will mir nicht zuhören, dachte sie. Er will nicht verstehen. „Heirat und Familie stehen nicht auf meinem Plan", erklärte sie plötzlich kühl. „Das musst du akzeptieren."

„Du liebst mich. Dafür bin ich dir gut genug. Du lässt mich in dein Bett, bist aber nicht bereit, meinetwegen deine Pläne zu ändern. Und alles nur, weil du seinerzeit dem gefolgt bist, was man von dir erwartete, und nicht deinem Herzen."

„Und dieses Mal folge ich meinem gesunden Menschenverstand." Sie ging an ihm vorüber in Richtung Tür. „Tut mir leid, ich kann dir nicht geben, was du möchtest. Versteh mich bitte."

„Du fährst jetzt nicht allein nach Hause."

„Es ist besser, wenn ich gehe."

„Ich werde dich nicht aufhalten." Mikhail lief zur Tür und riss sie auf. „Aber ich bringe dich nach Hause."

Erst als sie tränenüberströmt im Bett lag, merkte sie, dass sie immer noch seinen Ring trug.

12. KAPITEL

Die nächsten beiden Tage hatte Sydney furchtbar viel zu tun. Inständig wünschte sie, die Arbeit würde ihr helfen. Sagte man nicht, sich zu beschäftigen sei die beste Ablenkung? Weshalb klappte das bei ihr nicht?

Sie schloss den größten Vertrag seit ihrem Eintritt bei Hayward Enterprises ab, stellte eine neue Sekretärin ein, um Janine von den Büroarbeiten zu entlasten, und leitete eine Sitzung.

Die Aktien von Hayward waren während der letzten zehn Tage um drei Punkte gestiegen, und der Vorstand war voller Lob für sie.

Trotzdem fühlte sie sich hundeelend.

„Ein Officer Stanislaski ist auf Leitung zwei, Miss Hayward“, verkündete ihre neue Sekretärin über die Gegensprechanlage.

„Stani… Ach so.“ Sydneys Herz tat einen Sprung und beruhigte sich wieder. „Ich übernehme das Gespräch. Danke.“ Sie richtete sich auf. „Alex?“

„Hallo, schöne Frau. Ich dachte, Sie sollten es als Erste erfahren: Gerade ist Ihr früherer Mitarbeiter Lloyd Bingham zur Vernehmung hereingebracht worden.“

„Interessant.“

„Der Gutachter der Versicherung folgte Ihrem Rat und behielt ihn im Auge. Bingham traf sich tatsächlich mit zwei zwielichtigen Gestalten, die er ausbezahlen wollte. Sie packten aus, sobald wir sie festgenommen hatten. Ich glaube kaum, dass Sie in nächster Zeit etwas von Bingham zu befürchten haben."

„Darüber bin ich wirklich froh."

„Auf den Kerl musste man erst einmal kommen. Schönheit und Geist passen eben doch zusammen", meinte Alex seufzend, und Sydney lächelte unwillkürlich. „Wollen wir beide nicht für ein paar Tage nach Jamaika verschwinden und Mikhail halb wahnsinnig machen?"

„Ich glaube, er ist schon wütend genug."

„Mein Bruder setzt Ihnen ziemlich zu, nicht wahr? Lassen Sie sich von Onkel Alex trösten." Als sie auf seinen scherzhaften Ton nicht einging, fügte er ernst hinzu: „Nehmen Sie es Mik nicht übel, Sydney. Er ist launisch, das ist alles. So sind Künstler nun einmal. Er ist restlos vernarrt in Sie."

„Ich weiß." Sie schob nervös die Akte auf ihrem Tisch hin und her. „Vielleicht könnten Sie ihn anrufen und ihm die Neuigkeit ebenfalls erzählen."

„Ja, gern. Soll ich ihm noch etwas sagen?"

„Sagen Sie ihm … Nein", beschloss sie dann. „Nein, das habe ich ihm schon selbst gesagt. Vielen Dank für Ihren Anruf, Alex."

„Keine Ursache. Lassen Sie es mich wissen, falls Sie es sich wegen Jamaika anders überlegen."

Sie legte den Hörer auf und wünschte, sie wäre ebenso jung und unbeschwert wie Alex. Aber Alex war nicht verliebt, und er hatte nicht gerade seine eigenen Träume zerstört.

Habe ich tatsächlich meine Träume zerstört? fragte sie sich plötzlich. Nein, sie hatte sich und den Mann, den sie liebte, vor einem schwerwiegenden Fehler bewahrt. Die Ehe war nicht immer die beste Lösung. Ihr eigenes Beispiel und das ihrer Mutter waren der Beweis. Wenn Mikhail sich beruhigt hatte, würde er es einsehen, und sie konnten dort fortfahren, wo sie aufgehört hatten.

Oder mache ich mir vielleicht selbst etwas vor? fragte Sydney sich kläglich. Mikhail war viel zu eigensinnig und dickköpfig, um auch nur einen Schritt nachzugeben.

Was sollte sie tun, wenn er sich nicht rührte? Nervös sprang sie auf und lief in ihrem Zimmer hin und her. Was war, wenn sie vor der Wahl stand, den geliebten Mann aufzugeben oder ihn zu heiraten, auf die Gefahr hin, ihn später doch zu verlieren?

Ich muss unbedingt mit jemandem darüber reden, dachte Sydney. Früher wäre sie mit solch einem Problem zu Peter gegangen, aber das war …

Wie angewurzelt blieb sie stehen. Peter. Ja, Peter war die Ursache für ihre Probleme. Vielleicht wäre das die Lösung …

Entschlossen eilte sie zu Janine. „Ich muss für zwei Tage verreisen“, erklärte sie ohne Umschweife.

Vierundzwanzig Stunden, nachdem sie ihr Büro verlassen hatte, stand Sydney auf einem schattigen Gehsteig in Georgetown, Washington D. C. und betrachtete das Haus, in das Peter nach der Scheidung gezogen war.

Die Fahrt zum Flughafen und der kurze Flug von Stadt zu Stadt waren problemlos gewesen. Auch der Anruf bei Peter, den sie um eine Stunde Zeit für ein Gespräch gebeten hatte, war ihr leichtgefallen. Aber dieser letzte Schritt schien beinahe unmöglich.

Sie hatte Peter vor über drei Jahren zuletzt gesehen, und nur auf der anderen Seite eines Schreibtisches beim Rechtsanwalt. Höflich und zivilisiert hatten sie sich gegenübergestanden – wie zwei Fremde.

Der Gedanke, dass ein Gespräch mit ihm ihr helfen könnte, war geradezu lächerlich. Nichts würde sich dadurch ändern. Trotzdem stieg Sydney die Stufen zur Veranda des hübschen alten Reihenhauses hinauf, hob den Bronzeklopfer und pochte an die Tür.

Peter öffnete selbst. Er sah noch genauso aus wie früher, und Sydney hätte ihm beinahe unwillkürlich beide Hände gereicht.

Er war groß und schlank und mit einer eleganten kakifarbenen Hose und einem Leinenhemd bekleidet. Sein blondes Haar war leicht zerzaust. Doch seine grünen Augen leuchteten nicht vor Freude, sondern blickten sie kühl und aufmerksam an.

„Hallo, Sydney", sagte er und ließ sie ein.

Die Diele war kühl und hell. Das Mobiliar und die Bilder an den Wänden bewiesen, dass der Besitzer aus einer alten reichen Familie stammte.

„Ich bin dir wirklich dankbar, dass du Zeit für mich hast", setzte sie an.

„Du sagtest, es sei wichtig."

„Für mich."

„Also gut." Da Peter nicht wusste, was er sonst noch sagen sollte, führte er sie in sein Wohnzimmer. Wie sie es von klein auf gewohnt war, machte Sydney einige höfliche Bemerkungen über sein Haus, und er gab ihr die Komplimente zurück und bot ihr einen Drink an.

„Es gefällt dir also in Washington", meinte sie.

„Ja, sehr." Er trank einen Schluck Wein, während sie ihr Glas nur hin und her drehte.

Sie ist nervös, stellte Peter fest. Er kannte sie viel zu

gut, um die Anzeichen dafür nicht zu erkennen. Und sie sah noch genauso hübsch wie früher aus. Es tat schon weh, sie nur anzusehen. Deshalb kam er direkt zur Sache. „Was kann ich für dich tun, Sydney?“, fragte er freundlich.

Wir benehmen uns wie Fremde, dachte sie und blickte auf ihr Glas hinab. Wir kennen uns ein Leben lang, waren beinahe drei Jahre verheiratet und sind uns dennoch fremd. „Ich weiß nicht, wie ich anfangen soll.“

Er lehnte sich zurück und machte eine kleine Handbewegung. „Beginn irgendwo.“

„Weshalb hast du mich geheiratet, Peter?“

„Wie bitte?“

„Ich möchte wissen, weshalb du mich damals geheiratet hast.“

Diese Frage hatte er nicht erwartet, und er trank einen weiteren Schluck. „Aus den üblichen Gründen, nehme ich an.“

„Hast du mich geliebt?“

Er sah sie scharf an. „Das weißt du genau.“

„Ja, ich weiß, dass wir uns geliebt haben. Du warst mein Freund.“ Sie presste die Lippen zusammen. „Mein bester Freund.“

Peter stand auf und schenkte sich ein weiteres Glas ein. „Wir waren noch Kinder.“

„Nicht, als wir heirateten. Wir waren jung, aber keine Kinder mehr. Und wir waren immer noch Freunde. Ich weiß beim besten Willen nicht, weshalb alles schiefgelaufen ist und was ich getan habe, um unsere Freundschaft zu zerstören."

„Du?" Mit der Flasche in der einen und dem Glas in der anderen Hand, starrte er sie an. „Du glaubst, du hättest alles zerstört?"

„Ich habe dich unglücklich gemacht, sehr unglücklich sogar. Und ich habe im Bett versagt. Eines kam zum anderen, und am Ende konntest du meine Gegenwart nicht mehr ertragen."

„Du wolltest dich nicht von mir anfassen lassen", fuhr er sie an. „Zum Teufel, es war, als ob man mit einem ..."

„Eisberg schlief", beendete sie tonlos seinen Satz. „Das hast du mir oft genug gesagt."

Schuldbewusst stellte Peter sein Glas ab. „Ich habe damals eine Menge gesagt, und du ebenfalls. Ich dachte, ich wäre mehr oder weniger darüber hinweg, bis ich heute Nachmittag deine Stimme hörte."

„Tut mir leid." Sie stand auf. Ihr Körper war von der Anstrengung, ihren Stolz zu bewahren, ganz steif. „Ich habe alles nur noch schlimmer gemacht, indem ich hergekommen bin. Das tut mir wirklich leid, Peter. Ich gehe wieder."

„Mir war immer, als ob ich mit meiner Schwester schliefe“, stieß er hervor. „Oder mit einer guten Freundin. Meine Güte, Sydney, ich konnte nicht …“ Das demütigende Gefühl kehrte zurück. „Ich schaffte es nicht, dich als Ehefrau zu betrachten. Deshalb wurde ich impotent und gab dir die Schuld dafür.“

„Ich dachte, du verabscheutest mich.“

Er stellte die Flasche heftig auf den Tisch. „Es war einfacher für mich, mir einzureden, dass ich dich verabscheute, als einzusehen, dass ich weder dich noch mich erregen konnte. Dass ich dir nicht gerecht wurde.“

„Ich wurde dir nicht gerecht.“ Verblüfft trat sie einen Schritt auf ihn zu. „Ich weiß, wie nutzlos ich für dich im Bett war. Lange bevor du es mir sagtest, wusste ich es schon. Und du musstest dir woanders holen, was ich dir nicht geben konnte.“

„Ich betrog dich“, erklärte er. „Ich belog und betrog meine engste Freundin. Ich ertrug den Blick nicht, mit dem du mich plötzlich betrachtetest, und ich konnte mich selbst nicht leiden. Deshalb bewies ich meine Männlichkeit woanders und tat dir weh. Als du es herausfandest, reagierte ich typisch wie ein Mann und gab dir die Schuld.“

„Ich weiß. Und ich erinnere mich, was ich dir daraufhin an den Kopf geworfen habe. Mein Stolz kostete mich einen Freund."

„Und ich verlor eine Freundin. Das hat mir unendlich leidgetan." Zögernd ging er zu ihr und nahm ihre Hände. „Du hast nichts zerstört, Sydney. Zumindest warst du es nicht allein."

„Ich brauche jetzt einen Freund, Peter. Ganz dringend sogar."

Mit dem Daumen wischte er eine Träne von ihrer Wange. „Gibst du mir eine neue Chance?" Er lächelte ein wenig und zog ein Taschentuch hervor. „Hier, putz dir die Nase und setz dich wieder."

Sydney gehorchte. „Ist unsere Ehe wirklich nur gescheitert, weil wir im Bett nicht zurechtkamen?"

„Es war der wesentliche Grund. Außerdem sind wir uns zu ähnlich. Wir verschanzen uns bereitwillig hinter unserer guten Erziehung und tun, was von uns erwartet wird. Meine Güte, Sydney, weshalb haben wir bloß geheiratet?"

„Weil alle es von uns erwarteten."

„Na, siehst du."

Ein bisschen getröstet, legte sie seine Hand an ihre Wange. „Bist du glücklich, Peter?"

„Ich komme langsam dahin. Und du, Miss Vorstandsvorsitzende von Hayward Enterprises?"

Sie lachte. „Hat es dich überrascht?"

„Und wie. Ich bin furchtbar stolz auf dich.“

„Lieber nicht. Sonst fange ich wieder an zu heulen.“

„Ich weiß etwas Besseres.“ Peter küsste sie auf die Stirn. „Komm mit in die Küche. Ich mache uns ein Sandwich, und du erzählst mir inzwischen, was du neben der Arbeit sonst noch treibst.“

Es war gar nicht so schwierig. Peter und sie waren ein bisschen verlegen und gingen vorsichtig miteinander um, aber das Band, das sie einst verbunden hatte, war nur stark gestrafft und nicht gerissen. Langsam ließ die Spannung nach.

Beim Kaffee erzählte Sydney ihm den Rest. „Warst du jemals unsterblich verliebt, Peter?“, fragte sie schließlich.

Lächelnd sah er sie an. „Außer mit vierzehn in Marsha Roisenbloom – nein, dieser Kelch ist bisher an mir vorübergegangen.“

„Wenn du es wärest, wenn du jemanden innig liebtest … Würdest du eine neue Ehe wagen?“

„Ich weiß es nicht. Ich hoffe, ich würde es beim nächsten Mal besser machen, aber ich bin nicht sicher. Wer ist es?“

Um Zeit zu gewinnen, schenkte Sydney sich Kaffee nach. „Er ist ein Künstler. Ein Tischler.“

„Was denn nun?“

„Beides. Er macht Skulpturen und arbeitet auf dem Bau. Ich kenne ihn noch nicht lange, erst seit Juni."

„Ist das nicht etwas zu kurz, Sydney?"

„Ich weiß. Alles bei Mikhail geht furchtbar schnell. Er ist so verwegen, so selbstsicher und ungeheuer gefühlvoll. Ähnlich wie seine Arbeiten."

Verblüfft zog Peter die Brauen in die Höhe. „Der Russe?"

„Er ist von Geburt Ukrainer", verbesserte Sydney ihn automatisch.

„Handelt es sich etwa um Mikhail Stanislaski? Von ihm steht eine Skulptur im Weißen Haus."

„Tatsächlich?" Sie lächelte versonnen. „Das wusste ich nicht. Er hat mich zu seiner Familie mitgenommen – zu seiner wunderbaren Familie –, aber wie erfolgreich er ist, hat er mir nicht erzählt. Daran erkennt man, was bei ihm an erster Stelle steht."

„Und du liebst ihn."

„Ja, er möchte mich heiraten." Sie schüttelte den Kopf. „An einem Abend habe ich zwei Heiratsanträge bekommen. Einen von Mikhail und den anderen von Channing Warfield."

„Bloß nicht Channing, Sydney. Er passt überhaupt nicht zu dir."

Sie schob ihre Tasse beiseite und beugte sich zu ihm. „Du hast mir sehr gefehlt, Peter."

Er nahm erneut ihre Hand. „Und was ist mit deinem großen verwegenen Künstler?"

„Er ist ein fabelhafter Mensch. Und er bringt mich zum Lachen. Ich ertrüge es nicht, ihn zu heiraten und erneut zu scheitern."

„Ich kann dir nicht sagen, was du tun sollst. Und an deiner Stelle würde ich diesmal nicht auf die gut gemeinten Ratschläge der anderen hören."

„Gibst du mir trotzdem einen Rat?"

„Meinetwegen", stimmte er zu. Es war plötzlich, als hätte es die letzten Jahre nicht gegeben. „Beurteile dein Verhältnis zu ihm nicht nach unserer gescheiterten Ehe. Stell dir einfach ein paar Fragen: Macht er dich glücklich? Vertraust du ihm? Wie würde dein Leben mit ihm verlaufen? Und wie wäre es ohne ihn?"

„Du meinst, dann finde ich die Antwort?"

„Dann wirst du wissen, was du tun musst." Peter küsste ihre Hand. „Ich mag dich sehr, Sydney."

„Ich mag dich auch."

Ich muss unbedingt die Antworten auf Peters Fragen finden, dachte Sydney, während sie auf den Fahrstuhlknopf zu Mikhails Wohnung drückte. Bisher hatte sie nicht gewagt, sich näher damit zu befassen. Das brauche ich gar nicht, erkannte sie plötzlich und betrat die Kabine. Ich weiß die Antworten auch so.

Machte Mikhail sie wirklich glücklich? Ja, wahnsinnig glücklich.

Vertraute sie ihm? Bedingungslos.

Wie wäre das Leben mit ihm? Es wäre abwechslungsreich, voller Herausforderungen, Diskussionen, Gelächter und Wärme.

Und ohne ihn? Absolut leer.

Sydney konnte sich ein Leben ohne Mikhail nicht mehr vorstellen. Zwar bliebe ihr die Arbeit, die tägliche Routine. Sie würde immer einen Lebenszweck haben. Aber ohne Mikhail verliefe alles in wohlgeordneten Bahnen.

Deshalb wusste sie, was sie zu tun hatte. Wenn es dafür nicht schon zu spät war.

Es roch nach Mörtel, als sie den Fahrstuhl verließ. Sie stellte fest, dass die Decke wieder angebracht und die Fugen verputzt waren. Der Flur brauchte nur noch gestrichen zu werden.

Er hat gute Arbeit geleistet, dachte sie und strich mit dem Finger an der Wand entlang. Innerhalb kurzer Zeit hatte er das heruntergekommene Haus in ein gutes, solides Gebäude verwandelt.

Zwar gab es noch eine Menge zu tun, und es würde noch Wochen dauern, bis der letzte Nagel eingeschlagen war. Aber was er tat, war für die Dauer.

Beklommen legte sie eine Hand auf den Magen und klopfte an Mikhails Tür.

Drinnen blieb alles still. Es war erst zehn Uhr. Sicher war er noch nicht schlafen gegangen. Sie klopfte erneut, diesmal lauter, und überlegte, ob sie rufen sollte.

Eine Tür öffnete sich, und Keely steckte den Kopf hinaus. Sobald sie Sydney bemerkte, verschwand die Freundlichkeit aus ihrem Gesicht.

„Mik ist nicht da", erklärte sie kühl. Zwar kannte sie die Einzelheiten nicht, aber sie war sicher, dass er wegen dieser Frau seit Tagen schlecht gelaunt war.

„Oh …" Sydney ließ die Hand fallen. „Wissen Sie, wo er ist?"

„Weg."

„Aha. Dann warte ich hier."

„Wie Sie wollen", erklärte Keely achselzuckend. Was ging es sie an, dass Sydney sichtbar ebenfalls litt? Dann siegte ihr weiches Herz. „Hören Sie, Mik wird sicher bald zurück sein. Möchten Sie inzwischen einen Drink?"

„Nein, danke, das ist nicht nötig. Sind Sie … mit den Renovierungen zufrieden?"

„Der neue Herd ist fantastisch." Keely konnte niemandem lange ernsthaft böse sein, und sie lehnte sich an den Türpfosten. „Allerdings ist noch einiges zu tun – vor allem, nachdem diese Vandalen so viel verwüstet haben.“ Plötzlich strahlte sie. „Wissen Sie übrigens, dass man den Kerl verhaftet hat?“

„Ja.“ Janine hatte es ihr bei einem Anruf erzählt. Von ihrer Assistentin wusste Sydney auch, dass Mikhail unmittelbar nach ihrer Abreise äußerst erregt in ihr Büro gestürzt war. „Es tut mir sehr leid. Der Mann wollte sich an mir rächen.“

„Sie können doch nichts dafür. Mik wird das schon hinkriegen.“

Ja, das würde er. „Wissen Sie, ob bei Mrs Wolburg viel zerstört wurde?“

„Die Teppiche sind hin, und eine Menge andere Dinge wurden ziemlich nass. Aber das trocknet wieder.“ Keely biss in eine Banane, die sie hinter dem Rücken versteckt gehalten hatte. „Ihr Enkel war neulich hier. Mrs Wolburg geht es wieder gut, und sie will unbedingt nach Hause. Wir wollen nächsten Monat eine Willkommensparty für sie geben. Vielleicht möchten Sie dabei sein?“

„Ja, ich …“

Der Fahrstuhl ratterte herauf, und die Türen öffneten sich. Zwei Männer sangen mit tiefer Stimme ein deftiges ukrainisches Volkslied. Beide waren ziemlich angetrunken und schwankten von einer Seite zur anderen Seite. Sie hatten die Arme so eng umeinandergelegt, dass unmöglich festzustellen war, wer wen stützte.

Sydney sah nur das Blut. Es stammte aus Platzwunden auf Mikhails Lippe und oberhalb des Auges und war auf das Hemd getropft.

„Meine Güte …“

Beim Klang ihrer Stimme fuhr Mikhail auf. Sein Gesicht erstarrte zu einer Maske, und er blieb wie angewurzelt stehen. „Was willst du hier?“, fragte er lallend und nicht gerade einladend.

„Was ist passiert?“ Sydney eilte auf die beiden Männer zu.

„Hallo, schöne Frau.“ Alex lächelte charmant, obwohl sein linkes Auge stark geschwollen und beinahe geschlossen war. „Wir haben eine tolle Party gefeiert. Sie hätten dabei sein sollen. Nicht wahr, Bruderherz?“

Mikhail gab ihm als Antwort einen trägen Schlag in die Magengrube. Es war wohl herzlich gemeint, denn er umarmte seinen Bruder anschließend heftig und küsste ihn auf beide Wangen.

Während er in seinen Taschen nach dem Wohnungsschlüssel suchte, wandte Sydney sich an Alex. „Was war los? Wer hat Sie beide so zugerichtet?“

„Wieso?“ Alex versuchte Keely zuzuzwinkern, zuckte aber vor Schmerz zusammen. „Ach, das …“

Mit dem Zeigefinger berührte er sein Auge und lachte. „Mein Bruder hatte schon immer eine tolle Linke." Er sah Mikhail voller Bewunderung an, der vergeblich versuchte, den kleinen Schlüssel in das noch kleinere Schlüsselloch zu schieben. „Ich konnte ebenfalls ein paar gute Schläge bei ihm landen. Hätte ihn garantiert nicht erwischt, wenn er nicht betrunken gewesen wäre. Natürlich hab ich auch getrunken." Er zeigte auf Keelys Tür. „He, Keely, goldblonder Traum meiner schlaflosen Nächte, hast du ein rohes Steak im Haus?"

„Nein." Keely tat Mikhails jüngerer Bruder leid, und sie nahm seinen Arm. „Komm, ich stecke dich in ein Taxi."

„Tanzen wir lieber", schlug Alex vor, während sie ihn zum Fahrstuhl führte. „Magst du tanzen?"

„Für mein Leben gern." Sie schob ihn in die Kabine und blickte über die Schulter zurück. „Viel Glück", rief sie Sydney zu.

Das brauche ich jetzt wirklich, dachte Sydney und ging Mikhail nach, der endlich seine Wohnungstür aufbekommen hatte. Beinahe hätte er sie ihr vor der Nase zugeschlagen, doch diesmal war sie schneller als er.

„Du hast dich mit deinem Bruder geprügelt", sagte sie vorwurfsvoll.

„Ja.“ Es war ein wahrer Jammer, dass er bei Sydneys Anblick sofort nüchtern wurde. „Hätte ich mich lieber mit einem Fremden schlagen sollen?“

„Oh, setz dich erst mal.“ Sie nutzte ihren momentanen Vorteil. Sie drückte Mikhail in einen Sessel und ging ins Badezimmer. Als sie mit einem nassen Waschlappen und Jod zurückkehrte, war er wieder aufgestanden, lehnte aus dem Fenster und versuchte einen klaren Kopf zu bekommen.

„Ist dir schlecht?“

Er drehte sich verächtlich zu ihr. „Einem Stanislaski wird von Wodka nicht schlecht.“ Höchstens ein bisschen übel, wenn dem Wodka ein paar gezielte Rechte in die Magengrube folgen, fügte er stumm hinzu und lächelte.

„Also bist du nur betrunken“, stellte sie fest und deutete auf den Sessel. „Setz dich, damit ich dein Gesicht säubern kann.“

„Ich brauche kein Kindermädchen.“ Trotzdem setzte er sich, denn er merkte, dass es besser für ihn war.

„Nein, du brauchst einen Wärter.“ Sie beugte sich über ihn und betupfte vorsichtig die Platzwunde über seinem Auge, während Mikhail mühsam dem Bedürfnis widerstand, seine Wange an ihre weichen Brüste zu schmiegen. „Wie kann man sich nur betrinken und anschließend seinen Bruder verprügeln! Weshalb habt ihr so etwas Dummes getan?"

Stirnrunzelnd sah er sie an. „Es hat Spaß gemacht."

„Ich bin sicher, es macht gewaltigen Spaß, eine Faust aufs Auge zu bekommen." Sie legte den Kopf auf die Seite und machte weiter. „Ich möchte wissen, was deine Mutter jetzt sagen würde."

„Sie würde überhaupt nichts sagen, sondern uns beiden eine runterhauen." Zischend zog er die Luft ein, denn Sydney hatte etwas Jod auf die Wunde gestrichen. „Selbst wenn Alex angefangen hat, bekommen wir beide unsere Strafe." Er sah sie verärgert an. „Kannst du mir erklären, weshalb?"

„Bestimmt, weil ihr sie beide verdient habt", murmelte sie und betrachtete seine Hände. „Du bist vielleicht ein Dummkopf!" Die Haut auf seinen Knöcheln war abgeschürft. „Meine Güte, du bist Künstler! Du darfst deine Hände nicht verletzen."

Es ist ein unglaublich schönes Gefühl, von ihr umsorgt und gescholten zu werden, überlegte er. Noch ein bisschen länger, und er würde sie auf seinen Schoß ziehen.

„Ich tue mit meinen Händen, was ich will", erklärte er und musste daran denken, was er jetzt am liebsten tun würde.

„Du tust immer, was du willst", fuhr sie ihn an und

reinigte vorsichtig seine Finger. „Du schimpfst die Leute aus, prügelst auf sie ein und trinkst, bis du wie das Innere einer Wodkaflasche stinkst."

Mikhail war nicht so betrunken, dass er eine Beleidigung nicht erkannte. Er schob Sydney beiseite, stand auf und verschwand im Badezimmer. Kurz darauf hörte Sydney die Dusche rauschen.

So war das eigentlich nicht geplant, dachte sie. Sie war zu Mikhail gekommen, um ihm zu sagen, wie sehr sie ihn liebte, und ihn um Verzeihung zu bitten. Und er hätte nett und verständnisvoll sein, sie in die Arme nehmen und ihr sagen sollen, dass sie ihn zum glücklichsten Mann auf der Welt machte.

Stattdessen war er betrunken und schlecht gelaunt. Und sie war schnippisch und kritisch.

Nun, er verdiente es nicht besser. Bevor sie merkte, was sie tat, schleuderte sie den Waschlappen in Richtung Küche, wo er an die Wand schlug und in das Becken glitt. Einen Moment starrte sie dem Tuch nach und blickte verblüfft auf ihre Hände.

Sie hatte etwas durch den Raum geworfen, und es war herrlich befreiend gewesen. Sie sah sich um, entdeckte ein Taschenbuch und schleuderte es hinterher. Ein Plastikbecher mit einem Rest Cola hinterließ einen hübschen Fleck an der Wand, auch wenn ihr splitterndes Glas lieber gewesen wäre. Sie nahm einen alten

Turnschuh und wollte ihn ebenfalls fortwerfen. Da hörte sie ein Geräusch hinter sich, fuhr herum und schleuderte den Schuh instinktiv an Mikhails nackte Brust.

Er stieß die Luft heftig aus. „Sag mal, was machst du denn da?"

„Ich werfe mit Sachen." Sie nahm den zweiten Schuh und ließ ihn fliegen. Doch Mikhail fing ihn ab.

„Du verlässt mich ohne ein Wort, und anschließend kommst du zurück und wirfst mit Sachen um dich?"

„Richtig."

Seine Augen funkelten, und er wog den Schuh in der Hand. Der Gedanke, ihn genau auf Sydneys trotzig vorgeschobenes Kinn zurückzuschleudern, war äußerst verlockend. Doch er konnte keiner Frau wehtun.

„Wo bist du gewesen?"

„Ich habe Peter besucht."

Mikhail schob seine verletzten Hände in die Jeanstaschen. „Du verlässt mich, um dich mit einem anderen Mann zu treffen, kehrst zurück und zielst mit Schuhen nach mir. Sag mir bitte, weshalb ich dich nicht kurzerhand hinauswerfen und ein für alle Mal mit dir fertig sein soll."

„Ich musste unbedingt mit Peter reden. Und ich …“

„Du hast mich tief gekränkt“, stieß er hervor. „Meinst du, es macht mir etwas aus, einen Faustschlag ins Gesicht zu bekommen? So was kann ich ertragen.“ Mit dem Handrücken deutete er auf seine aufgesprungene Lippe. „Aber was du mir antust, macht mich völlig hilflos. Und das verabscheue ich.“

„Es tut mir leid.“ Sydney trat einen Schritt auf Mikhail zu, merkte aber, dass es dafür noch zu früh war. „Ich hatte Angst, ich würde dich noch mehr kränken, wenn ich versuchte, dir zu geben, was du dir wünschtest. Bitte, hör mir zu, Mikhail. Peter war bisher der einzige Mensch in meinem Leben, dem wirklich etwas an mir lag. Meine Eltern …“ Sie schüttelte den Kopf. „Sie sind anders als deine. Sicher wollten sie das Beste für mich. In Wirklichkeit suchten sie nur die Kindermädchen für mich aus, kauften mir hübsche Kleider und schickten mich in das beste Internat. Du hast keine Ahnung, wie einsam es dort war.“

Sie rieb sich mit den Fingern über die Augen. „Ich hatte nur Peter, und den verlor ich am Ende durch eigene Schuld. Was ich für dich empfinde, ist noch viel, viel größer. Es ist so groß, dass ich nicht weiß, was ich tun würde, wenn ich dich auch verlieren würde.“

Er entspannte sich langsam. „Du bist weggegangen, Sydney, nicht ich.“

„Ich musste mit Peter sprechen, denn ich war davon überzeugt, unsere Ehe, unsere Freundschaft und unsere Liebe zerstört zu haben." Sie seufzte ein wenig und ging zum Fenster. „Merkwürdig war, dass Peter dieselben Schuldgefühle hegte wie ich. Wir haben uns ausgesprochen und können wieder Freunde sein. Das hat alles verändert."

„Ich nehme dir nicht übel, dass du mit ihm geredet hast, sondern dass du, ohne mir ein Wort zu sagen, weggefahren bist. Ich dachte, du kämst nicht zurück."

Sydney drehte sich wieder zu ihm. „Das letzte Stück bin ich buchstäblich gerannt. Ich ging weg, weil ich hoffte, anschließend zu dir zurückkommen zu können. Endgültig."

Mikhail sah ihr tief in die Augen. „Bist du es?"

„Ja." Sie atmete bebend aus. „Meine Antwort auf alle deine Fragen lautet: Ja. Du hast mich einmal durch dieses Haus geführt, und ich hörte die Stimmen, dic Geräusche, die Gerüche und das Lachen hinter den Türen. Ich habe dich wahnsinnig darum beneidet, dass du dazugehörtest. Ich muss auch irgendwohin gehören, zumindest möchte ich die Chance dazu haben. Ich wünsche mir diese Familie, die wir deiner Meinung nach gründen können."

Sie hob die Hände und zog aus ihrem Ausschnitt

eine Kette hervor, an der der Ring mit dem kleinen Rubin funkelte.

Gerührt ging Mikhail zu ihr und nahm den Ring in die Hand. „Du trägst ihn ja“, murmelte er.

„Ich fürchtete, ihn zu verlieren, wenn ich ihn am Finger behielt. Du musst mir sagen, ob ich ihn immer noch tragen soll.“

Er sah sie eindringlich an. Ohne Sydney aus den Augen zu lassen, küsste er sie zärtlich. „Ich habe dich neulich nicht richtig gefragt.“

„Nein, ich habe nicht richtig geantwortet.“ Sie nahm sein Gesicht und erwiderte seinen Kuss. „Du warst perfekt.“

„Ich war tollpatschig. Es ärgerte mich, dass der Bankier dich vor mir gefragt hatte.“

Sydney lächelte unter Tränen. „Welcher Bankier? Ich kenne keinen Bankier.“

Er löste die Kette von ihrem Hals und legte sie beiseite. „So hatte ich es nicht vorgehabt. Es gibt keine Musik.“

„Ich höre Musik.“

„Keine zärtlichen Worte, keine hübschen Kerzen, keine Blumen.“

„Der Mond scheint. Und ich habe immer noch die erste Rose, die du mir geschenkt hast.“

Gerührt küsste er ihr die Hand. „Ich habe dir nur

gesagt, was ich mir von dir wünsche, und nicht, was ich dir geben möchte. Ich schenke dir mein Herz, Sydney. Es gehört dir, solange es schlägt. Mein Leben ist dein Leben.“ Er schob ihr den Ring auf den Finger. „Willst du mir gehören?“

Sydney zog den Finger an, damit der Ring nicht wieder hinunterrutschte. „Ich gehöre dir jetzt schon.“

– ENDE –

Lesen Sie auch von Nora Roberts:

Band-Nr. 25876
9,99 € (D)
ISBN: 978-3-95649-233-4
304 Seiten

Nora Roberts
Das schönste
Geschenk

Für Sharon erfüllt sich ein Herzenswunsch: In einem idyllischen Städtchen erbt sie ein Haus, in dem sie ihr lang erträumtes Antiquitätengeschäft eröffnen will. Allerdings muss das Gebäude zuerst saniert werden. Wie gut, dass ihr Nachbar Victor Banning vom Fach ist. Sofort engagiert sie den attraktiven Handwerker für die Reparaturen. Aber die Zusammenarbeit gestaltet sich schwierig.